相信阅读，勇于想象

火星三部曲

# STARBOUND
# 星际边境

【美】乔·霍尔德曼/著 吴天骄/译

北京理工大学出版社
BEIJING INSTITUTE OF TECHNOLOGY PRESS

火星三部曲

**作者简介：**

他，多次获得雨果奖、星云奖；

他，参与撰写了从 20 世纪 60 年代开始长盛不衰的电视剧集《星际旅行》；

他，创作了"最值得回味的科幻战争小说"；

他，就是美国科幻小说作家，美国科幻奇幻作家协会（SFWA）的终身会员，协会的前会长，雨果奖、星云奖以及约翰·坎贝尔奖获奖者——乔·霍尔德曼 (Joe Haldeman)。

最好的,总会在最不经意的时候出现。

——罗宾德拉纳挖·泰戈尔

# I 我的种子

## 1. 基督诞生图

我的孩子们刚刚出生一个小时,我们就去新酒吧浅酌了一杯。

11年前,我刚到火星的时候,可没法这么干。那时没有酒,没有酒吧,特别是也没有孩子——这些孩子是在代孕机的帮助下出生的,而这些代孕机是从地球引进的。能有这一切得益于免费能源,借来的能源,不管他们最后怎么称呼它。这是能让火星人的机器运转的神秘物质。

(顺便说一句,无论如何,它正在摧毁地球的经济。为了对付他者,地球经济必须被摧毁,然后重建。)

但是现在我有了两个漂亮的孩子,他们在圣诞节出生。

奥兹建议说:"你可以给这个女孩子起名叫克里斯蒂娜,给这个男孩子起名叫耶稣。"奥兹有点像我的教父,是我在火星上结识的第一个朋友,有时我很难分辨他是不是在开玩笑。

保罗说:"我心里想的是,管孩子们叫犹大和耶兹别。"他现在既是我的丈夫又是孩子们的父亲。

"你们俩闭上嘴,让我好好享受一下做母亲的喜悦,好吗?"

实际上,夕阳余晖脉脉,在这个新的透明圆顶酒店里放眼望去,眼前是一片混乱的建筑工地与我们熟悉的赭色沙漠。这里比地球上任何地方都更像我们的家。

这种孕育方式不太像传统做母亲的方式，生孩子也不疼，而且我还不能抱起甚至触碰那两个小家伙。在他们"出生"的那一天，他们与机器的脐带分离，开始慢慢适应现实生活。尽可能地接近现实生活，因为他们可以体验一段时间。

奥兹的爱人乔西打破了令人不安的沉默，"严肃点，奥斯瓦尔德。"她也看了保罗一眼。

铃声叮当响起，我们的酒出现在边桌上。保罗把它们带过来，我举起酒杯敬酒。"为她和他的名字干杯。我们还有一周的时间给他俩想个好名字。"实际上，当时还没有关于给新生儿起名的法律或习俗。这是第一批使用代孕机孕育、在火星上出生的孩子，这一批总共有6个孩子，我的孩子是1号和2号，只有他俩是双胞胎。

在火星上自然分娩的孩子情况不佳，他们的肺里都长了真菌，就是火星人特有的疾病肺囊肿，如果出生时身体太弱，他们就会死掉，几乎有一半的新生儿都是因为这样的原因夭折了。妊娠晚期，肺囊肿影响了子宫里的免疫系统反应，于是自然分娩被暂时中止了，代孕机被从地球送上了火星。

保罗和我，还有另外四对夫妇赢得了配子彩票。我们这五对夫妇用来受精的精子和卵子来自我们留在地球上的冷冻样本，远离火星的辐射浴。

我感到我的乳房有一种奇怪的感觉，空荡荡的，令人不悦，现在它们已失去了哺乳功能，正式成为装饰品。这些新生儿没有一个是用母乳哺育的，也没有一个新生儿会遭受出生创伤，至少不会因为被小于头部的潮湿产道挤过而让头部受伤。尽管突然要自己呼吸可能会有一些创伤，但到目前为止，他们都没有哭过。这有点可怕。

他们将不会有母亲。不管从什么传统意义上来说，我都不算是个母亲，我只是提供了基因而已。他们将由殖民地——一个大家庭——抚养长大，尽管他们得到的个人关注主要来自阿方索·杰弗逊和芭芭拉·曼彻斯特，他们受过管理"托儿所"的训练，其数量大约是原来的两倍多。

我的酒太烫也太烈了，那是用浓缩酒、酒精和水调制出来的。"他们看起来挺好，但我总觉得自己被骗了。"

乔西哼了一声，说道："别觉得自己被骗了。这就像递一块硬面包。"

"与其说是分娩，倒不如说是怀孕让我觉得受骗。这很不可思议吗？"

保罗说："听起来很不可思议。怀孕就会一直犯恶心孕吐，身体还要一直负担额外的重量。"

"我喜欢怀孕。"乔西说，"孕吐只是怀孕常规的一部分。没有比这更让人感觉有活力的时刻了。"她是个瘦瘦高高、身强力壮的女人，寿命已经比正常人的寿命延长了一半，"但那是在地球上。"她承认道。

"哦，见鬼。"我把酒递给保罗，"我得去散散步。"

大家都没说什么。我去了更衣室，脱了衣服，穿上紧身衣，然后一件一件地套好火星服。当我机械地做着安全程序时，我的大脑一片空白。穿戴停当后，我启动抽气程序，迈着沉重的步伐走向一号气闸。在把拇指放在按钮上的时候，我犹豫了一下。

所有的一切就是这样开始的。

星际边境

## 2. 历史教训

卡门·杜拉从没想过要成为第一位驻外星种族的人类大使,她也不希望成为地球上——或者严格来说,是地球之外——最令人不快的人之一,但我们中有谁能掌控自己的命运呢?

我们大多数人的确对命运有更多的控制权,而卡门的冲动让她的人生与众不同,至少有两种不同。

她 18 岁时,她的父母拖家带口把她连同她弟弟卡德一起带到火星上去了。那里的小前哨站——有人称之为殖民地——决定邀请一些家庭驻留火星,这些家庭乘飞船阖家前往火星。

有些人说,这会带来一大堆麻烦。不过,这些孩子都是十来岁的青少年。而且住在火星地表下面膨胀的气泡屋中的 75 个人中的大多数人,享受着新鲜的、年轻的血液注入的感觉。

在从地球到火星的途中,也就是 8 个月航程的一半,卡门与飞行员保罗·柯林斯有过一段露水情缘。很短暂,因为火星上的当权者很快就发现了他们的恋情,并认为 32 岁的保罗不该和一个易受影响的少女随意调情。卡门觉得受到了侮辱,觉得 19 岁的自己不再是个"女孩"了,而是唯一一个对自己的身体有话语权的人。

他们抵达火星的第一天,还没安顿好自己褊狭的住处,卡门就发现了对她的恋情有所不满的当权者就是火星殖民地的行政长官妲歌·索林根,她为人阴沉。显然,妲歌在各个层面上都对卡门心存不满,并着手把磋磨这个地球女孩作为自己的小专题研究项目。

冲突愈演愈烈,等午夜过后妲歌发现卡门在新水箱里裸泳时,这种紧张关系达到了极点。卡门是六名裸泳者中年龄最大的,因此首当其冲受到惩罚。除此之外,她还被禁足,两个月不能造访火星地表,那里是火星殖民者主要的娱乐和消遣去处。

卡门对此感到愤愤不平,并决定以明显的方式进行反抗:当其他人都睡着后,她就穿上火星服独自外出。这在当时违反了火星上关系到生命的第一条戒律:不要在没有同伴的情况下独自外出。

她原打算出去走上几千米就回来,趁没人知道她出去的工夫,溜回她的铺位,但事与愿违。

她踩穿了薄薄的地壳,失足落了下去,这种事以前从未发生过。她垂直坠落了几十米,摔断了脚踝和一根肋骨。她失去了无线电联络设备,氧气消耗殆尽,快要冻成个梆硬的冰疙瘩了。真是命中注定,劫数难逃。

但她被一个火星人给救了。

# 3. 微生物理论

人类称我为"飞虫—琥珀",我是最有资格讲述我们是如何与人类进行接触的"火星人"。

我只会用引号强调火星人一次。虽然我们住在火星上,但我们知道我们并非火星的原住民。住在这里的一些人类也自称是火星人,这种说法令人困惑,也荒唐可笑。

在人类开始建造火星前哨站之前,我们观察人类机器人探测器在火星着陆或绕火星运行已经有几十年了。他们的前哨站距离我们居住的地方很近，让我们心烦意乱。吸引他们在此建立前哨站的原因与他者把我们安置于此的原因一致，这里有地下水源。

我们花了一个多世纪的时间来为这个不可避免的会面做准备，我们有时间来计划各种应对措施。我们讨论过使用暴力，但最终摒弃了这个念头。除了在收音机、电视和立体视频上见识过人类的暴力活动，我们对暴力毫无经验。人类可以踢我们的屁股，如果我们长了屁股的话；但我们有四条腿，而且主要通过我们脚上的数百个毛孔进行排泄。

唯一实施的计划是装糊涂。起初，人类不承认我们懂得多种人类语言，当然，人类最终会发现我们听得懂人类说话，但人类应该明白我们需要谨慎行事。

我们不擅长计划，因为我们的生活曾经是平安无事。可以预见的，但无论如何，卡门·杜拉是我们计划外的变数，她从一个被磨蚀得很薄的熔岩圆顶上走过，然后掉了下去。

她显然受了伤，性命垂危，奄奄一息。我们要么选择联系人类的火星殖民地，告诉他们发生了什么，要么亲自营救她。前一种做法有太多的变数——解释我们是谁，我们知道什么，等等；在他们找到她之前，她可能早就耗完氧气了。于是我们的领袖决定乘坐漂浮车飞去把她带回来。

（我们每次只有一位绝对的领袖，当他/她/它死去的时候，新的领袖才会诞生。领袖比我们其他火星人更聪明，体形更大，身体更强壮，速度更快，而且通常寿命更长。事实证明确实如此，除非人类干预其中。）

后来被卡门起名叫作"红"的领袖，取出漂浮车，把卡门和她称为"狗"的傻瓜机器人同伴带了回来。我们的药物治好了她的骨折和冻伤。

我们不确定药物对她有效的原因，但我们也不知道它是如何适用于我们的。反正它总是有效。

我们商量好暂时不和她说话。我们只说我们的本族语言，这些语言是人类发声器官无法重现的，人类甚至听不到我们本族语言的高音部分。

第二天晚上，红趁着沙尘暴的掩护隐蔽行踪，把卡门带回了人类的火星殖民地。红把她留在气闸门口，没做任何解释。

监控之后发生的事情是非常有趣的——我们确实监听了地球和火星之间所有的通信，没人愿意相信她的离奇故事，因为火星人不存在，也不可能存在，但也没人能解释在种种不利情况下，她是如何幸存了这么久的。他们甚至找到了我们治愈卡门骨折的证据，但认为那是她的陈年旧伤，只是被她忘了，或者是她在撒谎。

如果遵循他们曲折的逻辑，我们本可以再享受多年私下监视人类的乐子，但疾病迫使我们不得不援助人类。

我们所有的火星人都会经历一个阶段，大致上相当于从婴儿期到儿童期的转型期。在这段短暂的时间里，我们的身体会自我清理一新，然后重新开始。这个过程令人不快，但也不可怕，因为它会同时发生在每个人身上。

不知何故，卡门被我们"传染"了。这在医学上是不可能的，我们与人类的生物科学没有丝毫关联，我们甚至没有DNA。然而，她确实从我们这里传染了"疾病"。我们把她带回我们的家园，用治疗火星人小孩的方式治疗她，让她呼吸令人不快的闷烧药草混合物。她把一切异物都排出了体外，特别是她肺里长出的那两个大囊肿。不过，第二天她就康复并回到了人类的火星殖民地——真正的麻烦就是从那时开始的。

显然，她已经传染了这个殖民地中所有其他的年轻人——所有20岁以下的人。

最后一切都解决了，我们的领袖红和一个专司治疗的火星人前往人类殖民地，像治疗卡门那样治疗所有的孩子。过程不好受，但并不危险。不幸的是，没有人能解释清楚这种"疾病"是如何从我们传染给卡门，又从卡门传染给孩子们的。人类科学家们困惑不解。当然，我们并没有这样的科学家。

孩子们看上去一切正常，但人们担心会有更糟糕的事情发生，所以地球上的人类把所有上了火星的人都隔离起来，尽管还没有发生其他糟糕的事情。至今，火星上的人一直滞留于此没有回过地球。来火星的人得有心理准备，知道他们可能再也见不到地球了。

但愿意前来火星的志愿者仍然络绎不绝，这让我觉得地球肯定是个非常令人讨厌的地方。

## 4. 非凡英雄

我必须给这个男孩取名叫红，以纪念我那位为拯救我们所有人而献出生命的火星朋友。保罗和我试着给我们的女儿取了各种各样的名字，最后选定了纳迪亚，这个名字在俄语中的意思是"希望"。这正是我们现在需要的。

也许有很多人类的男孩和女孩都是以那个火星人的名字命名的。

你不可能用火星语说出这个名字，那是一系列的噼啪声、嘎吱声和口哨声，意思是"二十一领袖之领袖兼负重者领袖"。他救了我，使我免于因暴露于火星的空气中或因愚蠢而死亡。几年后，当他意识到自己已经成为一颗毁灭地球的定时炸弹时，他乘坐飞船把自己投放到了月球背对地球的一边，从而拯救了全世界。普通的英雄可不会遇上这种事。

火星人在很早以前就告诉过我们关于他者的事情——那是另一个外星人种族，据说数万年前，他们把火星人带到了火星上。起初，我们怀疑他们是神话，或者是隐喻，但记忆家族（那些总是穿着黄色衣服的火星人，例如飞虫—琥珀）坚称，他者是真实的历史，尽管从很久以前起，火星人关于他们的记忆就近乎遗失了。

他者像泥土一样真实，像死亡一样真实。

记忆家族并不知道他们自身还具备另一种功能，除利用他们异常清晰的记忆来记录事情之外，他们还保留了一条编码信息，世代相传，当时机成熟的时候，这条信息就会传给人类。

解码后的信息似乎无危险。通过棋盘式数字图片的方式，即德雷克图，我们了解到他者是硅氮生命形式的存在：他们显然生活在海王星最大的卫星——海卫一的液氮海洋中。

在他者昭示其存在后，各种各样的谜团开始交织在一起，比如在火星人的城市里处处使用高科技，但他们对科学却很无知。（他们显然只住在一个巨大的地下综合设施中，大约有地球上一个大城市那么大，但其中一半以上都种植着菌类，令人毛骨悚然。）他者建造了这座城市，并在其中安置了成千上万的火星人。这些火星人都是生物工程的产物，他们被安置于此的目的显然是监视地球，监视人类。

这个城市没有明显的电力来源,但他们显然从某处获得了无限电力。人类科学家最终找到了答案,显然是从某个"相邻"的宇宙中汲取的,我们的无限电力也同样来自此处。我不知道如果他们拿着电能缴费账单出现在我们面前,我们该怎么办。

海卫一个体——尚有许多他者远在数光年之外——向我们充分展示了无限的能量可以做什么。

一次巨大的爆炸几乎让海王星的卫星海卫一灰飞烟灭。在爆炸前的一瞬间,海卫一个体乘飞船逃走了,或者有什么东西乘飞船逃了出去。飞船以二十多倍重力加速度呼啸而去,它的目的地是一颗名为沃尔夫星系 25 号的小恒星,距离地球大约 24 光年。

在海卫一个体轰轰烈烈地退场之前,它也为人类准备了同样壮观的退场仪式。火星人领袖,我的朋友红,在不知不觉间,成了另一个世界的能为火星文明提供动力的直接能源,而当他死的时候,这种连接将会打开,强度足以毁灭世界。

它摧毁的世界不会是火星,在定时炸弹被触发之前,他者已经设法把红送往了地球。

红自知来日无多,于是他请求我的丈夫——飞行员保罗带他到月球背面去踏上黄泉路。无法确切地知道爆炸会有多大规模,但据推测月球有足够的质量来阻挡它。

月球成功阻挡了爆炸,只有几束伽马射线泄露了出来。红的葬身之处燃起熊熊大火,火光亮到远隔数光年也可以看见。

他者会看到爆炸的闪光并认为他们的小问题——人类的存在——已经被解决了吗?

这是不可能的。我们不得不踏上征程,前去寻找他们。

## 5. 逻辑

对大多数人来说，魔术胜过了科学，一厢情愿的想法驱使人类做出很多决策。因此，有大多数人认为，对付他者的最佳方式就是低调行事。

如果我们不试着联系他们，不向太空发射任何信号——既然大家都有网线，那么谁还需要这些信号呢？——那么他者就会认为他们的计划成功了，也就会对我们置之不理了。

当然，地球和火星之间没有网线，但放弃火星的想法对一些人来说确实很有吸引力，因为如果没有火星，这一切都不会发生。

但有一个问题是，在月球背面发生大爆炸后，我们没有想到马上关掉所有的信号传送器，所以这就像马绝尘而去前往沃尔夫星系25号，很久之后才关上马厩的门一样。

还有一种逻辑主张我们最好马上就开始对他者进行防御。假设离开海卫一的飞船速度不能超过光速，那么要等24年以后它才能回到他者的星球，并发现地球幸免于难，在他者卷土重来之前也要经历这么长的时间。

在武器的进化过程中，半个世纪可能是很长的一段时间。在广岛原子弹爆炸50年前，士兵们还在用刺刀和单发射击的手动栓式步枪自相残杀。

有了无限的能源，我们可以制造我们自己的星球炸弹，然后用一艘星际飞船把它送到他者的所在地。

许多人类（以及所有的火星人）认为这是一个非常糟糕的主意。没有理由认为，他者在海卫一和月球上所做的事情，代表了他们所具备的破坏能力的顶峰。如果我们惹怒了他们,他们可能会扳动开关,把太阳炸掉。他们可能会把我们送到能量来源的所在地,或者另一个再也回不来的地方。

与此同时,地球上各种各样的经济和政治体系正试图应对免费能源带来的祸福相依的局面。它并不是真正的免费,因为必须有人支付插座的制造费用。但几十家工厂,接着发展到几百家,然后发展到每个街区都有一家,生产插座换零钱。一个带有旋钮和插头的黑盒子,用于交流电,或用于直流电的几个终端。还有其他方法可以获得不同种类的能量——比如直接将物质转化为能量,为阿德·阿斯特拉号提供动力。

建造太空电梯的财团以低廉的成本将物体送入轨道,并努力实现类似建立火星殖民地这样的创举,它已经成长为一家巨无霸企业。每年这家企业的现金流仅次于两个最富裕的国家,因此它对很多事情都有着举足轻重的影响力,比如是否建立一个星际舰队,去找外星人的麻烦。如果他们决定支持这种做法,他们本可以获得商业史上最大的利润,但一种明智的做法占了上风:他们只会建立一支小型军舰舰队,并且让舰队驻扎在太阳系里。在进行咄咄逼人的行动之前,他们会向沃尔夫星系 25 号派出一个代表团,寻求和平。有些人称之为献祭的羔羊。当然他们最著名的公众代表,"火星女孩"卡门·杜拉,将是其中一员。但卡门对这个主意兴味索然。

## 6. 地球、火星以及它们之间

我们这些踏上火星的人没有一个被允许返回地球,逻辑很清楚:直到我们知道为什么我们这代人和更年轻的人同时患上了火星人的肺部疾病，谁也说不好我们是否还携带着其他什么奇怪的病菌。所以我们都是伤寒玛丽[①]，除非被证明并非如此。

不过，我们可以在环地轨道上生活，住在一个被隔离的卫星——小火星里。我乘坐重力加速度为1G的穿梭机往返于小火星和火星之间，大约耗时2到5天。我在火星上更快乐，如果公司不管我的话，我就会在那里定居下来。这样我就能经常见到我的孩子，让他们记住我的脸。

在小火星上，我可以操纵虚拟现实的化身，以电子方式操控化身行走在地球上而不感染任何人。通常我的化身看起来就像个12岁的女孩，穿着亮闪闪的白色紧身衣，经常跟跟跄跄地撞到各种东西，长相和声音都有点像我本人。不过在我参观希望之星星际飞船工厂的时候，出于某种原因，他们给了我一个男性化身，身高六英尺[②]，肩膀宽阔，肤色乌黑发亮。还是很笨拙，但是有点危险。

它甚至比我所熟悉的少女版化身还要笨拙，因为我的一言一行都经过了审查，以免我不经意间说漏了嘴："嘿，那些军舰进展得怎么样了？就是我们准备用来对付他者的武器。"

这是一个剪彩仪式，主要标志着阿德·阿斯特拉号的完工，我们最终将驾驶这艘飞船前往沃尔夫星系25号。不过，真正完工的部分是生活舱，即机组成员生活和工作的场所，机组成员共有七名人类宇航员和两名火星人。飞船本身是在太空中打造的，连接在一个巨大的冰球上，这个冰球将提供足够的反应物料，可以让飞船飞行20光年甚至更远的距离然后返回。

---

[①] 爱尔兰厨娘，伤寒杆菌的健康带菌者，世界上第一个"超级传播者"，直接传播了52例伤寒，其中7例死亡，间接被传染者不计其数。
[②] 1英尺=0.3048米。

## 星际边境

阿德·阿斯特拉号的微缩版已经穿过了奥尔特云[①]——太阳系理论上的边缘。微缩版的住处更狭窄，并有一个适中的目标，即在不爆炸或损失试飞员的情况下飞行百分之一光年的距离然后返回。

我们的飞船会相当舒适，比约翰·卡特号还要大，约翰·卡特号载着我们27个人进行了8个月的火星之旅。不过，那时我们处于失重状态；在我们去被推测是他者母星的旅途中，一旦飞船加速，我们将以1G的重力加速度行驶，然后在中途点掉头转向，并且以同样的速度减速。

在剪彩仪式上，除了我的化身，还有八个化身分散在人群中，我猜这是希望之星星际飞船工厂的标准配置。其中一个是保罗的化身，还有两个分别是月亮男孩和梅丽尔的化身，他们俩是将和我们一同前往的外星学家。也许其他三个人是公司/联合国派遣的小组，他们不可能在小火星上——无处藏身，但可能在环地轨道上的某个地方。或者就在隔壁房间，只是他们的身份被隐藏起来了。

（我们从未见过面，但我们互相通过几封信。他们人很好，但这是个一妻多夫的三人家庭，两个男人和一个女人。在我看来这很奇怪，一个男人就够难应付的了。）

我错过了一些演讲。当你在虚拟现实中一动不动地站着的时候，很容易陷入昏昏欲睡的状态。如果我错过了重要的东西，我可以回溯分身的记忆。

---

[①] 一个假设包围着太阳系的球体云团，里面有不少不活跃的彗星，距离太阳约50000～100000个天文单位，最大半径差不多为1光年。天文学家普遍认为奥尔特云是50亿年前形成太阳及其行星的星云的残余物质，并包围着太阳系。

我们的使命是如此模糊，以至于我很难以此为题写一篇超过一两分钟的演讲——更别提口若悬河只比书短些。去我们以为海卫一个体去了的星球，只是为了证明我们能去，然后对他者的所作所为做出反应。如果"他者的所作所为"包括让我们化为乌有——这似乎并非不可能——那么我们默认的使命将是我们没有试图先伤害他者，他者难道不后悔杀了我们吗？

仪式一结束，他们就开始拆除生活舱。它被分解成足够小的模块，可以被太空电梯运送。

一旦飞船上的生活舱交付使用，在接下来的40年里，希望之星星际飞船工厂的常规业务将是打造军舰。

这真是一个愚蠢的想法，因为他者已经证明了他们毁灭地球是多么不费吹灰之力。为什么要去激怒他们呢？

当然，那个军舰舰队的实际功能更多的是维护地球上的和平，而不是把战争带到太空中去。它给人一种错觉，某事正在进行当中，我们并非被动的目标。它还为地球上很大一部分人口提供了就业机会，否则人类可能会互相争斗。

任何广播媒体都矢口不提舰队，人们使用诸如"空间工业化"之类的委婉语来向他者保密军备计划。我想，如果他者对人类的监听不是太认真，或者他们非常愚蠢，这种方法可能会奏效。

离开虚拟现实，洗个澡，换换衣服，感觉真好。当我洗完澡换好衣服的时候，保罗给我发了一条信息，说他在楼下的厨房里听着新闻，享用着新鲜的咖啡。

这种咖啡是来自牙买加的一批新货。他等我呷了一小口，就告诉了我一个消息：来自地球的三人家庭要来认识我们了，比预定时间提前了。

"不知道为什么。"他说,"也许地球太令人兴奋了。"

"可能只是行程安排有变。一旦他们开始运送阿德·阿斯特拉号的部件,就很难在电梯里找到座位了。"但这很古怪。

# 7. 介绍

对这一刻我事先设想了很久,常常感到恐惧。现在这个时刻已经来临,我只能听天由命,同时心怀一线希望。过了这扇气闸门,我们将被人类放逐,也许我们余生都将被放逐,直到火星隔离被解除。

我看着我的伴侣——艾尔莎和达斯汀,"我觉得应该有人发表演讲,或者说点儿什么。"

"这个怎么样?"达斯汀说,"'我到底他妈的在想什么?'"

"我也正想这么说。"艾尔莎说,"或者大致如此。"

我们漂浮在无菌的白色前厅里,这里是小火星的中心部位。有两扇电梯门彼此相对,绕着我们缓缓旋转,电梯上分别标着地球环和火星环。人们可以在地球环这边的电梯来来往往,火星环的电梯则是单程的。

我按下按钮,电梯顶上的门滑开了。我们爬上爬下,翻着跟斗,这样我们的脚就能碰到名义上的地板。我说了一声"关门",天花板就滑了下来,尽管它可能是自动关闭的,而不是服从我的指令。

当电梯"向下"移动到环面的边缘时,我们感知到人造重力的逐渐增强,直到达到火星标准重力,但对习惯了地球重力的我们来说非常轻。我们的地板上打开了一个气闸舱口,我们从梯子上爬了下去。舱门在我们头顶上关上了,最后传来一声响亮的撞击声。一扇门打开了,通向人们认为存在污染的小火星。

我本以为会闻到典型的太空飞船的味道,就是那种太多人生活在狭小空间里的味道。但这里的氧气充足,远超所需,闻起来气味均衡,有股淡淡的蘑菇味,可能是因为种了火星人的农产品。

我认出了站在那里的女人,当然,那是世界上最著名的面孔之一,或者说是地球之外最著名的面孔之一。"卡门·杜拉。"我伸出手去。

她握住我的手,微微低下头去,"扎哈里将军。"

"请叫我纳米尔就好。"我介绍了我的同伴,艾尔莎·瓜达卢佩和达斯汀·贝克纳,没有提到军衔。他们都是美国情报部门的上校,名义上隶属于太空部队。我是以色列人,但我们这些幽灵都住在同一个鬼屋里。

她介绍了她的丈夫保罗·柯林斯,还有两位外星学家,月亮男孩和梅丽尔。保罗·柯林斯的名气更大,他将驾驶这艘巨大的星际飞船。我们稍后会见到火星人。

我们跟着他们到了厨房。

步行让人感觉很奇怪,一方面是因为轻飘飘地无处着力,另一方面是因为如果你转头或点头的速度太快,就会感到轻微的眩晕——因为科里奥利力[①]刺激了内耳,我记得那是军事空间站传授的知识。不过

---

[①] 1835年,法国气象学家科里奥利提出,为了描述旋转体系的运动,需要在运动方程中引入一个假想的力,这就是科里奥利力,也称哥里奥利力,简称为科氏力。计算公式为 $F = -2m\omega \times v'$,是对旋转体系中进行直线运动的质点由于惯性相对于旋转体系产生的直线运动的偏移的一种描述。科里奥利力来自物体运动所具有的惯性。

几分钟后,等你适应了就好了。

我们走进厨房时,达斯汀被地板缝绊了一跤,卡门抓住他的胳膊,笑了起来,"过几天你就会习惯的。至于我自己,我已经开始喜欢它了。还有点害怕重力恢复到1G呢。"

阿德·阿斯特拉号会以1G的重力加速度一路加速。"你在火星重力下生活了多久?"

"从2073年4月开始至今。"她说,"当然,在那些日子里,来来回回都是零重力。我坐1G的穿梭机往返过几次。我不太喜欢那种滋味。"

"我们很快就会习惯的,"保罗说,"以前我不是待在地球,就是待在火星,这不是什么大问题。"

"那时候你可是个身强力壮的人。"她说道,声音里透着一丝友好的戏谑,"飞机驾驶员。"

术语变了。在我生命的大部分时间里,昔日意味着在欣嫩子谷惨案之前。现在,昔日则是指在海卫一爆炸之前。还有一个飞行员曾经开过飞机。

"这地方不赖。"达斯汀说。厨房里摆着舒适的软垫椅和一张木桌,墙上挂满了严肃的画,有些陌生而又奇怪。浓郁的咖啡香气弥漫在空气中。他们有个压力咖啡机,我看到他们也会用它来泡茶。

"可惜我们不能把它带走。"保罗说,"所以最好别让牙买加咖啡养刁了你的舌头。"

桌子周围很宽敞,我们所有人都围坐在一起。我们都喝了咖啡、水或果汁,然后坐了下来。

"我们好奇你们为什么来得这么早,"月亮男孩说,"如果你不介意我直截了当的话。"他的长相讨人喜欢,脸上没有皱纹,顶着一头乱蓬蓬的白发。

"当然不会介意,永远不会。"我说道。正如经常发生的那样,当我停下来时,艾尔莎插嘴,把我想说的话说完了。

她说:"我们,或者我们中的某个人,可能会觉得这是不可能的。他们想让我们相信,这一切都是板上钉钉的事情。他们通过心理侧写,确信我们都会相处得很好——无论如何,我们别无选择;这趟航班绝无仅有,我们必须参加。"

月亮男孩点点头,"那不是真的吗?"

"绝对不可能。如果我们七个人中要是有个人死了,你认为会发生什么事?他们会取消任务吗?"

"我懂你的意思了……"

"我相信他们有一个应急计划,一份替换名单。所以,如果问题不是某个人的死亡,而是某个人意识到在这13年结束之前,有一两个人会把他或她给逼疯了呢?"

"别忘了那两个火星人。"梅丽尔说,"如果这里有人会见鬼地把我逼疯,那肯定就是'飞虫—琥珀'。"其他三个人哄堂大笑,也许是出于紧张。

"穿过那道气闸门确实让你们成为困兽。"保罗说,"开弓没有回头箭,没有回头路了。"

"当然没法回地球了。但可以留在这里,或者去火星。"我看着我的妻子说,"你从没提到过这件事。"

"我突然想到了。"她说,脸上露出一种我熟知的无辜表情。她很高兴能让我大吃一惊。

"说的好!"保罗说,"再过几天,我们就没有回头路了。在那之前让我们都来个精神崩溃吧。"

这确实引起了我的反思。我是不是太像个军人了?命令就是命令吗?

35 年前,在以色列的集体农场基布兹的基础训练基地,一名中士会把我叫醒。他的脸离我只有几英寸①远,他会大喊:"第一条基本原则是什么?"

"坚守岗位,直到有人接替我的职责。"我喃喃自语道。这种责任感比我单纯去服从命令更有力量。

"第一条基本原则是什么?"我轻声问艾尔莎。

她皱起了眉头,额头上出现了一道明显的皱纹,"第一条什么是什么?"

达斯汀清了清嗓子说:"坚守岗位,直到有人接替我的职责。"

她的脸上绽出了微笑,"我的兵哥哥们,我们需要一条更好的首要原则。"她看着卡门,扬起了眉毛。

"'别惹怒外星人'怎么样?"

"除飞虫—琥珀以外?"我对梅丽尔说。

她做了个善意的鬼脸,"他并不比黄色家族的其他火星人更糟糕。他们都挺高傲自大……而且疏远冷淡?甚至对其他的火星人也是如此。"

我在我们的简报中看到过。黄色家族在火星人中所占人数最少,

---

① 1 英寸 =0.0254 米。

大约占总数的二十分之一。因为他们的记忆力超强，所以充当了历史学家和记录员的角色。他们也是我们联系他者的另一种渠道——一种预先记录的信息，可能所有黄色家族的火星人都把这条隐藏信息世代相传了数千年，一直等待触发信号。

9年前，当触发信号传来时，飞虫—琥珀已经在小火星上了。他陷入了昏迷，然后开始胡言乱语，这条信息很容易就被破译了。海卫一个体昭示其存在和所处的位置，以及它是硅氮体，有新陈代谢的事实，除此之外没有别的了。它没有提到它试图毁灭世界的事实。

"我有点像当兵的愣头青。"保罗说，"我没想过还有其他选择。"

卡门哈哈大笑了起来，"至于你，不必在意其他选择。反正你得驾驶飞船。"实际上，飞船是自动驾驶的，不用人操心，所以它不需要飞行员。如果情况不妙，保罗将负责监督并接手驾驶。但这都不算什么大问题了，以前可从来没有人驾驶冰山以接近光速的速度飞行过。

我能感觉到大家在社交中为彼此定位。我们三个人和保罗都服过兵役，在大多数混合群体中，这是个主要差异，算得上是个伪物种——已经杀了人，或者至少在理论上，拥有杀人许可，所以与众不同，而且这种与众不同无法泯灭。

在这个群体中，服过兵役的人比没服过兵役的人略多些。曾在火星上生活过的人组成了另一个更基本的群体。但在某些情况下，我可以把保罗看作一个天然盟友。

梅丽尔站起来，打开冰箱，"有人饿了吗？"有几个人随声附和，也包括我自己。"当然，有益于健康。"她拿出一个托盘——上面有白色的块状物，把它滑入炊具，按下一系列按钮，可能是用微波和辐射热同时进行烹饪。

"驾驶这玩意是件可怕的事情。"保罗低头看着桌子,把盐瓶和胡椒瓶四处移来移去。"不管是谁驾驶都很可怕——尤其是当技术援助离我们有若干光年之遥的时候。"

如果火星的能源耗尽了,即使技术援助也不会有多大用处。

我们还不如焚香祷告呢。

"测试一号回来之前,为此提心吊胆也无济于事。"梅丽尔说道。她从炊具里拿出一盘小圆面包放在桌子上。

"你今天监控过测试一号的运行了吗?"卡门问保罗。

他点了点头,从口袋里掏出一个笔记本,随手翻开,"测试一号还有两天半就要掉头转向了。也就是说,再过62个小时。"测试一号是阿德·阿斯特拉号的微缩版,它将行驶百分之一光年,然后就返航。"没问题。"

糕点是温热的,有股淡淡的杏仁味。我不想猜测这味道是怎么来的,肯定不是杏仁。

"你没跟测试一号的驾驶员说说话吗?"

"从昨天到现在还没聊过,我不想唠唠叨叨。"他看着我,"我应该吃醋,那是她生命中的另一个飞行员。"

梅丽尔哈哈大笑,"是哦,我会问问他,是否愿因为一个大大的湿吻而被隔离。"

"测试一号不是从火星那边来的吗?"我不知道。

"不,他们想用它来进行本地勘探,不想让我们这些麻风病患者垄断太阳系。"

这样做有道理。不让已经上过火星上的人去月球,计划在谷神星①和外行星的卫星上建立新的前哨站的话，可能也是如此。

当一个怪物走进门时，我的心猛地提到了嗓子眼，然后又落回了肚子里。那只是一个火星人。

"嗨，雪鸟。"月亮男孩说，然后发出一连串人类通常无法发出的声音。我可不知道还能一边吹口哨一边打嗝。

"早上好。"她用月亮男孩的声音说，"你的口音越来越像了。但是不用了，谢谢，我不想吃平底锅。"

"看来，还得加把劲儿努力提高我的词汇量。"

她转向我们，"欢迎来到小火星，将军。还有这位上校和那位上校。"

"很高兴来到这里。"我说道，立刻觉得自己这么说很愚蠢。

"我希望你这么说是出于礼貌的，而不是疯了。很高兴参加可能会导致你死亡的探险？我希望你不是这么想的。"她走路时步态平稳，动作流畅，四条腿轮流行走。她用一只胳膊搂着梅丽尔，其他三条胳膊耷拉着。

我看过成千上万张火星人的照片，并对他们进行了广泛的研究，但那和跟他们待在一个房间里的感受完全不一样。他们只比人类高一点，但看起来体形庞大，结实可靠，像马一样；身上有点金枪鱼的味道。脑袋很像一颗老土豆，眼睛也像；有两只大手和两只小手，每只手都有四根手指，关节相连，任何手指都能充当拇指；长了四条腿。

这个火星人穿着一件白色的工作服，上面有灰色的磨痕。当她说话时，她会"面对"跟她说话的人，尽管没有什么地方类似真正的脸。

---

① 谷神星：由意大利天文学家皮亚齐发现并于1801年1月1日公布，是太阳系中最小的、也是唯一一位于小行星带的矮行星，曾被认为是太阳系已知最大的小行星。

她只长了一张嘴，牙齿又黑又大。类似土豆芽眼的地方真的是眼睛，就像光纤束之类的东西，同时向四面八方看，大部分都是用红外线看到的。

"你是雪鸟？"我妻子问。

她面对着我妻子，"我是。"

"所以你会和我们一起踏上赴死之旅。"

"我想是的。很可能。"

"你对此有何看法？"

在回答这种问题时，人类可能会坐下来，或靠在什么东西上。而雪鸟站着不动，沉默了很长一段时间，"死亡对我们的意义跟对你们的意义不一样，没那么重要。我们会像你们一样完全死去，但会有新的生命代替我们的位置。而且我们被更严密地复制了。"

"一个白色家族的火星人告别人世，一个白色家族的火星人就会降临人世。"我说。

"是的，但还不止这些。新生命会传承逝去生命的记忆。是真的传承，不是隐喻意义上的传承。"

"即使你在24光年之外死去也是如此吗？"梅丽尔问道。

"飞虫—琥珀和我，我们已经就此讨论过了。这将是一个有趣的实验。"

火星人的繁衍方式与人类的繁衍方式截然不同，有点像摔跤比赛，几个人在一起打滚。他们的汗水中含有遗传物质，谁赢了谁就将成为母亲，在接下来的几天里萌出新芽。每个新生命都对应一个刚刚逝去的生命，所以每个家庭的人口数目大致保持不变。

"你的名字不在太空电梯的乘客名单上。"卡门说，"我们没想到你会来,直到你来之前才收到你要来的消息。是秘密行动吗?"

所有人的眼睛,也许还有几只火星人的眼睛,都盯着我。"是的,但跟艾尔莎和达斯汀没多大关系。我们都和情报界有联系,但我是唯一一个应该秘密行动的人。当然,当我们一起旅行时,他们也会保持隐身。"

"秘密。"雪鸟说,"那是因为你是以色列人?一个犹太人吗?"

我向她点点头。当有这么多眼睛盯着我的时候,我很难直视火星人的眼睛。"我出生在以色列。"我说,一如既往地努力不让自己的声音流露出情感,"我没有宗教信仰。"

这导致了意料之中的尴尬沉默。

卡门最终打破了沉默:"我一个朋友的父母在以色列,他们是在欣嫩子谷惨案之后认识你的。她叫埃尔斯佩思·费尔德曼。"

我花了一点时间回想,"费尔德曼一家人,是的,美国人,搞生命科学的。麦克斯和……什么来着?"

"阿希拉。你批准他们成为以色列公民。"她说道。

"他们和其他上千人,大多参与了欣嫩子谷惨案的清理工作。经此惨案后,以色列真的出现了人口短缺。"我转向雪鸟,"你知道关于欣嫩子谷惨案的情况吗?"

"我知道,"她说,"但知道并不等同于理解。你是怎么幸存下来的?"

"2060年全年我都在纽约,是联合国的一名初级专员。就在那时,第一批毒素进入了特拉维夫[①]和赫法的供水系统。"

---

① 特拉维夫:或译台拉维夫,是以色列第二大城市。主要为犹太人,阿拉伯人约占总人口的4%。

"喝了有毒的水的人都死了。"卡门说。

我说:"如果一年后他们在特拉维夫或赫法,就会遭遇汽车炸弹释放的第二批毒素,用的是气雾剂。"

"在我待的地方,当时迹象并不是很明显,没法马上察觉。我在一个满是外国人的办公室里。当时正值犹太人的传统节日,逾越节①。"

"我们在立体视频和收音机上收看收听到了新闻——其中一个汽车炸弹在两个街区外爆炸了。"

"五六个人开始出现呼吸困难,他们都在几分钟内死掉了。他们可以吸气,但没法呼气。"

"我们打了 999 急救电话,但当然毫无结果。走到街上,然后……"在桌子下面,艾尔莎把手放在我的膝盖上以示安慰,我把我的手覆在她的手上。

"数百万人同时死去。"雪鸟说。

"几分钟之内。当我们出来的时候,汽车仍在四处乱撞。整个城市都响起了警报。当然,到处都是死人,一些人濒临死亡。有些人从阳台上跳下或坠落,在大街上和人行道上摔得粉身碎骨。"

雪鸟张开了四只手,"我很抱歉。这会让你痛苦。"

我说:"已经过去了 20 年,准确地说,整整 24 年。说实话,有

---

① 逾越节:犹太人每年最重要的朝圣节日之一,希伯来文的动词的意思是"越过",就是上帝在领以色列人出埃及前,给埃及人第十个灾难时,灭命的使者在击杀头生的孩子和牲畜时"越过"了门框、门楣上涂了羊血的希伯来人的家庭。因此,每年在逾越节的时候,每家犹太人都要重述这段历史。通常在阳历的四月,节期是由尼散月(圣经中的亚笔月乃是尼散月的迦南用语,意即春月)十四日黄昏的时候开始,为期七或八日,在这段日子中不能吃发酵的任何食品。

时候我觉得这事根本没发生过。就像这件事发生在别人身上，那个深受其害的人一遍又一遍地给我讲这个故事。"

"事情确实发生在别人身上。"艾尔莎说，"不管你以前是什么样的人，都发生在以前的你身上。"她的手指微微移动。

我对火星人说："你可能知道死亡人数，以色列近70%的人不到十分钟就猝死了。"

"他们还不知道是谁干的？"雪鸟问道。

"没有人声称对此事负责。20多年的紧张调查没有发现任何有用的线索。犯下此罪行的人真的掩盖了他们的踪迹。"

"所以是像你这样的人干的。"月亮男孩说，"但不太像你会做的事。"

"我明白你的意思，是的。这不是一群口吐白沫的反犹分子，而是一个国家或公司，里面有……像我们这样的人。"

"你们能做到吗？"保罗说，"我不是指道德上的。我的意思是你能管理好它的机制吗？"

"不能。你没法把机制和道德分开。24年过去了，我们仍然没有一丝一毫的证据。装有炸弹的汽车上的司机当然死了——我们认为他们并不知道自己会死；他们都在去某个地方的路上，而不是停在目标处——但那几十个必须参与其中的人呢？我们认为他们都是在欣嫩子谷惨案期间或之后被谋杀的。这不是一具尸体或多或少会很醒目的时候。那一天我们所有的线索都中断了。"

卡门慢慢地点着头，"你不恨他们吗？"

我明白她的意思。"不能说是恨。我害怕的是他们所代表的，人类潜在的邪恶。但是针对个人而言，不恨。恨又有什么意义呢？"

"我读了你写的关于它的那篇文章。"她说,"那篇期刊综述。"

"《国际事务》20周年特刊。你的分析很彻底。"

她微笑着,但直视着我,"当然,我很好奇。我们可是会在一起待很长时间的。"

"我也拜读过你的大作,"保罗说,"《宽恕不可原谅之事》。卡门给我看了。"

"试图理解为什么我会被选中,为什么我们会被选中?"

"为什么选择军人?"她说,"这种压力是显而易见的,但坦率地说,我很惊讶他们竟然屈服于这种压力。我们不可能威胁到他者。"

她抑制着怨恨,我认为那不是针对个人的。"你宁愿有三个以上的外星生物学家,也不愿有三个……政治任命的官员?我们并不是真正的士兵。"

"你曾经当过兵。"

"十几岁的时候当过,是的。那时,在以色列的每个人十几岁都得当兵。但从那以后,我一直是专业的维和人员。"

"还是一个间谍。"艾尔莎说,"如果我是卡门,那会让我心烦意乱。"

卡门做了一个安抚的手势,"我们可能有足够多的外星生物学家,而且真的只能猜测还有什么可能有用。身为医学博士的你,渊博的学识和丰富的临床经验对我们个人来说显然很有用,就像纳米尔的外交官生涯对我们的使命一样有用。但我们不知道,身为哲学博士,达斯汀的学识可能是我们军火库中最强大的武器。"

"当我发现地球委员会挑的全是军人的时候,我不会假装我并不生气——而且除此以外,这些军人都是间谍!但我当然明白其中的逻辑。就社会动态而言，这是合理的，一个安全的三人组连接两对安全的搭档。"

这种动态在很多方面都很有趣。委员会只想要不超过三个军人，这样就能保证平民的数量占优势，但他们又不想因为派出单身的未婚人士而破坏社会平衡——所以我们这个三口之家有很大的天然优势。

但它到底有多稳定呢？虽然大伙儿都结婚了，但卡门、达斯汀和艾尔莎都不满 30 岁，我们其他人也不完全是清心寡欲的修女和僧侣。

在我们所有人在一起待的第一个小时里，我想有很多自动的和无意识的评价和分类——我们面临多年的相处，就像葡萄酒酿造需要多年的沉淀，谁会和谁结合在一起？我已经 50 岁了，老到可以做卡门的父亲了，但我对她最初的感觉根本不是父爱。

我看得出来，这种吸引力只是单方面的，她把我归类为前辈。但我妻子和她同龄，实际上比她还小几个月。她肯定知道这是个统计数字。

作为一个可怜的中年男人，我只是在给自己找借口吗？假设一个女人仅仅因为我对她一见钟情而肯定会被我吸引？

虽然我没有预料到，但我不是因为她是"火星女孩"而对她一见钟情。作为一名外交官，我接触过的名人太多了。卡门没有那种我觉得很讨厌的自视甚高。她几乎是心态积极、表现正常的，在所有女人中这是最不寻常的。驻留另一个物种群中的人类大使，可以算得上是历史的支点了。

她的外表也不是我通常认为有吸引力的那种女人，她苗条得几乎像个男孩，五官英挺冷峻，神情充满好奇。她的眼睛是绿色的，或者说是淡褐色的，这是我在照片中从未注意到的细节。她像我们所有人一样，为了空间旅行而把头发剪短了。在通往沃尔夫星系 25 号的漫漫征途中，其实没有必要遵循这样的传统。

梅丽尔与我年龄更相近，外表也更迷人，几乎称得上是丰乳肥臀、性感撩人。她有着橄榄色的皮肤和乌黑的头发，看起来就像和我一起长大的大多数女孩和女人一样。

但那些曾陪伴我成长的女孩和女人都已经不在人世了，我看着她不可能没有那种感觉。

## 8. 家庭事务

我没想到自己会喜欢纳米尔，但我马上就喜欢上他了。你可能期望一个职业外交家应该是讨人喜欢的，但在我身为"火星女孩"的经历中，情况并非如此。当然，这些会议总是公开的、紧张的，身体接触仅限于虚拟现实，像戴着橡皮手套般不够真实。

真真切切握住别人手的感觉是多么奇怪但又令人愉快。纳米尔克制了自己的力气。他的脸看起来也充满力量，轮廓分明，但眼睛周围有笑纹，让人感觉很温暖。

这三个间谍是多年来我们第一次见到的陌生人，所以我立刻情不自禁地感知到了他们的身体。达斯汀和艾尔莎跟我同龄，艾尔莎体格健壮、坚定自信，而达斯汀更像一个文质彬彬的学者。

纳米尔的魅力几乎让人无法忽视，这是一种与军衔无关的权威气质。可能是与生俱来的，当他还躺在婴儿床上时就能把大人使唤得团团转。我不知道保罗会不会不太适应他的处事方式。

我不知道我会不会适应这个人。我们没有等级制度。飞行方面，身为飞行员的保罗会做决定；如果有医疗方面的问题，艾尔莎会做出决定。否则我们会开诚布公，并达成共识。当我们抵达沃尔夫星系25号与他者会面的时候，我把自己看作发言人，但事实上我们不知道到时候情况会怎样——也许他们只会和火星人交谈，而飞虫—琥珀是合乎逻辑的选择。我们其余的人只是辎重，也许是一次性的，用完就可以被丢弃。

与来自地球的这些人的第一次会面是亲切而令人安心的。月亮男孩以他直截了当的交流方式，发现了他们是如何成为一个一妻多夫的三口之家的。6年前，纳米尔和艾尔莎举行了传统的民事婚礼，那时也是艾尔莎在医学院的最后一年。美国太空部队已经支付了她的学费，她一拿到医学博士学位就被委以重任。纳米尔动用了一些关系，最后他俩一起在联合国工作——在那里艾尔莎邂逅了达斯汀，并爱上了他。在纳米尔的建议下，他们接纳达斯汀成为他们共同的伴侣，这在纽约是合法的，而且（我很惊讶地得知）如今这样的婚姻在那里并不罕见。

我只能猜测他们在地球上究竟是怎样安排睡眠的。在小火星和阿德·阿斯特拉号上，每个人都有自己的卧室。铺位很大，如果两个人不介意有身体接触的话，他们可以睡在一起，除非他们块头都很大才会挤不下。在我们这群人中，只有纳米尔和保罗块头够大，但我想他俩是不会挤在一起睡的。

在阿德·阿斯特拉号里，一切都是模块化的。他们可能会选择在一个大房间里有一张大床，就像他们在大学里说的那样，仓鼠窝。

在他们三个人中，只有纳米尔有过一点在太空生活的经验，但也只有一点点。在我们其余四个人中，我在太空中度过的时间最短，但我离开地球已经11年了。顺便说一句，这差不多是我们七个人会在一起度过的时间,就是前往沃尔夫星系 25 号和有望顺利回归加起来的时间。花大约六年半的时间到那儿,回来的时候也是一样。

如果我们要生存下去,我们就必须成为一个类似家庭的共同体。托尔斯泰①有句名言:"幸福的家庭都是相似的,不幸的家庭各有各的不幸。"②不过,老俄罗斯人说这话时,没考虑过三个人的婚姻,也没考虑过有两个非人类成员的家庭——我们可能会感到不快乐,以他没有描述过的方式,但至少我们中没人会卧轨自杀③。

对于我们这些习惯于在火星殖民地或这颗卫星上生活的人来说,阿德·阿斯特拉号上的生活空间不会太狭窄。与整个人类隔绝,同时又与少数人密切接触,这已经不是什么新鲜事了。

我们的间谍已经习惯于周游世界,不断地面对新环境、新人群的挑战和吸引,他们会如何应对这种状况呢,一个有金鱼缸的外观,实际上却是个沙丁鱼罐头般的太空舱?

虚拟现实技术将有助于我们保持理智,有时会提供理智之外的选择。月亮男孩和梅丽尔都喜欢用万花筒筛选程序随机地去不同的地方,这种筛选程序提供通感的可控程度,那些数据意味着一种感觉被腾挪转换为另一种感觉。你可以一次只转换一种感觉,或者只是转动轮盘随机选择,然后坚持下去。如果有时间的话,我自己可能会进行更多的通感,并且转换我的视觉和嗅觉,等等。

---

① 全名为列夫·尼古拉耶维奇·托尔斯泰(1828 年 9 月 9 日—1910 年 11 月 7 日),19 世纪中期俄国批判现实主义作家、思想家,哲学家,代表作有《战争与和平》《安娜·卡列尼娜》《复活》等。
② 这句话出自列夫·托尔斯泰的《安娜·卡列尼娜》。
③ 安娜·卡列尼娜最后卧轨自杀了。

但我喜欢几乎算得上是无穷无尽的简单虚拟纪录片数组,而且经常和保罗一起拿它们打发时间,作为一种我们远离其他人独处的方式。通常这些旅行纪录片的景色并不如何壮观,文化也不见得特别有趣,当然,程序库里的大部分程序都是这样平平无奇。我们只是漫步在乡间小路上或者坐在沙滩上或树林里,聊聊天。遗憾的是,我们没有复杂的色情界面,所以我们本可以做的不仅仅是牵手和聊天,但那样的话,将有点难以通过公司的预算审查。

按这些思路想下去,我不得不承认,我对我们新来的兄弟姐妹有某种好色的好奇心。

我对这两个男人都不感兴趣,尽管他们都讨人喜欢而且充满魅力。很难相信纳米尔已经50岁了。从我们第一次见面的那一刻起,我就从他身上感觉到了一种真正的身体吸引力,尽管他可能会对任何一位年龄适中的女性表现出同样的兴趣,使性结合成为可能。我知道,在某些文化中,性别歧视的程度被认为是对某些男人的献殷勤。

事实上,纳米尔似乎并没有对梅丽尔表现出同样的热情,而她比我更漂亮、更性感。梅丽尔比我年长,但仍然比他年轻10岁。

谁知道呢?几年后,我们可能会像水貂一样交换伴侣,或者不和对方说话。

谁会第一个被扔出气闸舱?或者自愿离开?

# 9. 秘密

卡门并不知道自己被骗得有多彻底——只是细节有所删减,语焉不详,但依然是谎言。她真的不知道现在地球上的事情有多糟糕,我们经历了多么可怕的噩梦。

我们认为全面监控和审查所有进入太空的通信是十分必要的,因为如果他者感兴趣的话,他们可以接收任何来自地球的广播。

也许很傻。足够弱的信号在24光年的距离内会衰减,以至于没有什么超级科学能将其与宇宙背景噪声区分开来。但什么是"足够弱"?你对信号的需求有多紧迫?如果它对身为间谍的我很重要的话,我可以获取任何最小的信号——通过一英里①外的酒店窗户知晓一个人的心跳——然后放大并改善此信号,通过激光把它传输给另一个间谍,或者24光年外他者的一个间谍。

所以他者能做什么呢?也许他们看了我们所有的邮件,也许他们读取了我们所有的想法。

不管现实如何,控制的原则是,所有进入太空的通信都可能被他者偷听到,所以每个生活在环地轨道上或火星上的人都会对地球上的生命有系统扭曲的看法。当提及防御措施的时候卡门也意识到了这一点——她从来没有提到过舰队,也没指望会有任何关于舰队的报道——但当我们第一次交谈时,我意识到她对地球上生命的想象并不比立体视频上的戏剧更现实。

第二天早上,我偷偷摸摸地查看了锻炼时间表,发现她独自一人。凌晨4:00,她正在玩虚拟现实游戏——骑自行车,于是我用起了划船机,看着她骑着自行车穿过巴黎的街道,那里在现实中已经不复存在了。

---

① 1英里=1609.344米。

我们各自洗了个澡,然后在楼下的餐厅喝了杯咖啡。她提到了巴黎,她少女时代曾在欧洲生活了一年,对巴黎的印象都来自那一年的经历。

她说:"我猜这颗虚拟现实水晶太旧了。他们当时还没有开始重建埃菲尔铁塔,但当我 2066 年在那里的时候,重建已经完工了。"

我答道:"埃菲尔铁塔还在那儿,但它在 2081 年的暴动中被毁了,有一块基座熔化了。他们就这样置之不理了,不向公众开放。"

"2081 年发生了暴动?"

"不只是在巴黎。在战神广场①,有数百人在暴动中死在那里。"

"数百人。"她一动不动地坐着,"在美国也是如此吗?"

"到处都是这样。美国……比大多数欧洲和中东国家还要糟糕,洛杉矶和芝加哥尤其糟糕。"

"在东海岸吗?"

"巴黎爆炸时,纽约和华盛顿已经处于戒严状态,死伤不算惨重。"

"暴动持续了多久?"

"嗯……严格来说……"

她睁大了眼睛,"还在继续吗?"

我很想抽支烟,但从欣嫩子谷惨案之后我就没抽过烟。"在某种程度上,它仍在继续。不是戒严,而是一种无处不在的极权制。它自己不是这样说的。"

"这就是他们所说的国际主义?"

"大体如此吧。一个庞大的幸福的极权国家大家庭。"

---

① 名称来自罗马的战神广场,位于埃菲尔铁塔和巴黎军校之间,现名为三月广场公园。

星际边境

她穿过房间,向外张望着地球的影像,"前几天保罗和我讨论过这个问题。他们描绘的未来图景太完美了,我们都对此心知肚明。但是极权国家,遍及全世界?"

"也许我夸大其词了。许多人的确只是把它看作国际社会团结对抗共同的敌人。所有人都必须牺牲一定的时间,一定程度的舒适,以及自由。"

"为了人类的未来。"她用广播员的声音说。

"大家都相信这种说法吗?"

"一点也不。很大一部分人认为海卫一和月球另一边的爆炸只是放烟火,是为了让我们相信他者的鬼话连篇——整件事其实是一场精心策划的骗局,目的是剥夺正常人的权利,把他们的钱交给富人。"

"如果你对科学或经济一窍不通,这种说法就站得住脚。但即便如此,你也得让火星人参与这个阴谋,否则就得相信他们并不真正存在。"

"这太奇怪了!"

"好吧,除非他们自己是阴谋的一部分,否则谁也不许质疑。他们说,一个多世纪以来,好莱坞一直在努力虚构令人信服的外星人。无论谁是幕后黑手,都能供得起编上几十个最令人信服的外星人。

"如果你以此为前提——关于火星的一切都是一场骗局——那么大部分都合情合理。至于他者?完美的敌人,无所不能,遥不可及。你和保罗当然是阴谋的一部分。火星女孩嫁给了拯救地球的男人?如果我不知道这是真的,我自己也不会相信。"

"可是……谁会从中受益呢?"

"富人、白人、犹太人——作为一个非官方成员的犹太人,我知道我们无所不能。用古老的术语来说，军事工业复合体给了他们一个黑洞，让他们在未来 50 年里能把钱源源不断地投进去。"

她重重地坐在我对面的椅子上，打量着我，"在这里我应该打断你，说：'纳米尔，你知道得太多了。现在你必须死。'"

这实际上让我有点不寒而栗。"我认为，更有说服力的解释是他者就是整件事的幕后黑手。但他们看起来就像人类一样，而且已经渗透到政府和行业的方方面面了。"

她笑了，"这就像所有关于欣嫩子谷惨案的偏执解释一样，一些人仍然认为它是被左翼接管了。"

我哼了一声，"这就解释了我们的政府现在是多么自由，如果你称之为政府的话。也许他者先占领了以色列，作为一个实验。"

她身体前倾，神情严肃，"那么……在多大程度上，普通人知道正在发生的事情？——他们不像你们这些人那样在权力走廊里高视阔步。"

"大多数人都知道，那些识字的人。报纸又变成了大产业，印刷行业。没有人阅读电子报纸来获取真正的新闻。那些没有文化的人只能靠口口相传，或者被迫接受与传递给他者相同版本的现实。"

"他者和我们。"她说道，试图控制住声音中的愤懑之意。

"我认识的大多数人都待在火星上，但我一直与地球上的人保持联系——"

"如果他们讨论现实，谁会冒着被判死刑的风险呢？一切都被监控着。"她使劲摇着头，"瞧，我还以为你也参与了呢。自我审查是如此的自动。没有人会打电话或写信来说'他们会因为我说了这些话而杀了我，但是——'"

"但这太愚蠢了!他者是不会被愚弄的。"

"没办法知道到底会不会。这可能只是顺嘴说一句。"

"也许吧。"她因为愤怒而紧绷的嘴角这才放松了,"我从来没有想过要一份报纸的纸质版。我是说,谁曾见过呢?"

"如今,大家都见过。"是不是某个官僚控制了他们得到的信息,还是苛刻的广播安全所导致的意外后果呢?"你应该要一份《星期日纽约时报》——不然我来提出这个请求吧,就说我想家了。看看他们是否会为你们打印一份特别版本,里面的新闻都经过了审查。我能分辨出来。"

我提出了请求,报纸终于出现了——过了一个星期才出现。它似乎就是我每个星期读的那份报纸。值得注意的是,它有裘德·库尔特的专栏,总结了过去一个星期向他者封锁的新闻。顺便说一句,也向在近地轨道上或火星上的人封锁了。

舰队的头两艘战舰已接近完工,这两艘战舰都已配备船员,正在等待武器系统的装配。它们比其他998艘战舰的预计标准要大一些,但是更粗糙,为了防止5年前离开海卫一的海卫一个体留下一些迟来的惊喜,战舰仓促动工。

我认为从一开始到现在和未来的现实,舰队都是对战术的歪曲,就像蚊蚋攻击大象。如果你想保护人类的未来不受他者威胁,那么这些资源就应该被用来把繁育群体转移到远离地球的地方,因为地球不太可能在与他者的战争中幸存超过1秒。人口分散开隐藏在太阳系周边可能有机会幸存。

或者没有机会。

## 10. 新的世界

纳米尔的报纸让我们稍微安心了一点。并没有试图将我们与现实隔绝的巨大阴谋，这只是狂热的安全努力带来的负效应。所以现在我们每周都要订阅《星期日纽约时报》和其他报纸，它们被送到气闸舱的门口。

虽然不是阴谋，但肯定是一种普遍的官僚心态。除非你有一个官方许可的"须知"，否则你什么也不知道。

不管怎么说，这可能是一个空洞的姿态，妄图用虚假的东西来愚弄他者。纳米尔同意这种看法。他者必须非常了解我们，这样才能奏效。

如果有足够的预警，在月球爆炸的那个瞬间，完全关闭地球上的所有电子产品才有可能会起作用。

即使这样，也只有在他者只是听广播而不是动用其他手段监视地球的情况下才会起作用。

但是如果没有电子通信，就不可能打造阿德·阿斯特拉号和舰队。

我们的卫星有一半不受火星检疫隔离，小地球，或者对我们来说，"地球环"，作为舰队和地球之间通信的管道。有很多无线电和图像的传输，可以伪装成无害的太空工业化，但是无法伪装的部分被写下来或拍摄下来，并通过"传送舱"发送到小地球。这些信息会自动进入一个网络，然后通过太空电梯被传送到地球上的一个地址。等不了那么久的信息就会脱离轨道，使用降落伞降落到地球上。我好奇它们中有多少最终到达了目的地。

这是一个脆弱的纸牌屋，我们只需在宽频通信上坦率讨论 1 分钟，就能摧毁它。我和保罗谈过这样做的后果。他们能做什么，解雇我们吗？

"不，"他说，"但可能会有悲惨的事故发生在我们身上。"我们在虚拟现实中一边聊着天，一边在科德角①的一条乡间小路上慢慢地步行和骑自行车。时值小阳春，蔓越莓沼泽呈现出鲜艳的红色，大片大片的蔓越莓果漂浮在水面上，四处蔓延着木头燃烧的烟熏味和霜叶的味道，既浓烈醇厚又令人放松。松鼠四散而逃，大雁群在头顶鸣叫，迅速地向南方飞去。

"你认为他们会铤而走险吗？"

"嗯，我认为我们并非不可或缺。"他说道，捏住自行车的手刹进入一小段下坡路，"他们甚至可以制造替身。他们总是和政客们一起这样做。"

我点了点头，"就像那个法国的非暗杀事件。"总统的豪华轿车在访问阿尔及利亚时被炸毁，结果发现虽然有人死了，但总统和司机都不在场。

"我的上帝。"他停止踩踏板，但他的自行车仍然是直立的，虚拟现实不能脱离我们的幻想推翻健身器械，"这就是他们派三个士兵去的原因吗？"

"如果我们违反了规定就杀了我们吗？那太荒唐了。"

"在这个勇敢的新世界里？我不知道。"

---

① 又称鳕鱼角，位于美国马萨诸塞州东南部巴恩斯特布尔县，是世界上最大的屏障岛屿之一。

"现实点,保罗。如果他们想要我们死——这个强大的'他们'——他们就不用把三个刺客送上太空了。他们可以按下一个按钮,把火星环那边所有的空气都排空。"

他又开始踩踏板了,"这就是我爱你的原因,卡门。你是一缕灿烂的阳光。"

锻炼后我出了一点汗,但脖子后面又冒出了一片新的冷汗:

如果我们在 24 光年之外,决定做一些颠覆性的事情,比如向他者投降,地球无法阻止我们。

但是纳米尔、达斯汀和艾尔莎,尽管他们举止文静、彬彬有礼,却曾经受过杀人的训练,而且想必忠于地球。

他们接到的命令是什么?


我们并没有在几周内前往冰山,但是阿德·阿斯特拉号本身——我们在往返沃尔夫星系 25 号途中将要居住的生活舱——已经开始运行,我们想在近地轨道上在里面住上一段时间,如果出了什么问题,我们随时可以派人去请管道工来。

说到管道,在我们起飞之前,我们确实有一个星期左右要卷起袖子工作。在去沃尔夫星系 25 号的路上,建立阿德·阿斯特拉号的庞大工作团队要让水培法像在正常的 1G 重力环境中一样行之有效。但是,在我们的飞船连接上冰山之前,至少有一个星期处于零重力状态。当然,在零重力状态下,不可能有静止的积水。它们变成了漂浮的水滴。所以我们接到了一个又一个的指示,告诉我们怎样做才能在运输途中保持根系和所有东西的湿润。

（良好的实践。我们会在中途再做一次，因为当冰山缓慢旋转开始刹车时，我们将处于零重力状态。）

隔离规定使得进入太空电梯的过程有点复杂。在我们通过之后，每个区域都要消毒——从火星环通过气闸舱到达中心，然后向下沿着延伸管道到太空电梯等待的地方。折腾了三趟，在处于零重力状态的时候很尴尬，尤其是对我们那些没有太多经验的间谍伙伴来说，当你忙得不可开交的时候，还得找到把手。

和小火星说再见并不难，虽说我在那里度过了那么多时间。真正的火星，就是火星上的人类殖民地，才让我有家的感觉。佛罗里达州则是遥远的记忆，算得上是另一个世界了。

我们在太空电梯里待了4天半，一开始是在零重力的状态，但当我们向电梯的尽头靠拢时，重力也随之与日俱增。

走到一半时，我开始感到沉重和沮丧。多年来，我一直习惯于在地球重力下锻炼一个小时或更长时间，但回到火星惯常的重力下总是一种解脱。我会及时习惯的。但这感觉就像背着一个装满石头的背包，而且是永远背着。

当我们接近阿德·阿斯特拉号的时候，没什么可看的，但是我们本来也没有期待看到任何戏剧性的场面。一个庞大而扁平的白色箱形物体，上面装有航天飞机火箭。火箭将为我们提供动力与冰山会合，然后关闭，直到我们到达沃尔夫星系25号，在那里它将成为一艘登陆艇，如果他者让我们着陆的话。

从太空电梯到阿德·阿斯特拉号很简单，它们自动对接，我们穿过两个气闸舱进入我们的新家。

太棒了！新家很大，至少在我看来是这样。放眼望去，可以越过健身房、游泳池和水培菜园，望见大约50米开外的地方。我很难把注意力集中到那么远的地方，这让我咧开嘴乐了。

纳米尔、艾尔莎和达斯汀都没有笑。以地球的标准来衡量，如果你生命的大部分时间——也许是你的余生——都被锁在里面，这地方可算不上宽敞。

我们把箱子堆放在气闸舱旁边，旁边就是生命维持/回收站，然后我们把太空电梯送下去，去接我们的火星人。接着，我们就一起去探险了。

在技术上，水培菜园是种奢侈品。仓库里有足够的脱水食物可以让我们活上无聊的20年，还有电解产生的大量氧气。但是新鲜的水果和蔬菜不仅仅意味着饮食的多样性，种植、收获、繁殖和回收利用的日常工作帮助我们在火星上保持理智。火星上的人口是我们的15倍，生存空间也是我们的15倍多。在火星上还有户外散步的机会，在阿德·阿斯特拉号上的话，散步的距离只能是很短的一段路，然后是漫长的光年，永恒。

一切都处于早春的状态，离最早的收获还有一个多月的时间。第一眼就能看到樱桃番茄和小葱，它们闻起来香气扑鼻——不是对地球抱有怀旧之情，我在地球上从不打理菜园，而是怀念火星上的菜园，在那儿我每周要在菜园劳作几个小时。

中心空间比所有其他空间加起来还要大。在它周围一百米的范围内有一条装填了垫料的跑道，供跑步使用。在它的"南"端（我们决定把控制室称为"北"），有一个小型日式热水浴缸和一个狭窄的长方形游泳池，可以保持适当的水流以供游泳时劈波斩浪。

再往南是健身器材和虚拟现实的机器,和我们在小火星上用的差不多,有一个比较大的盥洗室和一个真正的淋浴间,还有医务室,里面有一张看起来比较舒适的单人床。盥洗室里有一个零重力马桶,跟太空电梯里的那个零重力马桶一模一样,是为我们将失重的那几天准备的。

最南边的地方,是一个很大的、带有不祥之兆的生命维持/回收区,那是个明亮的房间,里面摆满了机器。每一块金属表面都刻着维护说明,我想这是为了防止电脑系统出现故障。这样我们才能活下去,直到死亡。

这是个有趣的前景,如果真的出了什么问题,我们兴高采烈地飞奔上好几年,结果把沃尔夫星系25号远远地甩在后面。保罗说,如果我们保持直线前进,中途不掉头减速,我们携带的反应质量足以让飞船飞的距离超过10万光年。到那时,我们会老12岁,而地球上的时间会过去1000个世纪,那时地球和我们的距离已经遥远得难以想象了。

我们的7间舱室沿着水培菜园一字排开,呈南北走向。我们检查了其中几间,看起来显然都一样,但是可塑性很强,有可移动的墙壁和模块化的家具。把舱室和水培区分开的墙是半永久性的,是用来让藤蔓攀爬的格架。

厨房和餐厅的面积是小火星上厨房和餐厅面积的两倍,而我们在小火星上几乎不做饭。艾尔莎主动地说纳米尔是个出色的厨师,这是个好消息。我只会翻烤汉堡或炒蛋,但我们不会有这些食物。

餐厅旁边有一间休息室,有台球桌和电子琴,还有各种可以坐的地方,我想或者可以懒洋洋地躺卧。我已经有十几年没碰过钢琴键盘了,无聊会让我重温手指在黑白键盘上飞舞的感觉吗?

在休息室和火星人的生活区域之间是一个会议场所,环境折中了两边不同的需求——对人类来说有点太冷、太暗,对火星人来说有点过于温暖。

在最北端的区域,休息室通往一个图书馆和书房,里面有工作站,也有木板墙和真正的绘画。然后是另一个气闸舱和保罗的控制室。他在控制台前坐了下来,双手抚摸着旋钮和转盘,操作起来得心应手,这让他的脸上露出了笑容。

间谍们看起来有点冷酷。这是可以理解的,他们正在失去一个完整的星球,一个我们其他人在很久以前就已经斩断联系的星球。我确实为他们感到难过,尤其是纳米尔,因为他与自己复杂的历史隔绝了。

他也带来了他的复杂历史。

# 11. 道别

我们在纽约做了最后一次简报之后,在飞往太空电梯之前,他们给艾尔莎、达斯汀和我留了几天时间来处理我们在地球上的事务。

我们不必清空纽约的公寓。艾尔莎与哥伦比亚大学做了一个聪明的交易,他们承担了抵押贷款,并将在我们离开的半个世纪里维护这处房产。如果我们回不来,它将是一个独特的小博物馆。万一我们真的回来了,我们要么可以回到老地方,要么把它作为博物馆,与大学协商另一个——可能更舒适的——居住空间。

## 星际边境

我得去跟父亲道别,我不能再拖延了。他在扬克斯①的一个犹太生活辅助中心有两个房间,那里为像他这样的人提供免费食宿:他在以色列经历了欣嫩子谷惨案袭击的第一阶段,所以他的身体里充满了纳米机器,这些机器构成了一半的毒素,说不准他在以色列的什么地方就会碰上另一半毒素。

每年当人们回到家中打开一个旧壁橱或其他什么东西的时候,他们就会死去。我认识一个人,他回去后活了很多年,然后,为了重聚,他穿上了旧军装,结果就停止了呼吸。

当炸弹在特拉维夫爆炸时,父亲正在纽约,待在我的公寓里。我打算带母亲回来以后,再带上他一起去美国西部旅行。

这个梦想没有实现,几个月后,我带回了母亲的骨灰。

从那以后,我跟我的父亲就没怎么说过话,也没有说过希伯来语。当我用希伯来语说"您好",跟他打招呼时,他盯着我看了很久,然后说:"你应该进来。下雨了。"

他沏了一壶很难喝的茶,是用澳大利亚的方式沏的。我们坐在门廊上,看着雨从天上落下来。

当我告诉他我要去做什么的时候,他悄悄离开,然后拿着一瓶沾满灰尘的白兰地走了回来,往我们的茶杯里倒了半英寸,这是个进步。

"所以你实际上是来告别的。上帝太仁慈了,不会再让我这样过 50 年的。"

"你可能比我活得久。上帝的仁慈是残酷的。"

"所以你现在相信上帝了。奇迹永远不会停止。"

---

① 美国纽约州第四大城市,位于哈德逊河东岸的威斯特彻斯特县。

"我对上帝的信仰跟你一样多,除非住在这里让你在思想上变得软弱。"

"住在这里,一直吃的是犹太式烹饪的粗劣食物,使我的胃变弱了。孝顺儿子会带个火腿三明治来的。"

"如果我回来就带一个来。那时你就142岁了,你会更需要它。"

他闭上眼睛,"哦,拜托了。你真的认为那些外星混蛋会杀了你吗?"

"过去,他们对人类一直没有好感。你真的看到月球爆炸了吗?"

"是的,连续两个晚上。这里有些人认为这是一场骗局。"

他呷了一口茶,做了个鬼脸,又加了些白兰地。"我了解使用插件后期制作的科学。不过我看不出他们是怎么伪造出来的。"

"不。"我猜想,他们可能伪造了尘埃的光晕,但他们无法伪造伽马射线雨。轨道上的监测器也有爆炸的图片,来自太阳系更远的地方。"这是真的,而且需要回应。"

"也许吧。但是为什么是你呢?"

我耸了耸肩,"我是一名外交官。"

"不,你不是。你是一个间谍,一个祖国几乎不复存在的间谍。"

"他们需要飞船上有三名军人。我们一女二男的三口之家是完美的,因为我们不会破坏社会平衡——另外两对都是已婚夫妇。"

"你的妻子不是犹太姑娘,可能会破坏一些婚姻。你的丈夫……我从来都不明白这些。"

我决定不接他的话茬。"他们得到了一名外交官、一名医生和一名哲学家。"

"他们得到了三个间谍,纳米尔。难道他们不知道吗?"

"我们都是军事情报人员,父亲。是士兵,不是间谍。"

他听到我说的话,翻了个白眼。

"这是一个新世界。"我说道,我有理由希望如此。"美国军队的情报人员比步兵多。"

"我想以色列军队也是如此吧。这对欣嫩子谷惨案很有帮助。"

"事实上,我们确实知道会发生什么事。这就是我被召回特拉维夫的原因。"

"'有些事'已经发生了,如果我没记错的话。"他的脸色冷冰冰的,宛如戴了个石头面具。

也许爱可以弥合这一切隔阂,但多年来我一直知道自己从来没有爱过他,而且爱是相互的。

他不是个坏人,但他从没想过要当个好父亲,所以当我们长大成人的时候,他总是尽量忽视我和娜奥米。

我想我已经足够了解他了,我可以原谅他。但是爱不是来自理智,而是来自理解。

我不想去爱他,于是他也放弃了爱我。

"看,我知道你有成千上万件事情要做。我会吃完所有的药,尽量在你回来的时候还活在人间。好吗?"他站起来,伸出双臂与我拥抱。

我紧紧抱住他孱弱的身体。"再见!"他最后伏在我的肩头说,"我知道你会做得很好的。"

我走人行天桥去了趟港务局,然后冒着雨走了一英里回到我们的公寓,告别这个城市。对我来说,比起特拉维夫或其他任何地方,这里更像我的家。

以后的人生没有餐馆了。路过这么多喜欢的餐馆,特别是亚洲餐馆。不过，与其说是怀念这些曾满足过我饕餮之欲的餐馆，倒不如说是怀念那些我一直好奇却推迟尝试的餐馆。我在报纸上读到，在纽约，即使你每顿都在不同的餐馆吃饭，也没法吃遍所有的餐馆。这是否意味着每天都有三家新餐馆开张呢？

我认出了詹姆斯·乔伊斯①的全息照片，这让我发誓要去一家名为"芬尼根的守灵夜"②的新餐馆，还要在里面喝上一品脱吉尼斯黑啤酒③。不过我看了看表，只进去买了一小杯。一个四重奏乐队正围着钢琴演奏，与其说他们才华横溢，倒不如说他们精神饱满，且令人愉悦。

当我离开的时候，雨下得更大了，但并不冷，而且我戴了一顶帽子。我相当喜欢它。

11年都在吃电脑合成的健康回收垃圾。嗯，在这之前我还靠军队的口粮活了好几年。能有多糟糕呢？

艾尔莎回家后，我们得决定去哪儿吃晚饭，这是在这座城市里享用的最后一顿饭了。也许我们应该一直走到饥肠辘辘，然后哪家餐馆出现在眼前就进哪家餐馆。

---

① 詹姆斯·乔伊斯：1882—1941，爱尔兰作家、诗人，20世纪最伟大的作家之一，后现代文学的奠基者之一，其作品及"意识流"思想对世界文坛影响巨大。主要作品有短篇小说集《都柏林人》（1914）、自传体小说《青年艺术家的自画像》（1916）、长篇小说《尤利西斯》（1922）和后期作品长篇小说《芬尼根的守灵夜》（1939）。
② 芬尼根的守灵夜：爱尔兰作家乔伊斯最后一部长篇小说，书名来自民歌《芬尼根的守尸礼》，借用梦境表达对人类的存在和命运的终极思考，语言极为晦涩难懂。
③ 帝亚吉欧旗下的著名啤酒品牌，是世界第一大黑啤酒品牌，泡沫丰富、口味醇厚、色暗如黑。吉尼斯黑啤酒也是吉尼斯世界纪录的起源。

我会想念那里的噪声和熙熙攘攘的人群，还有那奇怪的方寸之间的静谧，正如公寓后面小小的公园，只有两张长椅和一个鸟池。我跑过去看了最后一眼。

艾尔莎和达斯汀都不在家。没有他们，这个地方显得很大，大约1200平方英尺①。在阿德·阿斯特拉号上，我们有三间舱室，每间不到100平方英尺。

错误的比较。我在戈尔达·梅尔号上有多少平方英尺？一个热气哄哄的吊床，还要和另外两个男人共用。

我们被允许携带15千克"包括衣物在内的个人物品"。不过我们会得到一些实用的衣服和一套正式的制服。那会是什么样子？量身定做，专为给永远生活在液氮中的生物留下深刻印象而设计。他们可能一直都在精心打扮。"穿暖和点儿，儿子，最高温度只有零下253度。"

带些书吧。我立刻挑选了那本薄薄的皮面的《莎士比亚十四行诗》，那是我的第一任妻子送我的礼物，在我们唯一共度的逾越节时送的。我从画框里拿出一张她的小画像，用剪刀修剪了一下，这样就能把这张画像放进书里。

我从衣橱里拿出几条穿着舒适的旧牛仔裤，然后又换成了几条新的——得穿13年，或者至少6年半的时间呢。还有 L·L·比恩的一件麂皮衬衫，军队运动服装，以及舒适的软皮鞋。

我喜欢的书有好几百本，当然，飞船会把所有的书都储存在记忆库中。电影和艺术品也是一样。

---

① 1平方英尺 =0.0929平方米。

我应该带几本我能反复阅读的书，以防电子图书馆出故障。一本阿玛猜的书，一本卡明斯[1]诗集，还有一本关于维米尔[2]的书，开本很大，但是很薄。

我对带不带俄式三弦琴[3]犹豫不决。它让我快乐，但其他人可能不会太喜欢它，即使我很有天赋。不过除艾尔莎以外，世界上没有人认为我很有天赋。它可能会被从气闸舱里丢出来，也许我也会和它一起被丢出来。

三块纹理细密的洋槐木和两把雕刻刀，还有一块磨刀石。

浴室秤称出这些东西已经重达8千克，我决定就此收手，剩下的重量限额可以让艾尔莎装衣服。这对我们三个人都有好处。她从不承认这一点，但她喜欢打扮一下，如果她觉得自己看起来很有魅力，就更容易相处。不过对我来说，就算她套上土豆袋也挺好看的。

我在写字台前坐了下来，打开右边的抽屉，拿出了口径为10.5毫米的格洛克手枪[4]。它的重量令人安心，也令人不安。尽管州和联邦许可将它夹在腋下手枪套的一边，但它在纽约市仍然是非法的。它将是公寓博物馆的中心展品。纳米尔·扎哈里用这把武器杀死了在特拉维

---

[1] 卡明斯：美国著名诗人、画家、评论家、作家和剧作家，被认为是20世纪诗歌的一个著名代言人，在他的时代被推崇为最受世人喜爱的诗人，也是迄今为止影响最广、读者最多、最负盛名的美国现代派诗人之一，与弗罗斯特齐名。
[2] 维米尔：荷兰优秀的风俗画家，被看作"荷兰小画派"的代表画家。其作品大多是风俗题材的绘画，基本上取材于市民平常的生活。
[3] 俄式三弦琴：由冬不拉演变而来，是一种只有三条弦的俄罗斯民间鲁特琴。它的琴颈细长并带有品丝，于19世纪确立其目前的乐器形式。
[4] 格洛克手枪：奥地利格洛克有限公司研制生产的一系列自动手枪的统称。

夫废墟中袭击他的四名劫匪。当然，这把枪没有杀死过其他人。当然，这把枪打不死他者。这不会是一种外交手段。

我用浸过油的布把它擦干净，后膛散发着冰冷的金属味和很久之前击发过的火药味。我最后一次使用它是在新泽西的一家手枪靶场，那是在一月的第一周。艾尔莎和我在一起，带着她口径为 0.32 英寸的手枪。我们每年一度的这种家庭习俗在阿德·阿斯特拉号上是不会受欢迎的。

我把它收好，有一种熟悉的特殊感觉，人终有一死。我们的两名队员在欣嫩子谷做清理工作时自杀了，都是用像这样的以色列装备的手枪。

我过去常常想，在这种退出看上去有吸引力或必要之前，我能承受多少恐惧和悲伤。我现在相当确定这是不可能的，我不是被陷害的。我要坚持下去，直到我的运气消失殆尽，我的时间不多了。与此同时，也许其他 80 亿人的时间也不多了。

但是"同时"在我们的情况下意味着什么呢？24 年之后吗？或许他者有办法规避爱因斯坦的同时性。

我的电话响了，是达斯汀打来的，几分钟后他就会降落在世贸中心。他已经和艾尔莎谈过了，他们决定在四季酒店共进晚餐。我说我 7 点要提前赴约。还有一个小时，足够走一走了。

雨停了，明天才会继续下。我穿上晚礼服，把格洛克手枪放在抽屉里，把口径为 0.289 英寸的勃朗宁手枪[1]绑在我的右脚踝上，打电话

---

[1] 勃朗宁手枪：其产品主要由比利时的 FN 国营兵工厂、美国的柯尔特武器公司及雷明顿武器公司制造。手枪的自动方式主要有自由枪机式和枪管短后坐式。

给保安，告诉他们我要走的路线。他们说，街区那头已经有人值班了，就是那个从新泽西跟我回来的人。我走楼梯到地下室，然后从隔壁公寓大楼的服务入口出去。巷子里没有人。

尾随我的保镖已经有好几年没抓到想害我的人了，只抓到过一回，但那一回就救了我的命。当我在第一个十字路口从他身边经过时，我认出了这个保镖，一个矮小的黑人。但是，当然啦，我们没有互相打招呼。

离开地球是一件好事，我就不用担心保镖了，尽管我从未遇到过比他更危险的对手。

我和艾尔莎（以及我们通常看不见的伴侣）浪漫的散步以到一家随意选择的餐馆宣告结束。我之前还以为达斯汀会在休斯敦待到第二天早上。

"不管怎么说，我在那儿是多余的。"我在那张雅致的桌子旁坐下时，他解释道，"我的两个项目要搁置半个世纪。等我回来，它们就会成为政治上的奇闻异事。"

我说："在政治上，我们已经是怪人了。没有国家的间谍叫什么？"他礼貌地没有说我应该知道。

我们谈了几分钟购物。我以前在休斯敦工作过一年，在那里结交了一些朋友。

当艾尔莎出现时，我向人类侍者点了点头，他给我们每人倒了一杯普伊·富赛酒[①]，然后把酒瓶放回了冰块中。

---

[①] 普伊·富赛酒：一款来自法国勃艮第产区的白葡萄酒。

我举起杯子。"为活着回来干杯。"

"为活着到达那里干杯。"她说,我们都碰了碰酒杯。"你给卡门·杜拉和其他人写信了?"

"信是前天用太空电梯送上去的。"因为阿德·阿斯特拉号在技术上是舰队的一部分,他们不允许我们通过电子方式联系它。所以我给他们发了一张纸条,告诉他们我们会乘下一部电梯抵达。

"太奇怪了,"达斯汀说。"我们要和这些人一起度过 13 年,我们甚至不能事先聊天。"

"对他们来说更糟糕。我们至少可以查阅他们的个人简介和新闻报道——关于她和保罗·柯林斯的有数百万字呢!但是他们应该找不到与我们有关的只言片语。"

她说:"你喜欢做个神秘的人,可怜的火星小女孩没有机会了。"

"你们医生只关心性,我可没有想过。"

艾尔莎透过她的眼镜上方看着我,"不管怎么说,她是个老妖婆。"

"比你大 8 个月,你对此心知肚明。"

达斯汀说:"也许我们应该偷偷靠近他们。这样,他们就有足够的时间穿好衣服,收拾好性玩具。"

"继续做梦去吧!"艾尔莎说。

餐厅领班来了,我们就伙食配给积分、合法货币和晚餐所需现金的复杂组合进行了谈判。也许等我们回来的时候,他们就会把这个烂摊子收拾好了。与此同时,不管你的主菜是什么,价格都是一样的,所以我点了高级餐厅供应的烤野鸡,十分美味。

喝着咖啡吃着甜点,我们主要谈论的是我们留下了什么。

我们都去看望了家人,艾尔莎的家人在堪萨斯州,而达斯汀的家人在加利福尼亚州。我跟他们提及我与我父亲这次不愉快的会面。整个周末，艾尔莎的家庭团聚都很温馨，但达斯汀的父母比我的父母还要糟糕。他们是老牌无政府主义者，自从他参军以来就几乎没跟他说过话。现在他们是坚定的否认者，坚信整件事是政府的阴谋。他们生活在一个号称热爱地球的公社里，周围都是志同道合的狂热分子。11年前，当达斯汀年满18岁的时候，他逃走了。

"他们自称是自给自足。"他谈到公社时说，"用有机乳制品交换农场里无法种植或饲养的物品。但是，当我还是个孩子的时候，我就能断定有些事情是可疑的。我们都生活得太安逸了，钱从某个地方进入了公社。"

"现在看看谁是偏执狂？"艾尔莎说。

我说："你可以调查一下，部分进行电子审计。"

"嗯，当然，当我加入这场闹剧的时候，他们还在。我已经看过了这份文件，但它只是对我的父母和公社领导进行了一些背景调查。清白无瑕，无从下手。"

"你期望他们比这更有趣。"

"我爸总是暗示公社是某个大项目的一部分，当我足够大的时候，我就会被带进核心圈子。"

我听过这个故事。"但无论如何，你还是逃走了。"

"和我们这一代的大多数人一样。现在那里50岁以下的人不多了。"他尝了尝咖啡，又加了些热咖啡。"这是典型的邪教，只有等有魅力的领袖去世或离开才会失效。兰迪·迈尔斯·布鲁尔，我离开的时候他已经很老了。"

"他现在死了吗？"艾尔莎说。

他耸了耸肩,"严格来说没有。他正在旧金山的某个生命延续中心堆积肥料。"在某些州,只要血液或某种同等的液体保持循环,生命延续中心可以让你免于合法的脑死亡。"那么告诉我,谁来买单?会用很多鸡蛋和奶酪来进行支付。"

"你可以调取他们的记录。"我说。

他挥了挥手,"我不想给我父母带来任何痛苦。50年后,这一切都将在华盛顿或萨克拉门托①某个尘封的档案里。到时候我去查一下。"

"到时候他们可能还活着。"

"用天然药物办不到。你的父亲有更好的机会,活到例如90岁?"

"92岁。他说他会努力等下去,但我认为他不会那么努力。在那个年龄,如果你不真正享受生活,寿命就无法延续很长时间。"

"感觉很奇怪,"艾尔莎说道,她的声音有点沙哑,"跟爷爷和奶奶说再见。如果我留在地球上,我可能还会和他们在再度20年的美好时光。"

达斯汀说:"可以把我们看作社会先锋。想想相对论的社交礼仪吧,当你回来的时候,你会老13岁,但是你的父母和祖父母……"

她歇斯底里的大笑打破了沉默,"说起来好像会有什么不同似的。机会是……很可能我们没有……"

我说:"艾尔莎,亲爱的——我们应该定个规矩:不到最后一刻,我们不谈结局。一遍又一遍地老调重弹是没有用的。"

---

① 萨克拉门托:一个位于美国加利福尼亚州中部、萨克拉门托河流域上的城市,是萨克拉门托县的县府所在地,也是加利福尼亚州州府所在地。

"我认为那不健康。"达斯汀说。

"忽略现实吧。当你们打仗的时候,就从没谈过死亡吗?"

我试着诚实。"在信仰之战中,不,谈得不多。但我们当时都是十八九岁,感觉能永生不死。当有人被杀的时候,就像发生了超自然事件。"

"欣嫩子谷惨案是完全不同的。我的意思是,到处你都能看到尸体,所以过了一段时间,你就对这些尸体司空见惯,视若无睹了,就好像它们本来就是景观的一部分。我想,有那么多疯子和抢劫犯,情况要危险得多。但是尸体,他们就像一个梦境,一个噩梦。他们不是活生生的个体,你没料到自己会成为他们中的一员。"他们点了点头,好像以前从没听过这一切似的。生活的转折点让人重温同样的老故事,甚至信奉相对论的社会先锋也是如此。

这个地方不合适。对富人和名人来说,这是崭露头角的时刻;四季酒店人满为患,背景聊天声越来越响,人们都想引起别人的注意。我们三个,可以说是这里被人谈论最多的人,肯定不想被人注意到。

只要亲朋好友配合有方,我们的身份没有被泄露,也不会被泄露,直到我们安全进入近地轨道。

我们从第五大道和 SOHO 商业区溜达回来,与其说是为了节省时间,不如说是渴望融入人群。我们在入口处和转运站慢吞吞地前进,好让我的保镖赶上我们。当我们走到公寓门口时,我给了他一个道别的信号——轻轻抚摸眉毛两次。

"同样的老信号。"达斯汀说着,用手摸了摸弹子锁。

"是的。如果我觉得有人在跟踪我,我会改变信号的。如果有人真的想要追在我屁股后面,那他们现在已经追上了。"

"所以你穿着喇叭裤,是为了显得屁股好看。"艾尔莎说。

"习惯成自然。"一进电梯,我就把脚踝上的皮枪套脱了下来。

"一把口径为 0.289 英寸的手枪。"她说,"我希望装填的不是合法弹药。"

"神经病。"我从来没有拿这把枪朝人开过枪,但它打在假人身上却让人印象深刻。智能子弹会找到眼睛,然后穿过大脑前庭,让小型聚能炸药炸开花。

达斯汀说:"耶稣啊,你在哪儿搞到的这把枪?"

我笑了,用拇指指纹把门打开,"耶稣与此无关。"

"男孩和玩具。"艾尔莎从我身边走过,一屁股坐在沙发上,然后脱掉了鞋子,"所以我可以多带 7 千克衣服?"

"只能带性感的。"达斯汀说。

"你喜欢的那种衣服,我可凑不满 7 千克。那大概要 100 套性感服饰才能凑足 7 千克。"

我坐在安乐椅上,拿起俄式三弦琴,弹了个琶音。

"这么说你不会拿班卓琴了?"达斯汀说,声音里透着希望。

"不。等我们回来的时候我都 60 多岁了,那就认真对待它,把它当成一个退休计划。"

艾尔莎哈哈大笑,"你死后大约一年就退休了。"

我突然有一种冲动,想把乐器扔到墙上去,做一些意料之外的事情。不过正相反,我把它轻轻地放在书架上。"我不知道。在某种程度上,这是提前退休。清理好我的办公桌,开始新的旅行和冒险生活。"

"或者在一个房间里待 13 年,尽量不要发疯。"达斯汀说。

"就是。不知道他们有没有带够精神病人用的紧身衣。"

艾尔莎起身走向冰箱,"喝点酒吗?"她给自己倒了两杯白葡萄酒和一小杯苦艾酒,用两只手把几个杯子凑在一起,拿到了咖啡桌上。她说:"我有点伤心。也许应该早点去加拉帕戈斯群岛①,玩玩浮潜。"

达斯汀把他的酒杯举到艾尔莎面前,"我会从另一个方向追上你的。我要告别伦敦和巴黎,也许还有京都。"

"城市小子。"

"我不太喜欢水,因为鱼在水中做爱。"

她挑起眉毛,"人也会在水中做爱。"

"我要等到零重力状态的时候再试试。"他看着我,"你去过那儿。"

"全是男人。他们对我没有丝毫吸引力。"

"我是说加拉帕戈斯群岛,潜水。"

"我那趟不是为了娱乐,是为了解决炸弹对太空电梯的威胁。"

"我记得。纸条上说了些关于欣嫩子谷惨案的事。"

"肯定是人事部的某个人坐下来输入了欣嫩子谷/潜水/杀人执照。"

艾尔莎叹了口气,"我还在申请学习许可证。"

"好吧,你有4天时间。我可以帮你快速转到专区。你4天内获得的经验会比我20年来获得的还要多。"

---

① 加拉帕戈斯群岛:隶属厄瓜多尔,位于南美大陆以西1000千米的太平洋面上,群岛面积7500多平方千米,由海底火山喷发的熔岩凝固而成的13个小岛和19个岩礁组成。著名生物学家达尔文于1835年曾到这里考察,促使他后来提出著名的生物进化论。1978年被列入世界自然遗产名录。

"我会考虑的。你在那儿看到过很多鱼吗?"

"漂亮的鱼不太多。你想去浅滩,靠近海岸的暗礁,除非你在追逐大鲨鱼。"

"也许会,也许不会。"

"它们受到保护。如果有鲨鱼咬了你,然后生病了,你就会被课以巨额罚金。"

"可你以前去过那儿啊。"达斯汀说。

"25年前,我的第一任妻子,我差点没把她从水里救出来,是鲨鱼之类的动物。"

"你经常想起她。"她说。

我尽量说得准确些,"她的形象经常浮现在我的脑海里,但我不会坐下来,沉浸在对她的回忆中。"

"我知道。我想这就是我的意思。"她摇了摇头说道,"疯狂时刻。"

达斯汀说:"这些天我们都沉湎于过去,把一切都抛在脑后。"

我有太多话不想说。早上,她给我送了一本莎士比亚的诗集;中午,她吸了一口气就香消玉殒。这种事同时发生在很多人身上,可怕程度是更高还是更低呢?

我说:"你是个哲学家,而我更像个工程师,因果关系。"艾尔莎紧紧地盯着我。我想我以前从来没有直接跟她提过这件事。"我们疯狂地相爱,就像小学生一样,尽管我知道这是血液发生化学反应而沸腾,大脑发生化学反应……尽管如此,我们还是疯狂地爱恋彼此,对彼此的样子、声音和气味上瘾,就像一个瘾君子对他的海洛因上瘾一样……"

"我曾有过那种体验。"艾尔莎说。

"但你从来没有像我失去她那样失去过任何人,就像突然的创伤性截肢——更糟的是,因为你可以买一条新的胳膊或腿,那就行了。"

"原来我就是这样?你的——"

"不,没那么简单。"

她聚精会神地抠着一颗钉子。"我有个朋友在 20 岁之前失去了一条腿,据我所知,是在利比里亚失去的。她说新的腿能完全按她的心愿行事,但那条腿从来就不是她真正的一部分,只是个附件罢了。"她站了起来,"我最好打包些衣服。"她把杯子放进冰箱,然后走进卧室。

达斯汀轻声说道:"对于外交官来说,你不够机智。"

"在你和她的面前,我不必当个外交官。是吗?"

"当然不是。"他起身走向冰箱,"要来点奶酪吗?"

"我刚吃了整整一只鸟。"

"一只小鸟而已。"他拿出了五块奶酪,包括半个布里奶酪①,把它们放在一个浅盘里,和一些面包与一把餐刀放在一起。"在阿德·阿斯特拉号上他们是不会养奶牛的。"

我切了一片蓝色的奶酪。他说:"保存不了 50 年的。"

"没有什么能保存 50 年的。"我还在看着艾尔莎,"对大多数人来说,欣嫩子谷惨案只是一堂历史课。"

他打破了持续的沉默,"她叫米拉是吗?"

"莫伊拉。我父亲很喜欢她,她是个善良的犹太女孩。我觉得他有点怕艾尔莎。"

---

① 布里奶酪:以法国东北部出产地命名的软奶酪。据说是 8 世纪时法国查理曼大帝最钟爱的奶酪。传闻路易十六在被押送入狱前,还请求能最后品尝一口布里奶酪。

"谁不会呢？"

"我会让你有所惧怕的。"她在卧室里开着玩笑，声音里的痛苦已经退去。

"这是我今天收到的最好的提议。"达斯汀说。

她光着脚走到了我身后，声音很轻，我没听见。她把双手轻轻地放在我的头上，把我的头发绕在她的手指上，"今晚我要和纳米尔一起睡。"

"好吧，我同意。"我说。

"我们得谈谈。"她揉了揉我的太阳穴，"你可以爱她。你会永远爱她。但你必须把对她的爱恋留在这里，留在地球上。"

"我认为我已经做到了。"不管怎样，从字面意义上来说，我已经做到了。

"我们以后再谈。"她回到大卧室。

一个小时后，我也进了大卧室，我们谈了谈。莫伊拉是我的同辈人，比我大一岁，但对艾尔莎来说，她永远年轻。对此我无能为力。

她想知道我和莫伊拉做过什么我没有对她做的事，我尽量不认为这是侵犯隐私。当然，她最无法做到的就是让我重新当个25岁的小伙子。为了维护这个女人死后的尊严，还有一件事我没提，我决定绝口不提这件事。

当我们交颈而眠时，我内心的外交家确认我可以把莫伊拉留在地球上。我并没有说我的一部分也会和她在一起，我们都没有被埋葬，也都没有死去。

当艾尔莎溜出去和达斯汀睡在一起时，我像往常一样假装睡着了，但内心疯狂地思考着那些装点我们生活的谎言。

## 12. 越来越多的事情

火星人比我们晚来一个星期。我们帮助他们卸下了他们仅有的几个包裹。地球上正常的重量对他们来说沉重万分，难以忍受，他们迈着沉重的步子，极为小心地走来走去。好吧，这并不夸张，就像你要背着比你重一倍半的东西，要背上13年，还没法中途放下一样。

雪鸟没有抱怨，但她的声音又高又尖，相当不自然。我怀疑他们在坐太空电梯上升的过程中说了很多英语。

我用胳膊轻轻地搂住她的肩膀，"这很难，不是吗？"

"对你来说也很难，卡门。你有很长时间没去过地球了。"

"我每天都在地球重力下锻炼。"

"我也应该这么做，"她说，"按地球标准成为身强力壮的人。等我们回来的时候，对火星的隔离可能就解除了。"

在我们身后的飞虫—琥珀用凄凉的声音说道："我有个更好的主意，我们回家吧，我们不能这样生活。"

雪鸟用火星通用语对他发出了一声长啸和尖锐的咆哮，他发出嘎嘎和咔嗒咔嗒的声音予以回应。

雪鸟转过身来对着我，"也许我们应该在火星人的生活区域内休息一段时间。"他们迈着沉重的步子走了，同时不停地咕咕哝哝。

"用不了多久，他们就会处于零重力状态。"保罗说，"他们也会对此抱怨的。"

在保罗驾驶飞船出发之前，我们要做的最后一件事就是用胶带把

星际边境

东西粘起来，主要是椅子。当我们被抛离太空电梯时，我们会自由落体，就像从飞机上跳下来一样。但我们会直线下坠 11 天，不时被转向器的喷射推来搡去。明天就开始了。

当然，生活舱没有任何独立的推进器，但它牢牢地附着在那艘最终会成为我们登陆艇的飞船上，那艘飞船比我们的生活舱小多了，它会像老鹰抓着大象一样飞走。

在那之前，我们必须给植物浇水。我们花了 6 天时间遵循水培工程师留下的指示，确保所有的根系结构在周围没有水的情况下保持湿润。每一株或每一组植物都设有细网，里面装着一种能吸收水分的颗粒状介质。当然，这种临时安排没有自动化。每天早上，我们都要花一个小时，通过便携式水合器、带软管和注射器的水泵，给每株植物注射适量的水。

第一天早上，仍然是在重力作用下，我和达斯汀分担杂务。让他一个人待着很有意思，他通常听从纳米尔或艾尔莎的命令行事。

我不得不对他奇怪的家庭以及成长过程进行询问。"我从来没有多想过。"我说，"但一个从事间谍活动的人竟然是在一个公社里长大的，父母是无政府主义者，这难道不奇怪吗？"

他哈哈大笑，"不奇怪。就像一个孩子，父母是律师或警察的话，反而可能想要逃离这样的生活，成为一个波希米亚艺术家。"

"其实我也不想当间谍，但是，哲学学位并不好找工作。太空部队为我的博士学位支付费用，换取了我 4 年的服务。我原以为是在通信领域，不过，得去他们派你去的地方，他们需要工程师来进行沟通。"

"还有做间谍的哲学家？"

"才智算是锦上添花吧。他们不会承认这一点，但如果你受过教育却没有实用技能,这就是你该去的地方。人事数据库显示还有另外三个哲学博士提供智力支持,我们应该聚在一起,组成一个阴谋集团。"

"纳米尔说,在军队里,情报部门的官员是最多的,远超其他部门。"

他和蔼可亲地点点头,"好像这是件好事?这种情况已经持续了很长时间。"

"我以前从不认识哲学家。如果没有太空部队,你会做什么?"

"远离危险!你知道,坐着,沉思,乞求残羹剩饭。"

"我想,还要教书吧。"

"还要写只有两三个人会读的论文。"他正在浇水的那棵灌木上开着白色的小花,散发着刺鼻的甜香。他弯下腰,深深地吸了一口气,然后看了眼标签,"火星语?"

"火星迷你酸橙。他们对基因进行了调整,这样就不会全是分枝,在火星的重力作用下长得很高。等重力达到1G的时候,我们就能看到它长得怎么样了。"

"过去的一年半,我被分配到华盛顿的一个智囊团。有多门学科的人为军事干预的伦理提供服务。"

"有什么结论吗?"

他发出了一种声音,我意识到那是他从鼻子里喷了一股空气出来:出于娱乐,也出于轻蔑,也许还出于忍耐。"在目前的情况下……无论如何,我们很难证明大多数战争是正当的,这不是纯粹为了防御入侵。但现在,他者用偶然的毁灭来威胁整个人类?对人类的敌人发动战争,谁又能为此辩护呢?"

"这是我应该回答的问题吗?"

星际边境

"不。"他用一连串外国话咆哮着回答道,"那是波斯语:'有些狗屎是男人不必吃的。'我想是根据美式英语改编的,不过这条原则已经广为流传了。"

"但它暗示了男人必须吃另一种狗屎。很高兴我是个女人。"

他对我笑了笑。"看到了吗?你已经是个哲学家了。"他又闻了闻酸橙花,"虽然在我们上飞船之前,靠回收的垃圾生活是我试着变得哲学的事情。"

"饥饿有所助益。"它主宰了小火星上的菜单。食品储藏室的机器把所有的有机废物和一些无机废物都分解了,再把它们重新组合起来,制成氨基酸,然后合成蛋白质。再加上适量的碳水化合物、纤维和脂肪,以及一些微量元素,就可以按编程生产出各种颜色、质地和口味的块状可食用材料。"艾尔莎说纳米尔是个好厨师。我想知道他用假牛肉和假鸡肉能做什么。"

"我猜,做假俄式牛柳丝和假佛罗伦萨鸡肉。"他叹了口气,靠在支撑豆藤的格子架上,"卡门,你觉得我们的机会到底有多大?我们只是在浪费时间吗?我是说以你的直觉,而不是科学。"

"我认为没有数据就不能研究科学。不过,我确实有一种直觉,或者说是一种乐观的错觉。"我坐在水箱边上,"你知道幸运鸡的故事吗?"

"跟我说说看。"

"好吧!假设你有一组受精的鸡蛋——144个,你把这一组鸡蛋从齐腰高或齐肩高的地方扔下去,有些鸡蛋会碎掉。扔掉碎鸡蛋,再来一次,再来一次,直到最后你只剩下一个鸡蛋。"

"幸运蛋。"

"你得到它。你孵化它，收集它的受精卵——"

"万一是只公鸡。"

"那我想，你就得重新开始了。但是你做同样的事情，一次又一次地把它们扔掉，直到有一个幸存下来。然后你等待它成熟，并收集它的蛋。一次又一次。"

"我明白了。"他说道。

"最终，你会孕育出世界上最幸运的鸡。我听到的版本是，这位捐助者是教皇。他把鸡放在一个别致的教皇专用的鸡笼里，鸡不离身。所以没有任何不幸降临在他身上。"

"那么，这不是我们谈论的最后一位教皇了。"

"不是真正的教皇。事实上，是我，我就是幸运鸡本尊。"

"他们把你妈妈从很高的地方扔下来了？"

他讲话太像保罗了，我真想揍他。"据我所知没有。但自从我到达火星后，我有了最不可思议的运气。所有'火星女孩'的不公正的待遇，遇到我，各种各样的麻烦似乎总是能迎刃而解。所以，也许我之所以有资格做这份工作，主要是因为要当护身符。紧挨着我，就像教皇紧挨着他的幸运鸡一样。"

他点头，神情严肃，"你相信运气吗？"

"嗯，在某种程度上，我想是的。不是幸运符，而是护身符。但是，当然只作为一种观察法。有些人似乎一直都很幸运，而有些人似乎天生就是失败者。"

"这就真的够了。这是统计学可以预测的。"

"我想，你可以假装很科学，用钟形曲线来统计整个人口，就像你在统计身高或体重时做的那样。正常的人在中间，鼓鼓囊囊的一坨，倒霉的人在左边，而最幸运的人在右边。"

"啊哈！"他咧嘴一笑，搓着胡子。"这是你的谬论。你只能对死人这样做。"

"什么？死人都运气不佳。"

"不，我的意思是，你要评价某人的话只能盖棺定论：'他一辈子都是幸运的'或'她很不幸'——而一个活生生的人总是要为明天担忧的。你可能是世界上最幸运的人了，在地球和火星两个世界里，在整个宇宙中。但某个明天，就像你遇见他者的那一天，轰的一声，你的'运气'用完了，就像赌徒的连胜一样。在这种特殊情况下，其他人也是如此。"

"你总是这么乐观吗？"

他拿起他的水合器，我们移到了下一片水培区。"不管怎么说，以地球的标准，美国的标准，我真的是一个乐观主义者。你可以把它定义为'没有自杀倾向的抑郁症'。可能有免费能源，但这并不能转化为普遍的繁荣。大多数人从事着令人不满意的工作，目标模棱两可或毫无价值，薪水也很低。总之，他们只是在原地踏步，直到世界末日。纳米尔、艾尔莎和我，就像你们一样，处于独特的位置，能够为此做些什么。"

我仍然生活在一个有着双重视野的世界里，经过审查的广播版本（我多少相信了几年）与纳米尔报纸上的残酷现实相互对照。美国远不是最糟糕的地方。最后一份报纸的头版图片显示，恒河两岸到处都是一堆堆尸体。从骄傲耸立的老双子塔放眼望去，可以看到吉隆坡有一整块的火葬坛。

这些是甜菜，每个网袋里有四株幼芽，每株要注水50毫升。我小时候不吃甜菜，但在火星上我喜欢上了它们。红色星球让我对红色爱屋及乌。我跟达斯汀提及此事。

他笑了，"我在一个素食家庭长大。在我离开公社之前，甜菜是我吃过最接近肉类的东西。"

"你不想再吃蔬菜了吗？"

"不，我只是吃东西来补充能量。假芥末热狗，味道好极了。艾尔莎也跟我差不多。不过，纳米尔可能会发疯。"

"他喜欢吃肉？"

"实际上，他喜欢吃鱼。他不喜欢远离大海。"

"他最好再好好看上最后一眼。"

"在火星上，你有真正的鱼。"

我们通常会说"在火星里"。"有一池子罗非鱼。"它们以植物废料为生。

"他希望有。"

"我想我们的生物群落还不够大。它在火星上很稀少，是奢侈品，我们不必在零重力状态下处理水。"我点击了一下笔记本，"储藏室里有20千克干鱼。"储藏室已经被放在冰山的恰当位置上了，里面有500千克的高档食品，包括50升200标准酒精，足够我们每人每天喝上两杯了。

"他能用干鱼做点西班牙菜，某种油炸馅饼。"

他的微笑耐人寻味。"你真的喜欢他。我的意思是，除了……"

"没有'除了'，不过，是的，我喜欢他。我们比我和我的亲人更亲密。"我不知道该怎么解释。我想了解那些色气满满的细节。"不过，你先认识的是艾尔莎。"

"几个星期,也许一个月。到时候,这显然是个一揽子交易或者一拍两散。"

"我听说过纳米尔在职场上的赫赫大名,不管怎么说,我很好奇。我们第一次见面时,艾尔莎不在场,非常美国化,打了场桌球。"

"你把他打得屁滚尿流吧。"

"完全没有机会。他是一条大鲨鱼,丝毫没有怜悯之心。"

"你知道有关他和欣嫩子谷惨案的事。"

"以什么方式?"他说话直愣愣的,一点也不拐弯抹角。

"他躲过了头一次袭击,所以在第二次袭击时幸存了下来。"

"哦,当然。他大概是以色列摩萨德①中幸存下来的最高级官员,当然也是在特拉维夫幸存的最高级官员。"

那很有趣。"我不明白他为什么不利用这一点来突出自己的优势。"

"怎么这么说?"

"他还在联合国工作,不是吗?如果他留在以色列——"

他哈哈大笑,"他做过的最明智的事就是回到纽约。许多冷酷无情的人在摩萨德谋求职位,其中四分之三的人突然消失了。他在纽约的地盘很安全。再说,这是他最喜欢的地方。"

我们继续给那些娇嫩的芹菜注水。"有一系列奇怪的情况最终导致我们三人来到这里。好像我们都是幸运鸡——或者是倒霉鸡。"

"你为什么这么说?"

"就像这样……公司最终同意他们需要的军事人员不超过三名。

---

① 全称为以色列情报和特殊使命局,与美国中央情报局、苏联国家安全委员会(克格勃)和英国军情六处,并称为"世界四大情报机构"。由以色列军方于1948年建立。

所以他们用电脑去搜索四个可以在一起近距离生活13年的军人，同时要与四个平民相处，得是受过一定的学术训练和具有专业素养的人。他们不想要三个男人或三个女人，以免在阿德·阿斯特拉号上有一个性别占主导地位。"

"当然，他们必须是间谍。别忘了这一点。"

"事实上，他们来自情报部门的可能性很高。一个毕生致力于击落飞机或拆除炸弹的人不会太有用。他们还希望三个人中有人做过全科医生。"

"对这一点，我们一致赞同，需要一个无须会诊就能治病的人。"

"事情可能就是这样。电脑找到了艾尔莎，她把我和纳米尔都捎上了。"

"可能是这样。"我说。但是电脑必须经过编程，所以先确定选择纳米尔和他的伴侣，并确保他们是程序选择的对象，这么做很容易。

"我会这样捏着它们。"他正在把那株植物的茎连根拔起。我把手伸到装有介质的球体下面，把它拿了出来。

"对。"他说，"得小心照看幼苗。"

"你想要孩子吗？"我问，"在你接到命令要去外太空和怪物们周旋之前？"

"嗯，艾尔莎和纳米尔都不想要孩子。他们对未来没那么乐观，不管是近期还是远期。如果由我来决定，是的，我想看着一个孩子长大成人，帮助他成长。"

"有点像社会实验？哲学实验？"

"冷血是吧？我知道。你有两个孩子吗？"

"严格说来有两个。他们是通过代孕机在子宫外出生的，我的子宫很感激代孕机的存在。他们是由火星上的社区养大的，对此我不太喜欢。"

"你说得太对了。我就是被公社养大的。我的父母警告不要太过亲密，所以我这么说。"

"你心目中根本没有母亲或父亲的形象吗？"

"没有。有一对夫妇负责照顾孩子。但很明显，照顾我们只是件苦差事。他们非常严厉。"

"那一定很艰难。照顾我们孩子的两个人都是很好的人，我认识他们很多年了。"

"运气真好。照顾我们的人对成年人很友善。"

我们继续去给胡萝卜注水，叶子已经抽出了褶边，很精致。"在华盛顿工作时，你每天通勤吗？"

"没有，我在乔治城有套小公寓。周四晚上或周五回纽约。如果我们的日程允许的话，有时带艾尔莎回华盛顿。有时我只是去过个夜，坐地铁只要一个半小时。"

"两全其美。"

"就是那样开始的。华盛顿正在分崩离析。实际上，这两个城市都正在分崩离析。舒适度下降，更危险。"

"你带武器了吗？"

"不，我听天由命。艾尔莎有枪，但我不认为她平时会带枪。纳米尔通常倒是会带上枪。他还有个保镖。但他一直受到威胁，还受到过一次攻击。"

"在城里吗？"

"哦，是的，就在市中心。走下百老汇的滑道时，一名女子朝他的胸部开了一枪。不知怎么的,她没打中纳米尔的心脏。她转身就跑,保镖杀了她。"他摇了摇头,"那个保镖为此倒了大霉。不知道那名女子为谁工作,没有指纹或眼纹。DNA 最终追踪到了阿姆斯特丹,她 20 年前在那里做过性工作者。"

"跟欣嫩子谷惨案没有关系吗?"

他摇了摇头,"纳米尔说,他从来没有享受过性工作者的服务,甚至在阿姆斯特丹也没有。男人们会撒谎,但我倾向于相信他。"

"胸部近距离中弹,那一定使他消沉了很长一段时间。"

"必须等新的肺长出来。要花好几个星期的时间,一点都不好玩。"

神秘男人的另一个秘密。"很明显,自从欣嫩子谷惨案之后,身为维和人员,他又树敌不少。"

"主要是在非洲维和。那里很少有白皙美丽的金发女郎。"

"我对此了解不多。但我想你可以雇一个。"

"答案是'行'和'不行'。在纽约,你可以雇一个漂亮的金发职业女杀手,还可以指定是右撇子或左撇子。但在美国,你不可能雇佣一个完全脱离社会的人。如果她在餐馆点了一些食物,她会引来警察并对她进行盘查,问她是从哪个星球来的。"

"事情变得那么糟糕吗?"

"自从海卫一爆炸以来,是的。但即便如此,在那之前几年,美国还是……比大多数地方都谨慎。"

"一个极权国家,这是我母亲的说法。不过,她称自己是激进分子。"

他乐了,"她和我一样不激进,从她的档案来看的话。"

"你看过我母亲的档案吗?"

"哦,对不起。你认为我是鳞翅目昆虫学家?"

"不是的，但是……我以为你会读我的和每个人的……"

"我只是爱打听罢了。在太空电梯里度过7天，时间实在是太长了。"

"那我父亲呢？他是不是和他的秘书有一腿？"

"没那么亲密，只是吹箫罢了。"他对我的反应报以微笑，"开了个糟糕的玩笑，卡门，对不起。有时候我的嘴比我的大脑动得快一点。"

"我喜欢当间谍的那种感觉。"我说道，但其实不确定自己是否喜欢。"厄尔·卡拉丁可不是这样。"

"你看到最后一部了吗？"他说，"他在哪里解决你和他者的小问题呢？"

"我还没拜读过那部大作呢。什么，他拿着他的瑞士军刀把一辆自行车变成了一艘星际飞船？"

"不，他发现整个事情是一个腐败的资本家集团设下的骗局。"

"哦，太好啦！我们现在可以回家了。"

"这次确实是有点机灵。没用那么多小玩意也没有那么多枪战。"

我不得不笑了笑，"不像现实生活。在间谍走下百老汇的滑道时，一个神秘的美丽金发女人打中了他。看在上帝的分上！"

"我能说什么呢？"他给最后一丛胡萝卜注了水，"生活有时确实会模仿艺术。"

我们可以在发射时待在生活舱，那可能会很有趣。突然脱离太空电梯，我们会以极快的速度被抛向冰山，但我们的感觉会是"哎呀——有人关掉了重力"。

不过，为了安全起见，我们所有人都通过连接管道爬进了阿德·阿斯特拉号星际飞船。（我们应该为这个生活舱另起一个名字。可能是圣昆丁监狱①，也可能是恶魔岛②。)

我们帮助火星人把他们绑在他们喜欢的约束装置上——尽管他们有两对胳膊，他们还是够不着他们的背部——然后躺到我们自己的沙发上，那上面过度设计了许多衬垫和搭扣。但那是为了至少 6.4 年后的着陆设计的。保罗预料在去冰山的路上不会有任何剧烈的动作。在发射后计划了两次航向修正，并在接近冰山时计划进行不可预测的"改进"。

保罗说过会有砰的一声巨响，这的确是我听到过的最响的声音。当然，在太空中没有噪声，但将生活舱与太空电梯连接的 8 个分裂螺栓分离时使整体结构产生了巨大的回声。

"接下来的几分钟，系好安全带。"他说着，开始倒数 5 秒。调整姿态的喷射口发出了一分钟微弱的嘶嘶声，然后就结巴了。接着主传动装置轰鸣了几分钟，声音很大，但不像螺栓分离时那样震耳欲聋。我猜重力是 1/4G 左右。

没有达到火星重力。

"那样做应该能搞定了。穿上你的拖鞋，让我们去检查一下有没有损坏。"

我们的壁虎吸盘拖鞋可以让我们沿着飞船的走廊行走，穿过大部分的生活舱，就像鞋底上有层薄薄的胶水一样。墙壁、地板和天花板

---

① 位于美国加利福尼亚州圣昆丁，是加州最老的监狱。此监狱是加利福尼亚唯一男死刑犯的监狱。
② 位于美国加州旧金山湾内的一座小岛，曾设有恶魔岛联邦监狱，关押过不少知名的重刑犯，于1963年废止，现与金门大桥同为旧金山湾的著名观光景点。

上的黏性补丁是米黄色的圆形，大得可以容得下一只脚。(如果你喜欢虫子被蜘蛛网困住的感觉，你可以把两只脚挤在一起放在一个黏性补丁上。)

我们这些习惯了"零重力状态"的人通过管道轻松自如地进入了生活舱，其他人用他们的方式跟在我们后面。纳米尔本来很有兴趣漂浮过去，但他的肩膀重重地撞在了气闸舱上，留下了一道瘀伤。他以前有过一点经验，在军队里，当然他也有过从电梯到小火星的经历，也许这足以让他过于自信。

我最关心的是植物。一棵小苹果树脱离了土壤，快飘到厨房了，还有几株西红柿也松动了。梅丽尔卸下了手持吸尘器，正在追踪那些漂浮的介质颗粒，以免我们不小心吞下肚去。我把苹果树放回原处，重新种下了西红柿藤。

当人们适应了零重力状态以后会做各种各样的事情，这三个间谍正在一一尝试——幸运的是，没有呕吐。他们练习离开地面，并试图控制旋转。一旦你掌握了窍门，无论你要去哪里，目测距离都不费吹灰之力。然后转半圈，或者转一圈半，以及让脚先着地。你也可以游过短距离，但没人需要进行那么多锻炼。

达斯汀的眼睛里有种非常独特的神采，艾尔莎回望了他一眼，眼神同样独特。我希望这对他们比大多数人更有效。(保罗和我第一次做爱是在零重力状态下，效果很好。这是我第一次和别人在一起，无论重力如何，所以对我来说这是双重奇迹。)

雪鸟和飞虫—琥珀在零重力状态下显得笨拙。他们穿壁虎吸盘拖鞋的效果就没那么好了，因为他们比人类惯性更大——如果我移动缓慢，把脚踩在米黄色的黏性补丁上，就能停下。但是，雪鸟的体重是我的四倍，所以会把黏性补丁扯下来，然后继续前进。

我和她一起去火星人的生活区域检查他们的菜园，因为我四处走动和操纵东西更容易。火星人的菜园又黑又冷，正如他们期待的那样。他们的菜园比我们的菜园简单多了，火星人的口味没有太多变化。

一盘盘类似真菌的东西和一些粗壮的矮树。

在我们这边，有一棵树松动了，但很容易恢复原状，并用胶带固定好。

整面墙的屏幕显示的是他们地下城市的全景，那几乎是她所见过的整个火星，尽管火星并不像地球是我们的星球那样是她的星球。

数千年来，他们知道火星不是他们的天然家园。但他们直到最近才知道，他们被安置在火星上是作为他者的一种预警系统：当人类有足够先进的技术来与火星人接触时，他们就有足够先进的技术来给他者带来危险，即使是在迢迢光年之外。这导致了他者试图摧毁我们，但被保罗和火星人领袖红联手挫败。原以为会给地球带来灭绝性影响的灾难性爆炸，只是在月球的背面爆炸。在这个过程中红被炸死了。

所以从一个角度来看，火星人是人类的救世主。但另一种更普遍的观点认为，这都是火星人的过失。(因为我是第一个接触到火星人的人，所以我也有责任。)

照料完菜园后，我们走进"折中"后的休息室，那里没有那么黑暗和寒冷。有一张供人类坐的长凳，在零重力状态下没多大用处。

还有一幅巧妙的壁画，描绘了我们火星殖民地的地面部分，用来自地球和火星的鹅卵石镶嵌而成。它对我来说很特别，出自奥兹之手，就是奥斯瓦尔德·彭宁格博士，他是我初次踏足火星时的导师。

我把这件事告诉了雪鸟。她说："我见过奥斯瓦尔德博士，他测过我的呼吸。"奥兹曾在火星人的地下城市待过一段时间，测量不同家庭的新陈代谢情况。

我说："我想他了，他是我最亲密的朋友之一。"如果不是公司迫于压力要带上三名军人，他和乔西也许会参加这次探险。

"我们火星人很难判断人类的性格，但我能理解你为什么喜欢奥兹博士。他对一切都感兴趣，或者我应该像你一样说他'曾经是'对一切都感兴趣？他的寿命没那么长，没法再见我们一面了。"

"我本应该说'是'，只要这个人还活着就应该用现在时。"

她说："他跟我说起过挪威，他在那儿学过艺术。我希望有一天能去那里，那里听起来有点像火星。"

"也许到时候他们能调节重力。"

"我希望如此。那会很棒。"她轻轻离开地面，升到天花板上，然后又飘了下来。"你在开玩笑吧。"

"是的。重力就像死亡和税收，永远与我们同在。"

"不总是如此。这里就没有重力，没有死亡，也没有税收。暂时没有。当我们向沃尔夫星系 25 号出发时，飞船的加速度会把我们压在地板上。"

"飞船自制重力，你没法把它与真正的重力区分开来。"

"哈哈。爱因斯坦博士的等效性原理。一个很棒的笑话。"

是我开的这个玩笑很好笑，还是爱因斯坦的等效性原理很好笑？我决定不去刨根问底追寻真相。

达斯汀从侧面进入休息室，速度有点快。他撞在墙上，姿势还那么优雅。

"准头不错。"我说，"你想提高速度。"

他离开墙，转向房间中央。"要是我瞄准的本来是这扇门，就说得上准头不错。"他说，"雪鸟，下午好。有什么事吗？"

"卡门帮我们固定了一棵树，现在我们在讨论广义相对论。"

这使他的眉毛上扬了几毫米，"有点超出我的理解范围了。好歹是数学，张量微积分吗？"

我必须坦白交代了，"别问我。我只是坐在那里听雪鸟说，她的话令我印象深刻。什么是张量微积分？"

"对我而言，这是一个大大的'停止'标志。我退出了这门课程，把我的专业从物理转成了哲学。"

"相当大的转变。"

"我试着从哲学的角度来看待它。雪鸟，你的家人都是搞科学和哲学的，对吧？"

"不像科学家和哲学家那样。传统上，我们不做实验，不研究物质，也不研究思想。有一小撮人想要改变这种状况，我就是其中一员。我想这就是为什么其他人很高兴看到我离开。"

"你知道，传统上我们死记硬背。不像人类的物理、化学和生物学，事情和过程被描述得非常详细，但这些描述没有经过测试，也没有研究其潜在的相互关联。"

"在某种程度上，我们可以称之为亚里士多德主义[①]，如果你们有个亚里士多德的话。"

---

[①] 亚里士多德主义：直接、间接、程度不等地信仰亚里士多德的基本学说并且广泛地采用亚里士多德特有的概念和方法进行哲学研究，并建立新的理论体系的思潮和学说的总称。

"我知道。正是因为研究了人类对不同思维方式的分类,让我们中的一些人想要改变我们的思维方式。"

"我们中有些人还没完全长大。"

飞虫—琥珀从火星人的生活区域飘了出来。"还不算完全理智……"他轻轻地跟我撞了一下,我用另一只脚踩在米黄色的圆形黏性补丁上稳住我们的身体。

"谢谢你。你们人类来到火星的时候,雪鸟还不到两岁,人类思维的新奇之处给她未成形的头脑留下了强烈的印象。"

"你永远不会赢得这场争论,也不会输,"雪鸟说。"我知道你是错的,你也知道我是错的。"

"既然你是错的,那就没必要再争论下去了。"飞虫—琥珀的四只手臂两两交叉,摆出一副人类的姿势,"这是逻辑。"

达斯汀置身事外没参与辩论,但我可没有。"飞虫—琥珀,为什么一定是非此即彼呢?过去,你们的科学不错,但它没法让你们离开火星。"

"到他者的星球去,在那里我们将和地球上的所有人一起毁灭,也许在火星上也一样?那不是进步,卡门。"

"这不是我会选的例子。"雪鸟说。

"但这是有关联的。"我坚持道,"人类科学很好地诠释了万事万物,直到我们遇到你们,发现你们有这种不知打哪儿来的能源。现在我们必须让你们融入我们的宇宙,就像你们必须让我们融入你们的宇宙一样。"

"你怎么能这么说?如果不是你偶然发现了我们,我们可能会快乐地过上一辈子,或者至少是很长一段时间,就像奶牛慢悠悠地回家的时间那么长，如果我们有奶牛的话。"

"那是个玩笑吗，飞虫—琥珀？"

"当然不是。我只是想适应你们的习语。"

雪鸟说："他假装没有幽默感，这让他更有趣了。"

"习语。"飞虫—琥珀重复道，"习语不是幽默。"

"哲学家对此有什么高见？"

他咧嘴一笑，"我的相关评论已经足够写一本专著了。"

"人类不明白这一点，雪鸟也不明白。"飞虫—琥珀做了一个复杂的手势，这让他开始旋转。我伸出手稳住他的身体。"谢谢你。这不是一个我能用英语或任何人类语言表达的概念。"他用火星通用语喋喋不休地发出了大约 30 秒的噪声。我听出了三种清晰重复的声音——一种表示否定，一种表示"人类"，还有一种用来表示"如果……然后"。

雪鸟一动不动，全心全意地吸收理解。"你能翻译吗？"达斯汀说。

"不完全……不。但我可以试着说一部分吗？"

飞虫—琥珀把他那双小手叠在一起，微微鞠了一躬，也许是模仿人类的姿势。

"这是关于幽默在两个种族中的社会功能。就好像人类是一种文化。"飞虫—琥珀尖叫了起来，雪鸟用一连串的咔嗒声进行回应。"他指出，在火星上，你们本质上是一种文化。"

"从我们第一次和卡门交流开始——在我们决定让卡门知道我们会说人类的语言之后——很明显，幽默让这两个种族既团结又分裂。火星人的幽默几乎总是关于无助、命运和讽刺。人类也认识到这一点，但你们的幽默大多是关于痛苦、损失、死亡。对我们来说，这种偏好本身非常有趣，甚至比你们所能想象的还要有趣。像一个镜之宫，图像消失在无穷远处。"

"我对此诠释得不够好。但对我们大多数人来说，幽默对于生存是绝对必要的——如果你生活在地下的一个小洞里，并且知道再也不会有其他的东西了，你也许会有同样的感觉。"

"有点像我们所说的'绞刑架'幽默。"达斯汀说。

飞虫—琥珀引用道："'要是你明天找我，你会发现我已经躺在坟墓里，再也不能和你们开玩笑了。'"他用英国演员的声音说，"这是1951年英国广播公司制作的广播剧《罗密欧与朱丽叶》①，非常符合火星人的幽默水准。茂丘西奥②被刺伤了，他拿死亡开玩笑。对我而言，大多数人类的幽默都不如这个广播剧清晰易懂。"

雪鸟说："也不如这个广播剧好笑。这么多关于人们摔倒的笑话，四条腿几乎是不可能这样摔倒的。关于性爱的笑话并不好笑，因为我们必须弄清楚人们在做什么，以及为什么这比他们通常做的更有趣。"她转向飞虫—琥珀，发出响亮的笑声，"只有两个人！只有两个！"

飞虫—琥珀说："我们中有些人认为这并不好笑，对他们的繁衍方式没有任何帮助。"

"你会讲火星人关于性爱的笑话吗？"达斯汀问道。

雪鸟像演哑剧般挠着她的头，这很有趣，避开了上面所有的眼睛，

---

① 《罗密欧与朱丽叶》是英国剧作家威廉·莎士比亚创作的戏剧，该剧讲述意大利贵族凯普莱特的女儿朱丽叶与蒙太古的儿子罗密欧真诚相爱，誓言相依，但因两家世代为仇而受到阻挠。
② 茂丘西奥是罗密欧的好友，雄辩机智，有些饶舌，后在决斗中受伤死去。

"不……没有命运,没有讽刺,也没有无助。有什么好笑的?"

"相信我。"他说,"人类觉得火星人的性生活很有趣。"

"但与人类的性生活相比,火星人的性生活是如此简单和无辜。我们不会躲起来私下做,也不会因为和错误的人在一起就杀了他。"

"你们永远不会有莎士比亚。"我说道。

"我想我们确实有像莎士比亚这样的人,"飞虫—琥珀说,"尽管我很难解释和翻译我这是什么意思。"

"我想是的。因为你们似乎没有戏剧这样的艺术形式。"

"在你们来到火星之前,从来没有什么戏剧性的事降临在我们身上。我想我们现在需要戏剧了。"

达斯汀说:"还需要精神分析、社会工作者、警察和监狱。"

"我们期待着进化。"

# II 植物

## 1. 重力糟透了

在地球上,我们看过冰山的图片,所以从没期待过它看上去就像座冰山,闪闪发光,纯净无瑕。我曾于冬天驻扎在格陵兰岛,它看起来就像那样,冷冰冰的,又脏兮兮的。艾尔莎说,这让她想起了冬季里的北达科他州——风暴会把黑色的表层土和暴风雪的雪混合在一起,形成一种黑色物质,他们称之为 snirt,既不是雪,也不是土。

这是一颗古代彗星的化石核。几十亿年前,火星使它的轨道弯曲,把它变成了一个由冰和杂质组成的小行星,它的温度绝不会高到让它有阳光照耀的日子,并长出一条华丽的彗星尾巴。

所以这是一个很大的脏雪球,不怎么圆。工程师和他们的机器人进行了爆破和钻孔,把它变成了一个巨大的燃料箱。爆破和钻孔的地方溅起白色的雪花,纷纷扬扬。冰山为主驱动装置和一系列小型转向喷射器提供了反应物料,主要是为了让我们在中途掉头转向——并且躲避岩石,如果真的碰到的话。

一切都经过了检验。主驱动装置连续启动了几天,停了下来,转了一圈,又启动了。现在,我们要滑行进去跟它进行对接。

从几个方面来说,这是个死亡陷阱。从背后喷发出来的绝对能量就像一次持续的热核爆炸,尽管恒星会这样持续爆发数千年,但在此之前,还没有任何机器能做到这一点——更不要说持续喷发 13 年了。它不像核聚变或物质/反物质湮灭那么简单,它只是神奇的火星能源堆积或嵌套,以产生倍增效应。我对它的工作原理一无所知,但是它的设计者们离我只有数步之遥。我们唯一能确定的是,它的比例模型是成功的,它飞行了百分之一光年的距离然后返回,上面只搭载了一名飞行员/乘客。

这就像成功地测试了一艘摩托艇,然后说,好吧,启动泰坦尼克号。

于是另一场保险精算灾难蓄势待发:如果我们在途中撞上了什么东西怎么办?

不一定是撞上另一座冰山,不管是真的撞上还是打个比方,以光速 95% 的速度运动,拳头大小的石头就像原子弹一样威力无穷。我们确实有台电磁排斥器来防止星际尘埃把我们碾成碎片,但它对像弹珠那么大的东西起不了任何作用。

更大的物体我们在远处就能感觉到,可以通过转向喷射器的快速喷射来调整方向,进行躲避,这就是我们缺少精美的玻璃器皿和瓷器的原因。虽然如果我们的宇宙学模型是正确的,与大型物体的相遇将是罕见的,但如果我们的宇宙学模型是错的,这段旅程将会极为崎岖。

试运行没有出现严重的问题,但是我们的实际运行量将是试运行量的 2400 倍。

四名工程师仍然住在冰山上。他们会把我们的飞船和冰山紧紧地固定在一起,把我们的生活舱和存储区连接起来。过去 10 个月,他们一直生活在那里。他们必须检查鱼子酱和伏特加的供应。(实际上,为了能住在那里，允许他们进行了一些修改，使得库房事实上成了一个替代生活区。如果有什么东西使得阿德·阿斯特拉号变得不适合居住，如果我们能莫名其妙地挺过去的话，这里就可以被利用起来。）

我们通过激光调制的视距传输已经和他们聊了好几天了。我们很高兴能够帮助他们搞一个小阴谋。

按计划，我们与他们不应该有身体接触，因为他们都来自地球，而我们都因为接触过火星和火星人被隔离。不过，他们一直在商榷此事，决定过来打个招呼，接着被污染。

然后他们会回到小火星而不是地球，等着有机会搭顺风车去火星。这似乎比他们待在地球上的前景更好。

我们四个常驻火星的居民都认为他们会受到欢迎，同时对地球嗤之以鼻。当然，那两个真正的火星人一开始就不明白为什么有人会想要住在地球上。地球上的重力大多了，而且到处都是人。

保罗顺利地把我们带了进来，有几处小颠簸。当然，这颗彗星没有任何可感知的重力，所以与其说是着陆，不如说是一次对接操作。

机器人在冰上凿出一个长方形的洞，洞比生活舱深两米。保罗把我们的飞船推了进去，机器人把冰块和泥土推到我们的飞船上方，形成了一层烧蚀保护层。它分离小着陆舱，慢慢地把它移动到冰山表面上。一条柔性的爬行通道把飞船的气闸舱和我们的气闸舱连接起来。

保罗穿着太空服游了过去，后面跟着四个工程师。我们都穿着日常的杂色衣服，所以他们五个人看起来就像电影《太空入侵者》里的人。

他们都以最快的速度脱下了他们的太空服。

卡门帮着保罗和工程师们拧松彼此的螺丝。这四个工程师是两对夫妇，来自匈牙利的玛吉特和巴拉兹，以及来自德国的卡琳和弗朗茨。

当然，他们穿着紧身衣。玛吉特体态丰满，把她的紧身衣绷得紧紧的，身姿妖娆，但卡琳对我更有吸引力，她像艾尔莎一样小巧玲珑、体格结实。就好像在任何情况下都会有所不同。（"哦，犹太人，"她在我的梦中用德语说，"让我为第二次世界大战赎罪吧。"）

玛吉特张开双臂，深深地吸了一口气，开始轻微地旋转，"啊！火星上的气息。我感觉这种污染是如此美味。"

我们一一握手，互相介绍，虽然我们已经在屏幕上认识过了。雪鸟和飞虫—琥珀试探着从黑暗中漂浮而出。

四个新来的工程师对这两个离奇出现的火星人都吃惊地睁大了眼睛，但巴拉兹发出沙哑的声音，吹着口哨，很像在打招呼。

"也问候你和你的家人。"雪鸟说，"你的火星语几乎是正确的。"

"对人类来说，火星语说得还不错。"飞虫—琥珀嘟囔着。评价很高啊。

"这太大了！"卡琳说，显然是指这个农场，"有多少种蔬菜水果？"

"大约有三十几个品种。"梅丽尔说，"几个月后还会再种上十来个品种。还有八个火星品种。"

"这样生活就容易多了。"弗朗茨说，"把食物变变花样。一遍又一遍地吃同样的食物会让你发疯。"

保罗大笑起来，"这会让你做一些不理智的事情，比如为了火星放弃地球。"

他们四个都露出了微笑。卡琳说："肯定是啊，尽管这可能取决于你究竟把什么地方叫作家。"

我说："我会想念纽约的，虽然这并不是简单的生活。"

保罗说："火星上过简单生活的日子很多。虽说是小镇生活，但每一天、每一小时都有新事物涌现。你要是愿意，马上跟你换。"

卡琳摇了摇头，"不，我不是一个很好的飞行员。你可以留着你的星际飞船。"

"那你打算什么时候告诉他们？"卡门问道。

卡琳和弗朗茨交换了一下眼神。"实际上，我们在等你们的意见。"他说道。

"可惜我们没有走得再远一点。"我说。视距传输的外部极限是4亿千米，这是地球和火星之间的最大距离，我们仍然还在这个范围之内。

弗朗茨说："是的，他们会知道我们一直隐瞒了事实。"

卡门说："你们应该等到最后一分钟，不要让他们有时间去召集一群律师。"

我说："他们能做的最糟糕的事就是把你们的飞船击落，但我认为他们浪费不起一艘星际飞船。"

保罗同意我的说法。"他们会对你们处以罚款，用于承担净化和飞往火星的费用。但由于你们在火星上没有钱，他们能做的就是没收你在地球上的资产。"

"那倒不算多。"卡琳说。

"当然，没法没收我们的资产。"玛吉特说。匈牙利是社会主义共同体的一部分。

"给他们足够的警告是礼貌的，这样他们就不会安排'未受污染的'太空电梯上来。"

月亮男孩举起一只手。他之前没说过话。"等一等。你们忽略了显而易见的东西。"每个人都朝他的方向看。"对他们撒谎，编个故事，关于你们是如何被迫上了阿德·阿斯特拉号的，医疗问题之类的。"

巴拉兹说："当然啦，要是有人接触到与火星相关的东西，既然我们都得一起回去，我们还不如都回去呢。"

"你们能跟我们合作玩这个把戏吗？"玛吉特说。

大家窃窃私语表示同意。飞虫—琥珀说："我不能撒谎，对我来说，这与选择无关。我的职责是当事情发生的时候，把事情记录下来。"

雪鸟说："我的职责，是在你张嘴说话的时候旁听。你必须记录每件事，但你不必把它告诉每个人，尤其是对地球上的人类。"

"没错。"飞虫—琥珀转向工程师们，"我没有嘴唇，但我嘴严，能守口如瓶。"

雪鸟转向卡门，"看到了吗？他不知道。"

所以我们制造了一个可信的医疗危机。选择了卡琳，因为她是飞行员。我们编的是她得了严重的支气管炎，但他们飞船上的简单治疗对她无效，所以她不得不在我们的医务室待了几天。实际上，她大部分时间都待在外面，帮助其他三个人把舱口封好。

在他们停留在冰山上的8天里，我们很高兴有他们的陪伴，享受与我们圈子之外的人的最后一次接触。我相信艾尔莎享受的不仅仅是与巴拉兹的社交活动，他是一个热情而又英俊的男人。达斯汀和我互相扬了扬眉毛交换了一下眼神。在这种情况下，她如果规规矩矩没有抓住机会来个艳遇，那就奇怪了。

（我想，达斯汀对玛吉特不只是一时的兴趣，但他自己却从不主动与玛吉特联络。我告诉他，如果亚当等着夏娃开口，我们都不会来到人世间，但他仍然缺乏自信。）

我们说了再见，他们就"起航了"，飘到冰山后面几千米处，远离了点火线。他们把我们发射的记录寄往了地球，也寄给了保罗——虽然如果出了什么严重的问题，我不确定他能做什么。

花了整个上午才把这些植物固定住，其中有些植物会很高兴再次拥有重力。豆子和豌豆在零重力状态下完全迷失了生长的方向，长得没有上下之分，胡萝卜开始长成甜菜的形状。

所有植物都被固定好、喷雾过后，我们爬入飞船，系好安全带。我本想待在生活舱里，用胶带把自己粘在一张椅子上，但保罗带着痛苦的表情，说服了我离开。虽说他是史上最胆大妄为曾成功躲过微型超新星的飞行员，但他其实是个极其谨慎的人。

当他按下发射按钮时，我们都很紧张，只有傻瓜才不会紧张。如果有任何噪声或震动，我也没感觉到（虽然雪鸟说她感觉到了）。也许这种感觉和突然抓住重力比起来太微妙了。

技术上而言，就是加速度。

加速度似乎大于1G，不过当然不是。好像以某种难以定义的方式"不同于"真正的重力，就好像（我们知道这是真的）地板猛烈地向上推着我们。相对论的异端。

大约五分钟后，保罗说"似乎安全了"，然后解开了安全带。如果出了什么问题，理论上而言，我们可以用这个着陆舱发射，把阿德·阿斯特拉号留在后面置之不理，回到地球，然后重新开始。

我解开安全带，挣扎着自己爬起来，尽量不发出呻吟声。我使用健身器材没有恒心，一直是断断续续的，所以在零重力状态下我显得力不从心。现在是承担后果的时候了。

达斯汀呻吟，"我在节食。"

"我们不想听地球人抱怨。"飞虫—琥珀说着，痛苦地朝气闸舱慢慢挪了挪,"你们生来就是为了这个。"

"我们也是。"雪鸟说。这是真的,火星人为适应火星的条件进行了过度的改造。但是,如果他者的宏伟计划成功了,火星人就会继承地球。

在小火星上,他们两个火星人每天都要在地球人使用的普通健身房里花两个小时健身,但这并没有让改变变得令人愉快。在开阔地带,我们可以帮助他们,用胳膊或者肩膀提供助力,但在飞船通道和连接气闸舱的管道里,他们不得不自己爬着前进。

雪鸟说:"我敢打赌他者一定有办法克服这种重力。当我们引起他们的注意时,我们应该问问他们。"

"我们得到了他们充分的关注。"飞虫—琥珀说,"此外,他们生活在液氮中,漂浮着,就像地球上水里的鱼儿一样。他们对重力漠不关心。"

我从没想过这个。我们真的不知道他者长什么样子,所以在我的想象中,他们是水晶或金属的生物,几乎一动不动地躺在低温液体下。

雪鸟说:"我想去地球看看水,我想在海里涉水而行。"

"一切进展顺利的话,你可能有机会。"我说,"检疫隔离肯定不会再持续 50 多年了。"

"作为间谍,你是个无可救药的乐观主义者。"卡门说,"我想你也不是个爱打赌的人。"

"如果概率正确的话,还是可以赌上一手。"

"那么我跟你赌一瓶威士忌——今年装瓶的优质单麦芽苏格兰威士忌——就赌我们回来的时候检疫隔离措施还会继续。如果我们能成功回来的话。"

"一瓶50年的威士忌?"大概值半个月的工资了,"我接受这个赌注。即使是跟幸运鸡对赌——特别是跟她对赌,所以我会输。"

"你要是输了,那么大家都赢了。检疫隔离,但活蹦乱跳。"

我们四处走了几分钟,主要是检查植物的受损情况,但其实我们所有人可能都想躺下。我抑制住了躺下休息的冲动,去了健身房锻炼。至少我可以坐在固定的自行车上,看水哗啦哗啦地溅入游泳池中。再过几个小时游泳池就能被注满了,我期待着在里面凉快一下。

我不知道火星人是否会尝试游泳。他们的地下湖水又浅又泥泞,我不记得有任何他们用水来休闲娱乐的说法。对他们来说,水是非常稀罕的东西。

他们清洁个人身体的时候不会洗澡。他们用的是刮身板,就像古罗马运动员那样,刮下的皮肤油脂和污垢被搅拌到水中,然后用来当肥料种庄稼。

我站起来,沿着黄色的走廊回到食品储藏室,看看自己能为我们在飞船上的第一顿饭准备些什么。(我从来没有尝试过在零重力状态下进行烹饪。)

很冷,飞船上的主要区域保持在大约零上10度左右。冰山周围极为寒冷,大约在绝对零度以上3度。下面的"冷冻库"在零下40度,当然是被加热到相对温和的温度。

我花了几个小时研究食品储藏室的位置和摆放,并根据一些连我自己都觉得晦涩难懂的逻辑和美学来进行改进。归结起来就是"这就是我想要的方式"。我会是在这里待的时间最长的人。

我拿了一个篮子,收集了做意大利面所需要的材料,类似于意大利面和肉丸子,爽心美食,尽管没有真正的肉,而且我估计必须用高压锅来煮意大利面。这里的气压就像小火星上的气压,大约相当于9000英尺高度下的气压,要花很长时间才能烧开水。

我在瓶子里装满了橄榄油和浓缩葡萄酒,我会把它们放在厨房里。用浓缩葡萄酒来酿烹饪用的料酒是毫无意义的,酒精无论如何都会蒸发掉。

要过一个月我才能吃到新鲜的蔬菜或草药。但我找到了密封罐装的脱水番茄、蘑菇和洋葱,还有速冻的青豆和玉米作为配菜。

月亮男孩带着两升容量的长颈瓶进来了。瓶子上用线标出了130毫升酒精和50毫升浓缩液所在的位置。当我告诉他我们吃什么时,他选择了基安蒂红葡萄酒[①]与食物相配。某个官僚对酒类供应做了设置,你必须输入你名字的首字母和分发的数量——或者你可以像月亮男孩那样输入"共同使用"。共同使用先生最后可能会变成一个酒鬼。

没人对酒水限制发表过评论。如果机器认定身为飞行员或医生的你喝得太多了,你会被中断酒水供应吗?对失业的间谍又会做何限制?

我们用这种方法在小火星酿造的葡萄酒还不错。酒中溶解的氧气比正常空气所能提供的氧气要多,理论是更多的氧气让酒有了一种"更鲜明"的口感。不管怎样,我可以接受。我喜欢好酒,但宁愿喝廉价劣质的陈酒,也不愿什么都不喝。

(我小时候待在沙漠里的时候,我们这些童子军用葡萄干和切碎的柑橘,再加上面包酵母,酿制出一种可怕的酒。直到现在,我还是见不得葡萄干。)

食品储藏室外面还有很大的面积,不到存储仓库的四分之一。剩

---

① 产于意大利基安蒂地区的红葡萄酒,世界驰名,拥有上百年的历史。

下的部分放满杂七杂八的替换件，准备替换掉我们知道会磨损的东西，比如衣服、工具和原材料，准备制造我们事先没有预料到会需要的东西。

我想，例如武器。我们强调这次任务是和平的，没有武装。但当我飘过仓库和它的大型半智能机械工厂时，我发现组装单个自动推进武器、激光武器和小型炸弹并不需要太多的创造性或技巧。

任何常规武器都不可能对他者产生重大威胁，但他们可能不是目标星球上唯一的敌人。我们迟早会讨论这个问题，不过，我也不想成为提出这个问题的人。

所有这些东西都有朝一日会出岔子，这让我想知道，我们是否可以用一个外星学家，或者甚至一个间谍，换一个有天赋的修补匠。我们有好几种风格的工程师，还有智能机器来执行他们的指令。但是，这些工程师中有谁能拿起刀片，在一块木头上刻出有用的螺旋桨呢？桨？我当然可以。但这并不像有人会说，"你不需要螺旋桨。这就是你所需要的。"

我往篮子里放了一个冰冻的樱桃派和一夸脱①据说类似冰淇淋的东西。当我到厨房的时候，其他人都在餐厅或书房里喝酒放松。月亮男孩戴着耳塞专心地弹奏着钢琴，默不作声地研究着一段预先谱好的曲子。雪鸟站在小书架旁，从我们带来的为数不多的物理书中拿了一本，仔细研读。

必须习惯他们会一直站着。他们的姿势中没有我能识别的社交信号。他们什么时候放松？这个词对他们有意义吗？

我把这些东西在中岛台上摆放得井井有条，接着把假肉丸放进微

---

① 一夸脱（美制湿量单位）=0.946升。

波炉里解冻,然后倒了一杯重新调制的基安蒂红葡萄酒。口感还不赖。通过显示屏向电脑询问压力锅烹饪的使用说明,电脑回答说在这个"高度"我不需要用压力锅烹饪意大利面,只是会花更长的时间。好吧,往锅里装满四分之三的水,加一点盐和油,然后把锅放在高温区。

似乎我的皮肤放松了,血压下降了。我太想念这件平凡小事了。无论何时,只要有可能,烹饪就是我主要的弛缓药和恢复剂。艾尔莎和达斯汀都不怎么做饭,尽管他们各有各的拿手菜。在这儿,达斯汀的得克萨斯红辣椒有可能派上用场,但艾尔莎做寿司的手艺不太可能有用,除非我们遇到一些可食用的外星人。她能处理触手。

在我加入以色列基布兹农场的前两年,每逢夏季,我的阿姨苏菲雇我在她的纽约五旗餐厅里做"辛苦而又乏味的工作"。我切了很多蔬菜,还做了一些助理厨师会做的简单的事情,学习了法国、西班牙、意大利、葡萄牙和中国烹饪的基本技巧。大学和战场让我远离了那个世界,我从来没有寻求成为专业厨师,实际上也不想做个专业厨师。这可能会使烹饪变得太严肃,不再令人放松。

梅丽尔走了过来,把她的酒杯重新斟满,"要我帮忙吗?"

我用量筒接了一些水倒入脱水的洋葱里,"恐怕没什么事可做。我倒是想切个洋葱。"

"一个月左右都切不了新鲜洋葱。"她眺望着水培农场,白色塑料比绿色植物还多,"当我们离开火星去小火星的时候,我以为我不会想念侍弄植物的日子。"

"不是园艺高手吗?"

"嗯,没有热情。我认为'灵性之爱时刻'是某人鼓舞士气的好主意。但我确实开始想念在小火星的'灵性之爱时刻'了。在这里,这是件值得期待的事情。"

我点了点头,"你不期待 6 年的休闲生活吗?或者说 12 年的休闲生活?"

"当然。"她陷入沉思,神情暂时变得茫然,"我有一个精心设计的研究计划,就是我们前几天讨论过的那件事。"

"我想起来了。海豚和鲸鱼的伪语法学。"

"我越想越觉得徒劳。没有新的数据,没有实验对象。我可以像狗一样工作 12 年,而其他人在这个领域会工作 50 年。我灵光一闪有了绝妙见解,却发现这已经是 30 年前的老新闻了。人们和鲸鱼喝茶,和海豚做爱。"

"总比反过来好。"

"如果你没试过,就不要去批评它。"

微波炉叮的一响,肉丸子解冻好了,我把它们拿了出来。"在我看来,即使地球上的人们得出了不同的结果和更新的数据,你的研究作为方法论还是有价值的。"我摸了摸几只肉丸子,虽然它们解冻了,但仍然很凉。

"太抽象了。我的意思是,你是对的,但最终它会成为被过时的方法摆布的旧数据。现在,既然我们有了真正的外星语言,外星语言学会发展得很快。"

"我们没有人会做任何前沿研究。"我往一口大锅里倒了一点油,把它烧热,"无法超越相对论。"

即使与地球的通信完全不受限制,你也无法关注最新的研究。从现在算起,按飞船时间再过三年零两个月,地球上就过了 12 年。如果你给一位同事发了一条信息,他立即回复了,他的回复要等到 37 年后才能到达沃尔夫星系 25 号。与其说是交流，不如说是历史记录。

我把吸足水分的脱水洋葱片抖入油中，它们发出嗞嗞的响声。洋葱的香气很浓，但几秒后就在稀薄的空气中消失了。

"闻起来真香。"她向后靠在中岛台上，抿了一小口酒，然后叹了口气，"我只是一直不愿承认。我要搁置鲸鱼类的研究，直到我回到地球，或者小火星。现在只能加入大家，学习火星人的语言。"

"有道理。"我说。

"我在火星上抵触对火星语的学习，是因为我没有任何特殊的语言天分。但卡门也没有语言天分，她却正在取得进展。"

"至少你能随身携带你的研究材料。"

"如果火星人合作的话，但是飞虫—琥珀不高兴成为素材源泉，我已经知道了。"

我耸了耸肩，"他在研究我们。公平竞争。"

"我会向他指出这一点的。"

我晃了晃锅里的洋葱，然后把肉丸放了进去。

她笑了，"他们很敏感，火星人的黄色家族。正如他所说，他不能说谎，但他对自己分享的事实非常谨慎。"

"你认识他有一段时间了？"

"当然，自从他 2079 年来到小火星以后。不过，我不确定自己是否比我们相遇的那天更了解他。"

"他表现得好像他只是一台录音设备。"

"是的，那是他表现出来的模样。但实际上他要比他表现出来的模样复杂得多，很神秘。有时间和雪鸟谈谈他吧，对她来说，他比我们更奇怪。"

"真的？"我倒了一升水，然后把番茄和浓缩葡萄酒倒入其中。

"她就是这么对我说的。所有的黄色家族成员……她说他们表现得好像他们是唯一真实的人。我们其余的人，只是在做梦。"

"他们都有妄想症吗？"

"也许吧。雪鸟认为这可能是真的。"

我笑了笑，但同时也感到了一丝恐惧，"如果你在做梦，你会意识到你是在做梦吗？"

她直视着我，没有笑，"如果做梦的人不知道他在做梦，就不会意识到他在做梦。"

## 2. 元年

公司要求我们每个人每天都写日记，并给了我们一项计划，保证在我们最后一个人去世 50 年后仍将日记保密。我想，我们的隐私受到牙仙子和圣诞老人的保护。

我会假装他们说的是实话，反正我也没什么好隐瞒的。我承认我在没人看的时候挖鼻孔。我不太喜欢我的身体。比起和我丈夫做爱，我更喜欢自慰。我妒忌艾尔莎，还有点怕她，根本不信任她。她会跟飞船上所有的男人发生关系，然后再去追求女人。但这并不是说我对她的男人没有性幻想。不管怎样，我对其中之一有性幻想。

我开始写日记是因为旅行正式开始了。我们今天开始爆破。这真是个绝妙的动词，好像我们是矿工似的，但它很准确。我们正站在一颗物质—反物质炸弹的顶端，它将持续爆炸 12.8 年以上。

星际边境

  试着适应类似地球重力的重力。我问保罗，如果我们在火星正常重力下加速需要多长时间。他说他不能在脑子里进行过于复杂的运算，例如双曲余弦或者诸如此类，然后他摆弄他的笔记本电脑，说它没算出来，它将花费若干年才能算出来。若干年，不过在我们的时间范围内时间很长。我们可能会毫发无损地到达那里，但我找不到任何不让我背疼的站立方式。

  问题的一部分是联想失调，受过大学教育和知晓怎么称呼一切是多么美好。我的身体感觉到了重力，我觉得我应该去小火星的健身房，流一个小时的汗，然后恢复正常。但这是正常的：纵观人类历史，人们一直忍受着这么重的重力。所以我安下心来，回去，习惯重力的存在。

  (后来)我听到水花飞溅的声音，游泳池里终于放满了水。我拿上一条毛巾过去。纳米尔让水继续流着，正在原地游泳。

  我从没见过他的裸体。以他的年龄来看，他体形不错，肌肉结实，有一点啤酒肚，毛发浓密。他割过包皮，我只在照片上见过割礼。计时器响了，他从游泳池里上来了。

  水很冷，但感觉很好，我把水流速度调成每小时6海里[①]，快速热身。当我仰泳时，把水流速度降到了每小时1海里。纳米尔的确瞥了一眼我的正面，但随即礼貌地转过身去。我产生了一种邪恶的冲动，想要戏弄他，但是我觉得我还不够了解他。很奇怪，经过了这么多个星期依然不够了解他。他是个拘谨、安静的人，但他会在适当的时候开玩笑和哈哈大笑。但是当他独处的时候，他看起来像在想一些悲伤的事情。

---

[①] 1海量=1.852千米。

他当然在想一些悲伤的事情。欣嫩子谷惨案之后，他穿过特拉维夫这座城市，他的数百万同胞死去，尸体在沙漠的阳光下腐烂。学什么，或者做什么，或者相信什么，才能忘掉这一幕从中恢复过来呢？

他告诉我们，第一天他手下就有两个人自杀了，开枪自杀。他说起来好像是在描述天气一样。

但我认为他平静的宿命论腔调给了我们所有人一种力量。我们可能会在这次旅行中死去。诀窍在于，说这些话时不要显得很勇敢或者很戏剧化。早餐我们可能会吃鸡蛋粉。我们可能在 5 年零 3 个月内死去。请把盐递给我。

昨晚，纳米尔第一次在飞船上做饭，考虑到他所受到的工作限制，这顿饭做得相当不错。意大利面配没有肉的人造肉丸，还有泡发的脱水蔬菜，不太软。用不了多久，我们就会盯着水培菜园，念咒般地喊："快点长大吧，快长大吧！"

事实上，我们或多或少都会做些有建设性的事情。晚饭后，我们讨论了这个问题。保罗继续他的虚拟现实课程，攻读天文学和天体物理学的博士学位，以补充他的地质学学位。艾尔莎正在研究创伤医学，她也做抽象的针线活，还有进行只有天晓得是什么的奇异性爱。达斯汀说他实际上什么都不用做。作为一个受过训练的哲学家，他随时都可能突然陷入思考。他还在台球桌上练习技巧击球，虽然我不知道这能持续多久。艾尔莎要求他每次把噪声控制在 10 分钟以内，最好是一年一次。

月亮男孩钢琴弹得很好，他的手很大，但他通常都是戴着耳机安静地弹奏。他正在写一篇很长的论文，那是他离开火星时开始写的。

当然，像我和梅丽尔一样，他也是个外星学家，我们有很多事情要做，要为和他者会面做好准备。梅丽尔也严肃认真地做字谜和数字谜题。她的舱室的墙上贴着一个纵横字谜游戏,有一万格。

纳米尔不仅做木工而且做菜,他从地球上带来了一些贵重木材和刻刀。他还研究诗歌,不过他说他从年轻时起就没写过诗。他研究用希伯来文、日文和英文写作的正式诗歌;在欣嫩子谷惨案发生之前,他在联合国的头衔是"文化专员"。我好奇有多少人知道他是个间谍。也许他们都知道。他甚至看起来就像个间谍,肌肉发达、面容英俊、皮肤黝黑、动作优雅。我对他充满渴望,又心生抗拒。

火星人没有参与饭后座谈,他们很少和我们一起吃饭。他们不吃人类的食物,也许看着我们吃他们会不舒服。但我很确定,如果问他们"在接下来 6 年半或 13 年的时间里,你计划做什么?"他们的回答会是"一如既往"。他们生来就具有特定的社交和智力功能,而且不会偏离太多。

飞虫—琥珀所属的黄色家族是记录者,他们只是记得在他们面前发生的一切事情。

他们异常敏锐和全面:我当着飞虫—琥珀的面用一本书的书页扇风,紧接着——或者十年之后——他可以把那本书背给我听。

雪鸟所隶属的白色家族更加难以界定,他们对事物进行分类,并设想和阐明各种关系。他们天生好奇,似乎喜欢人类。我不得不说,跟飞虫—琥珀一点儿也不像。

每种火星人都有非凡的言语记忆。他们生来就有基本的词汇,显然每个家族都不一样,只要听一听就能增加新单词。他们没有书面语言,尽管人类语言学家正在这方面取得进展。在雪鸟的帮助下,梅丽尔、月亮男孩和我正在增加现有的词汇量,大约有 500 个单词和类似单词的噪声。梅丽尔最擅长学习火星语,她研究海豚和鲸鱼的交流,为重复的声音发明了像音素一样的符号。

我们永远没法说火星语，它充满了人类无法发出的声音，至少没法用嘴巴发出那些声音。但月亮男孩相信他可以在合成器模式下用键盘和打击乐器模拟近似的声音。幸运的是，雪鸟被这个想法迷住了，愿意同他持续为此而工作，调整合成器的输出。

这读起来不太像日记。我还记得我大一的时候，在去火星的路上，研究关于佩皮斯①和博斯韦尔②的伦敦期刊。但是佩皮斯在他那座荒废的城市里游荡，博斯韦尔要为约翰逊③博士作传，然后去伦敦桥找他的妓女。教授说博斯韦尔有一个木制的避孕套。这比火星人还奇怪。

我们需要的是像博斯韦尔或佩皮斯这样的人，而不是这群由科学家和间谍组成的乌合之众。有80亿人因为是人类而死亡，相形之下，伦敦在火灾和瘟疫中倒塌的巨大悲剧变得很渺小。

---

① 佩皮斯：17世纪英国作家和政治家，著有《佩皮斯日记》，书中包括对伦敦大火和大瘟疫等的详细描述，使其成为17世纪最丰富的生活文献。
② 博斯韦尔：1740—1795，苏格兰传记家和日记作家，著有《约翰逊传》。
③ 约翰逊：英国作家、文学评论家和诗人。他编纂的《词典》对英语发展做出了重大贡献。重要作品有长诗《伦敦》（1738）、《人类欲望的虚幻》（1749）、《阿比西尼亚王子》（1759）等，还编注了《莎士比亚集》（1765）。他十1/28年进入牛津大学，但因贫困辍学，没能拿到学位。在《词典》发表以后，牛津大学给他颁发了荣誉博士学位，因此人们称他为"约翰逊博士"。

星际边境

# 3. 记录

**2085 年 5 月 1 日**

沃尔夫星系 25 号探险队的赞助者们要求我们每个人都把自己的经历记录下来,但记录的形式取决于个人。我采取了给你——我想象中的朋友——写便条的方式。你很聪明,但因为不知道我要说什么,所以你总是很感兴趣。

这是纳米尔·扎哈里将军的记录,我最初是受以色列军队情报部门摩萨德的委任。与我同行的还有美国情报官员达斯汀·贝克纳上校和艾尔莎·瓜达卢佩上校。我跟他们是一家人。

没有其他军事人员在执行任务。有两个本地的火星人,雪鸟(隶属于白色家族)和飞虫—琥珀(隶属于黄色家族),以及四个拥有火星公民身份的人类。为了来到火星,飞行员保罗·柯林斯辞去了美国太空部队的一个委员会的职务。

他娶了卡门·杜拉为妻。卡门·杜拉是第一个见到火星人的人类,并对随之而来的复杂情况负有特殊责任。

不过让我在这里记一笔,任何火星人与人类的接触最终都会导致同样不幸的事件,他者显然对整个方案已经计划了数万年之久。

如果你把这看作一次军事行动,从某种意义上来说,这是有史以来最雄心勃勃的"攻击"。现代历史上所有战争中消耗的所有能量都无法推动这座巨大的冰山往返沃尔夫星系 25 号。即使使用的是免费能源,也比第二次世界大战花销更多。

如果它是最烧钱的项目,那么它也可能是最模棱两可的项目。我们根本不知道我们将在那里面对什么,或者我们将做什么。到目前为止,最有可能的结果是，在我们靠近到足以伤害他者之前，他者就会毁灭我们。

但是我们什么也做不了。一旦他们意识到我们挫败了他们毁灭人类的企图，他们就会再次试图毁灭人类，即使这需要几个世纪的时间。

事实是，他者思维如此麻木迟钝的事实，对我们并没有真正的益处。我们经历过他们在海卫一的"演示"——以及火星人领袖红发现了他们的计划——表明他们为许多突发事件提前做好了计划，当条件合适时，他们的机器会自动做出反应。"等等——别开枪！"的概念可能不在他们的电脑指令系统之内。

我们前面的小型机器人飞船可能是我们最大的希望。它会在掉头转向之前就开始广播，所以远在我们到达之前，信息就会到达。信息会详细说明我们的情况，并恳求他者让我们靠近和进行交谈。

我们希望他者不要一检测到它就把它汽化掉。

我们知道他者能听懂英语，也能"说"英语，尽管他们和我们之间不会有这样的对话。你可以问一个是非问句，然后要等半个小时才能得到答复，除非他们设置了一台机器来解释这个问题，并给出预先录制好的或控制论生成的答案。

我们从海卫一得到的最后一条信息显然就是预先录制好的或控制论生成的一条答案："对不起。你们已经知道得太多了。"海卫一个体以惊人的加速度返回沃尔夫星系25号，然后一秒钟之后，海卫一以太阳能量输出的1600倍爆炸。然后，它试图利用红进行定时爆炸，企图毁灭地球上的生命，但那个火星人却放弃了自己的生命。

（从绝对意义上说，这并非巨大的牺牲，因为他如果不这么做，他也会和地球上的生命一起死去。但令人感动和振奋的是，他会违背其创造者的意愿，站在我们人类这边。他能够击败自己的编程，做出道德上的选择，这给了我们一点希望。）

卡门认为，即使他者破坏了这艘飞船——阿德·阿斯特拉号，我们为和平而来的事实也会对人类有利。我没有公开反对她，但那是天真的乐观。休战的白旗充其量是承认自己的软弱；当你的对手没有什么力量，也没有什么可以失去的时候，它也可以是绝望攻击的第一个警告。

我认为，如果他者允许我们接近他们的星球，或某个替代星球，那可能将是为了在毁灭我们之前评估我们的实力。

但那是身为人类士兵的看法。身为军人、外交家和间谍，我不知道他者上帝般的心理会产生什么作用。卡门可能会变成一个悲观主义者。他者会为试图消灭所有人而道歉——"我们在想什么？"——让我们满载着财富和赞美回家。那样猪都会飞了。

无论如何，他者掌握着所有的底牌，而我们甚至不知道游戏的名称。我们有 5 年多一点的时间来考虑此事并就行动方针达成一致。如果我们不同意，我想多数人会定下规则。

或者是最强大的少数派。

## 4. 重大问题

人类说我必须写下这次探险的日记，我抱怨这太荒谬了，因为我本身就是一部活生生的会呼吸的日记。"但是如果你死了会怎么样？"他们问道。我从来没有这样想过，因为当我死后，我记忆中的非冗余部分会传给我的继任者。但事实上,我的肉体可能已经在这里消亡了,这种事情从未发生在我身处4362火星年的家族成员身上。那天流失了一定数量的知识,无法挽回。因此,我不得不同意他们的看法,并动笔把这写下来,虽然慢得出奇,而且不准确,其中还包括翻译工作,因为我们火星人没有书面语言。

英语是人类的语言,所以我将使用它,虽然法语和俄语对我来说更容易说,因为它们在声音上更类似于我们自己的语言。

不能说自己的语言让我很沮丧。雪鸟也想念她"白色家族"的语言,也许她比我更想念我们自己的语言,他们的语言更美丽,如果不那么准确的话。

我们被迫使用的火星通用语既不美丽又不准确,英语则难以言状。在这里,我最喜欢的人类是纳米尔,他可以用日语和我交谈,这是我所知道的最令人愉快的人类语言。

今天是2085年5月1日,是我们的时钟和日历同地球与火星上的时钟和日历相同的最后一天。当我们到达掉头转向点时,距离我们的目标还有一半的距离,按飞船上的时间,那将是2088年8月13日。但回到地球将是2097年7月2日,9年多以后。他们说这是因为广义相对论,尽管对我来说毫无意义。他们说我们的时钟走得更快是因为我们在移动,虽然我知道这是真的,但这对我来说也没有意义。雪鸟似乎有点明白了。她告诉我,小 $t$,就是我们的时间,等于 $c/a$ 乘以双曲余弦 $(a/c)$ 再乘以地球时间,就是大 $T$,我想这是对的,但我要做的就是记住它。我想如果我必须理解它,我的大脑就会过热并爆炸。

现在,我们已经加速了8个小时,我想我要过8年才能习惯有加速度的感觉,如果我们还能活8年的话。这就像你背着的东西比你自己的体重还重,重到一背上我就得拉屎的地步。出于某种原因,这是一个不礼貌的词,但却是最接近我们行为的人类用词。我尽可能以最快的速度进入我们的生活区域,进入我们用来回收毒素的那片排污之地,但其实速度非常缓慢。

雪鸟已经在那里了,她比我更年轻,也更强壮,但她尊重我的资历,让我第一个进去使用。额外的重力确实加速了这个过程,这是我唯一能说的好事。

我告诉飞行员保罗,我认为这不公平,并问他为什么我们不能在火星重力下加速,这样每个人都会感到舒适。他说如果这样做的话,我们需要两年多的时间才能到达目的地。我说,如果无论如何,等我们到的时候都会死在那里(正如纳米尔所说),那么我想他会想要花更多的时间在路上,而不是更少。他笑着说我是对的,但他没有降低加速度。也许他不能。这一切都很奇怪,但我几乎从一开始就一直与人类打交道,再也没有什么能让我感到惊讶了。

我应该说一说他者,我们正不顾一切地加速向他们的星球飞驰。他们创造了我们火星人,按地球时间,显然是 27000 年前。我们是生物机器,就像人类一样,但人类对他们造物主的意见并不一致。

他者观察到人类进化成能使用工具的生物,然后进化到会使用火,他们认为人类拥有星际飞船并带来危险只是时间问题。

他者说,这通常不是问题,因为当一个种族发现了核能,它通常会在星际飞行之前毁灭自我。

总的来说,我认为我们火星人是个错误。我们确实履行了我们的主要职责,那就是通知他者,人类已经发展了前往附近行星的能力。然后我们,火星人的黄色家族,按照我们被编好的程序,把一个编码信息传递给人类，告知他们关于他者的基本事实。

有个他者已经在太阳系中等待了 27000 年。他的主要职责是观察人类对这种新知识的反应，并决定是否让他们活下去。他决定他们不应该活下去，但是本该毁灭他们的自动装置没有起作用。人类把它移到了月球的背面，当它爆炸时，除携带它的火星人以外，没有人类受到伤害。

然后人类研究了我们火星人。除了其他方面，他们还发现了我们如何从另一个宇宙获取免费能源。没有火星人明白这是怎么回事，我想也没有人类真正了解此事。但他们可以使用它，它能支撑他们的星际飞行，我认为这在他者的计划之外。

他者表示，对银河系这一区域的数百个智能种族，他们要么落下屠刀，要么给予宽恕，而且之前从未失手。但我对此茫然不知。

我们黄色家族的火星人擅长记忆，但不擅长创造性思维，但我有个关于他者的理论：我认为他们在撒谎。我们确实有证据表明，他们有能力做出不可思议的事情，比如发明我们，改造火星的一部分，让我们在继承地球之前有地方生存。我们知道他们可以制造出威力强大的小型炸弹，足以消灭地球上的生命。但这并不意味着他们说的一切都是真的。

我们有三个关于他者的信息来源，最主要的是编码信息，它就像黄色家族的祖传记忆。但这不是常规记忆，直到我们看到从海卫一（海王星的卫星）上观察我们的海卫一个体发出的触发光，我们才能唤醒这部分记忆。我看到了那道光，摔倒了，开始胡言乱语，其他看到那道光的黄色家族火星人也一样。我们都说了同样的话，三个不同的录音机录下了完全相同的无意义的声音。

一位人类研究员发现，在我们一连串的胡言乱语中同时存在两条信息。一个是振幅调制，它就像一个 1 和 0 的模式，模仿了人类试图与其他恒星交流使用的方法，他们称之为德雷克图。它告诉了人类关于他者的一些事情——他们在太阳系中存在了多久，他们是硅氮生物，我们火星人是由他们创造的。

但是在频率调制中隐藏着一个更复杂的信息，一个极度集中的信息字符组，是用火星人红色家族的语言表达的。一段时期以来，只有一个红色家族的火星人，他或她是我们的领袖。

红色家族的火星语是最复杂的火星语，也是唯一有书面形式的火星语。我们的领袖只有几天的时间可以活了——炸弹就在他的身体里——没有时间去分析和写下这条长长的信息。但他把这条信息留在记忆中，并把大部分翻译成我们的通用语。当他加速飞到月球的背面赴死之时，他不断地跟火星通话。

我希望他能活得够长，来讨论他者通过我们告诉他的事情真相。他的继任者将能够做到，但她还得花很多火星年才能熟练掌握红色家族的火星语。

所以我们要去见我们的死敌，我们对他们的大部分了解，来自他们在谋杀我们领袖之前对他说的那一套谎话。

# 5. 生命的甜蜜奥秘

保罗和我查看了不同机舱的规格，决定把两张床放在我的舱室里，然后打开两间相邻舱室之间的滑动门，同时关闭通往现在的卧室的外面那扇门。所以他的舱室现在是我们的客厅，里面有一张工作桌，两把椅子面对面，还有一把躺椅。只有一个虚拟现实头盔，但我们可以从健身房或休息室再借一个。

我没必要告诉他我喜欢这样的安排，因为他有时会在睡梦中辗转反侧，把我吵醒。这样的话，我就可以踮起脚尖走过去，安静地躺下了。

我们把两扇窗户都设置在工作台旁边的墙上，把它们设置为缅因森林的相邻景观，缅因森林是我们经常用来骑自行车或跑步的环境。

一旦一切如我们所愿，我们就会用显而易见的方式来庆祝我们的新巢。

我们拉起被子，把枕头重新摆放好，让它们面对面，试着在这种重力下舒服地躺下。他说："不过，我确实想思考点别的事情，我们的间谍伙伴。"

"这么说，你对艾尔莎有意思了，继续吧，她会活活吃掉你的。"

"是的，对。你昨天看到纳米尔和达斯汀练武了吗？"

"我看到了一点——我在书房里，听到他们互相把对方抛过来掷过去。对一个老家伙来说，他还不错。"

"对任何人来说，他都不错。达斯汀差不多跟他一样好，但纳米尔更强壮、速度更快——我在学院学了两年韩式合气道。"他摇了摇头，"他们俩中的任何一个都可以杀了我。我一点儿都没夸张，瞬间就能杀掉我。"

"所以你最好不要提出……哦。"我明白了他的意思，"一点儿都没夸张。"

"也许这就是他们的使命。他们赤手空拳就能在几秒钟内杀死我们所有人。还记得吗？我们一见面就谈了这件事。"

"是的，含含糊糊的……在虚拟现实中，锻炼。那么，他们究竟为什么要这样做呢？"

"在地球上，他们没有任何理由。但是你在纳米尔订的《星期日纽约时报》上读到过，关于阿德·阿斯特拉号的两版辩论。"

"的确读过。那帮白痴想让我们全速前进，然后像颗世界末日炸弹一样撞击那颗星球。好像他者会傻坐在那里，让我们放手去做。"

"这不是让我心烦的部分，让我心烦的是关于投降的事。比如，'我们不会花那么多精力和钱只是为了让他们卑躬屈膝。'你看到是谁在后面署名了吗？"

"不。我对此没什么印象。"

"是美国四星上将马克·斯宾诺莎。听起来耳熟吗？"

"不怎么耳熟。"

"他是委员会成员，负责联络美国军方。顺便说一句，他在设计和制造这艘飞船……以及选择机组成员的过程中起了很大的作用。"

"但他不能命令他们这么做。纳米尔甚至不受他的管制。"

"严格来说，达斯汀和艾尔莎也不受他的管制。他们都不得不暂停他们的任务，记得吗？理论上而言，没有人能给他们下达命令，就像他们不能给我们其他人下达命令一样。"

"好吧。那你在担心什么？"

"只是他们可能会赞同他的想法，自己动手。"

"不会的，他们不是右翼疯子。他们也不是杀手，即使他们是军人，退役军人。"

"我知道纳米尔杀过人，至少在他年轻那会儿参战的时候杀过人。

我们对他们的政治理念一无所知。他们看起来很通情达理，但他们可能只是在按剧本表演人设——剧本倒不一定是斯宾诺莎将军或公司或其他人写的。他们作为两夫一妻一起生活了五六年。他们可能已经制订了自己的计划。"

"计划包括在我们怯懦的时候杀了我们？我不这么认为。"

"或者只是控制和限制我们，然后利用这艘飞船试图消灭他者。"

我转过头，用拇指和食指托住他的下巴，盯着他看，"我真的不知道你什么时候是在开玩笑。"

"如果我让你跟纳米尔上床，诱哄他吐露真相，你会怎么说？"

"我会说，'我真的从来不知道你什么时候是在开玩笑。'"

他突然吻了我，在嘴唇上轻轻地啄了一下，"令人兴奋的婚姻秘密。"他侧过身去，伸了个懒腰，准备睡觉，"让他们猜去吧。"

# 6. 私处

我们尝试的第一种房间结构是让艾尔莎的舱室保持原来的大小，但在里面增加了一张床。然后，我们几乎把中间那间舱室扩大了一倍，把它作为公共休息室，把第三间舱室当作最小的卧室，孤衾独枕的那个人就睡这里。公共休息室的三扇窗户合为一扇，现在全景展示着旅游旺季的戛纳海滩。

尽管那一幕很性感，但当我和艾尔莎一起睡双人床时，我并没有真正点燃激情。我之前和达斯汀搏斗了一个小时，然后在每小时6海里的水流速度下游了一个小时。当我从游泳池出来的时候，我很同情这些可怜的火星人，要忍受这样的重力。当我倒在床上时，我觉得自己就像一头精疲力竭的大型动物。艾尔莎似乎也累了。也许这就是她找我共眠的原因，这是飞船上的第一个重力之夜。

"我从没见你在健身房里游这么久过。"她睡意蒙眬地说。

"我定了游一个小时。我正要早点离开游泳池，卡门就过来了。我提出让她用游泳池，但她说：'不，不用，把你的时间用完吧。'所以我有点进退两难。"

"被困在一个漂亮女孩面前炫耀你的光屁股。"

"她不是女孩，也不是特别漂亮，而且我当时在侧泳。"

"好吧，展示你裸露的侧面，献给地球和火星上最著名的女人。"

"嗯，你了解我，我真的很想要她的亲笔签名。"

"他们现在是这么称呼那回事的吗？"

我捅了捅她的肋骨，"那个闭嘴的开关在哪儿？"

"我乖乖闭嘴。"她把头靠在我的肩膀上，几分钟后就睡着了。她温暖的气息有规律地贴着我的皮肤，如此熟悉，又如此难以捉摸。

她的嘲笑使我想起了卡门。我被她吸引，不是因为她是火星女孩。这可能不是个明智的选择，尽管我认为这不会让艾尔莎很烦恼。卡门和保罗双方都没有严格遵循一夫一妻制。飞虫—琥珀在问起我们三位一体式婚姻的时候，跟我聊起他俩的花边新闻。她和几个待在小火星上等着登上火星的男人"交配过"（他的原话），从和卡门的谈话中，他得知这是保罗祝福过的行为，而保罗在火星上也偶尔和几个女人有暧昧关系。

这是在有1G穿梭机之前的情况。在没有穿梭机以前，在火星和小火星之间往返是一件复杂的事情，需要在零重力状态下滑行几个月。

说说复杂的事情吧。被一起困在这个小盒子里,我们都知道,明智的做法是把彼此当作朋友,不要让感情超出友谊的界限。但感情可能会超出友谊的界限,即使任务平淡乏味,因为任务的期限实在太长了。再加上绝望的认知,就是我们都有可能死在沃尔夫星系25号,或者在到那儿之前就死了,所以冲动是很难抗拒的。

我已经三番两次地听卡门说过她的身体不像女人该有的身体,她说得太多了,所以应该不是随便说说的。但实际上,她所谓的缺点使她对像我这样的男人充满了吸引力。我猜想,她那娇小的、假小子般的身材让我想起了那些年轻的同窗,我少年时代的激情都投注在她们身上——她们从未答应过我的求爱,但也从未完全拒绝我。也许她们从来没有答应过,是因为我从来没有勇气直接当面求爱。

想到她们现在老得可以当祖母了,这种感觉很奇怪。我敢肯定,她们谁也不记得那个犹太小胖子了,他的头发不服帖总是四处乱翘。或许她们中的一个曾经为胖胖的犹太男孩着迷过,但是想不通为什么。

今天是我第一次看到卡门全裸,我迅速移开了视线,以免让我的兴趣表现得过于明显。当我说再见的时候,她转身仰面游泳,然后我瞥见了赤裸的她。除了文在她手腕上的功能手表,她身上没有明显的文身,也没有明显的伤疤。事实上,她可能从十几年前离开地球后就没穿过泳衣,也许她以后都不会穿泳衣了。也许不会。我要有耐心,等待合适的时机和地点来提出要求。

星际边境

# 7. 神风敢死队

**2085 年 5 月 8 日**

我将把我们刚刚举行的会议的部分内容记录下来,而不是写常规日记。

纳米尔建议,这将是一个好时机,从第二个星期开始,让所有的人类和火星人聚在一起,就我们认为我们要去的地方达成共识,并记录下来。我们上午 9 点在"折中"后的休息室见面,在火星人生活区域的入口。

其中一部分变得有点戏剧性,不过我丈夫会说"烦人"。

纳米尔:我的建议是,我们应该记录一种"底线"报告,记录我们到达沃尔夫星系 25 号时预计会发生什么。在接下来的几年中,我们的想法自然会改变。

保罗:一种可能是那里什么都没有。海卫一个体说那是他者生活的地方,然后朝那个方向起飞了,但几分钟后我们就失去了他的踪迹。他可能去了任何地方。

雪鸟:他者为什么要这么做?

保罗:他者可能歪曲了他们的实力,或者更确切地说,他们的弱点。如果我们迅速进攻,他们可能无法及时做出反应。

纳米尔:也许。但似乎不太可能。我们有充分证据证明他们的实力。

我:他们用了数百个世纪提前计划。

保罗:我就是这个意思。他们不想和我们面对面。

飞虫—琥珀:他们已经提前计划好了。我们不会让他们感到意外。

116

艾尔莎：我们必须试一试。

达斯汀：我不相信那是真的。你知道的，艾尔莎。

艾尔莎：非战主义的猪。(笑着说)请解释一下，供记录在案。

达斯汀：这个任务有两个前提。第一，他者知道他们没有摧毁地球；第二，他者在意他们没有摧毁地球。但我们对他者的心理几乎一无所知。也许他们太自信了，懒得去检查，在这种情况下，出现在他们家门口可能是一场灾难。

或者他者可能知道他们并没有毁灭我们，但觉得壮观的示威足以告诉我们别去烦他们。所以，别再去打扰他们了。

纳米尔：达斯汀，即使任务是个错误，我们也不能掉头回家了。木已成舟，大局已定。

我：这仍然是一个很好的观点，试图预测他者将要做什么。

保罗：我们来了解一下时机。按照地球日历，海卫一个体在2079年7月离开了海卫一。以它的加速度进行计算，假设它以同样的速度进行减速，只需要大约24年半就能到达沃尔夫星系25号。假设它在2104年1月到达。

在最坏的情况下，他者查明地球并没有被毁灭，然后卷土重来完成任务。那他们就会在2128年过半的时候来完成这件事。

纳米尔：这还不是最糟糕的情况。

保罗：那最糟糕的情况是什么？

纳米尔：你假定他者必须遵守和我们一样的速度限制。假设他们的速度比光速快很多，明天就能到达这里呢？

保罗：相对论不会让他们的速度远超光速的，不然他们会回到过去。

纳米尔(大笑)：然后出现在明天。他们已经做过其他不可能的事

**星际边境**

情了。

（纳米尔和保罗徒劳地争论了几分钟。我告诉保罗，永远不要跟律师争论科学。）

梅丽尔：我们假设这不涉及什么魔法超科学，好吗？（她看了看她的笔记本电脑。）如果他们直接去沃尔夫星系25号，按照地球日历，他们将在2104年左右到达那里。我们要11年后才能到达那里。他们会在几个月前收到我们的"准备好了吗，我们来了"的信息。我对此很感兴趣。

他者没准备好迎接我们的概率几乎为零，我们意见一致吗？（达成共识。）无论如何，如果我们真的让他们大吃一惊，对此我们也无能为力。除非把阿德·阿斯特拉号当作一个巨大的神风敢死队的炸弹？

雪鸟：那个词是什么意思？

飞虫—琥珀：这是一个日语单词，意思是自杀式飞机。

雪鸟：哦。好吧，这言之有理，不是吗？我们无论如何都会死的。

飞虫—琥珀：大多数人类不会这么干。如果他们有生存的机会，就不会这么干。

雪鸟：但他们反正活不了那么久。

纳米尔：雪鸟，我很高兴你提到这一点。我们应该把这一点考虑进去。

艾尔莎：我不确定我能这么干。这么干的话不仅我们自己要完蛋，还会赔上整个星球。

梅丽尔：没错。

纳米尔：这就是他者试图对我们做的。

达斯汀：他想让你像军人一样思考，亲爱的，而不是像医生一样思考。

月亮男孩：如果我们必须这么干才能拯救人类呢？如果我们收到的信息是"你和你的星球，去你妈的"，怎么办？

保罗：如果他者决定毁灭人类，我们就永远无法拯救人类。我们永远也抓不住他们。我们只能在事后进行报复。

纳米尔：我可以效劳。

达斯汀：你肯定会。

月亮男孩：我也想。他者不是人类。

我：纳米尔，这就像欣嫩子谷惨案。那个星球上可能有无辜的种族。据我们所知，袭击我们的海卫一个体是个孤独的疯子，他声称代表他者，但实际上并不是。

纳米尔：恕我直言，卡门，我经历过欣嫩子谷惨案，而你没有。种族灭绝不是谋杀。你可以原谅谋杀，然后继续生活。但是，如果我们找到了对欣嫩子谷惨案负有责任的国家，我们就不会有怜悯之心。为了报复，我们会把它夷为平地。这和复仇是两码事。

（沉默持续了很长时间。）

保罗：神风敢死队的事是不会发生的。我是唯一能这么干的人，但我不会这么干。此外，如果我们的目的是发射一个相对巨大的炸弹，就不需要机组人员。也许只需要一个神风敢死队的飞行员就够了。

达斯汀（大笑）：这让我很紧张。你会需要机组人员的，哪怕只是为了让飞行员在6年的隔离期间不发疯。但机组人员当然不会知道他们都将死去。

保罗：你是哲学家还是小说家？

达斯汀：有时这种差别没有实际意义。你在撒谎吗？不用回答了，我们在大一的逻辑学课堂上讨论过这个问题。

飞虫—琥珀：你们两个在开玩笑吗？有时候很难判断人类什么时候是认真的。

达斯汀：飞虫—琥珀，有时候开玩笑也是严肃的。

保罗：这次不是。他只是在玩游戏。

达斯汀：我们中有一个是在玩游戏。

雪鸟：这让我头疼。我得离开了。

于是大家都笑了起来，并且劝说雪鸟留下来，并保证他们会把事情处理好。会议的剩余内容基本上都是在复述我们已经知道的东西。

但是在这里我是最了解保罗的人，我知道他非常严肃，这有时使我感到害怕。我现在就有点害怕。

几天前，出乎意料的是，在我们睡觉前，他暗示，纳米尔，也许还有另外两名军人接到命令，如果我们试图投降，就杀了我们其余的人，并把阿德·阿斯特拉号当作类似"9·11"恐怖袭击的工具，对他者发起自杀式攻击。

但是星际飞船不是喷气式飞机，他们不知道该怎么做。

这里只有一个人知道该怎么做。

# 8. 水中运动

昨天晚上，当所有的人类都上床睡觉的时候，我悄悄地走出住处，经过水培室走到健身房。我摸了摸游泳池里的水——水很暖和——我决定试着在里面漂浮，看看它是否真的会让雪鸟和我在重力／加速度下得到一点安慰。

对于一个四条腿的火星人来说，要想进游泳池可真不容易。人类只是坐在游泳池边上然后滑进去，我们的身体无法那样弯曲。

回想起来，我意识到我应该等到至少有一个人在身边。但服装与尊严相关，我不知道如何向另一个物种解释这回事。

在公共场合，人类几乎从来不会裸体出现在彼此面前——就像我们火星人一样，他们脱下衣服是为了做好繁衍后代的准备。而且像我们一样，除非在特殊的情况下，否则不穿衣服看着别人是不礼貌的。游泳就是其中一种特殊情况。他们会对我们有同样的感觉吗？我只在人类面前赤身露体过一次，那是科学调查研究的一部分，即使如此也很不舒服。但他们当然不希望人们穿着衣服进入游泳池。

最后我脱下我的斗篷，直接跳进了游泳池。溅起的水花比我预料的还要多。一盏灯亮了，我听到用于水培的棚架周围传来了人类的脚步声。

这是一种非常奇怪的感觉。游泳池的水只有一米多深，但水花四溅，溅了我一身。除在受孕过程中以外，我从来没有完全弄湿过身体。所以，随着脚步声的接近，我感到有点不雅观，也为我把这么多珍贵的水从游泳池里溅出去而感到尴尬。

虽然我的脚踩在地板上，也就是踩在游泳池的底部，但我确实感觉自己轻多了。然后我向旁边移动，结果跌了个倒栽葱——我突然漂了起来，轻飘飘的根本没有重量！我呛了几口水，咳嗽了几声，但当然没有危险，因为我用于呼吸的气门均匀地分布在我的身体表面。不过，噪声确实让卡门心烦意乱，她是第一个到达现场的人类。她大声呼喊我和雪鸟的名字——当然，我们不穿衣服的话她分不清我们——她抓住我的头，把我拉了起来。

她大喊大叫，问我有没有事。水对我的听力产生了奇怪的影响，当我说话时，我的声音听起来被放大了好几倍。

"我没事，卡门，我是飞虫—琥珀。我很抱歉浪费了水，把这儿弄得一团糟。"

"不用担心水，我们的飞船底下可是有座冰山。你遭受意外了吗？"保罗冲了过来，他说的话跟卡门说的大同小异。

"不，不。我只是想尝试漂浮一下，但不想打扰任何正在使用游泳池的人。"事实上，虽然可以有几个人和我一起站在游泳池里，但是游泳的空间不足。

"想试一试水流动的感觉吗？"保罗问。

"是的，请。"他踩了个按钮，感觉棒极了，就像成千上万细小的手指在你的皮肤上摆动。它也让我产生了一种非常下流的感觉。"那很好。"

雪鸟出现了，用火星通用语对我说话，通常我们不在人类面前使用这种语言，"飞虫—琥珀！你……我发现你光着身子！"

"说英语，雪鸟。是的，我一丝不挂，可是人类游泳时也是如此。你应该试试。"

"你们俩别同时游。"保罗很快地说，"你们排出的水太多了。"

"那我就出去，让雪鸟——"

"我还没准备好在这么多人面前赤身裸体呢！我得想一想。"

卡门说："这不会给我们带来困扰。待在水里是正确的做法。"

"但是整个想法——'待在水里'！"你在我们的语言里找不到

这种说法。这就像'在外太空呼吸'。这是不可能的。"

卡门冲我做了个手势。"你最好想个词来形容它,我觉得飞虫—琥珀想不出来。"

我说:"事实上,我不知道怎么从游泳池出去。在这种重力下,我跳不高。"

纳米尔过来了。"你什么都不用做。我去拿几块板子过来。"他向储藏室走去。我想告诉他不要着急。

"我们将临时搭一个斜坡。"卡门说。她脱下长袍,滑入水中。她的身体很奇怪,比水更暖和,而且很柔软。"我们应该把游泳池建得更大一些。很遗憾,在建游泳池的时候我们没考虑到你们。"

"我们也没有想到这一点,卡门。这真是个奇怪的想法。"

雪鸟说:"飞虫—琥珀,你是不是有部分皮肤脱落了?"

我感到一阵恐慌。水面上泛起彩虹般的光泽,显然是我皮肤上的油,还有一些漂浮的小颗粒,可能是皮肤上的薄片。卡门惊恐地望着水面。

"我敢肯定这不是什么大事。"我弯下腰,仔细地看了看,"我两天前刚用刮身板清洁过身体。"

"当然。"卡门说道,尽管她的笑容看上去不太自然。在所有人当中,她是最有理由感到害怕的,因为她是第一个从我们火星人这儿染上疾病的人,当然,以前从来没有人类跟我们一起洗过澡。

雪鸟解释说:"人类确实会从其他人那里感染皮肤病,比如脚癣和疱疹。但我们从来没有得过皮肤病。"

"这真是,嗯,让人安心。"

"我们没有理由被设计成患有皮肤病,"我说,"这恐怕是智能设计和随机进化之间的区别。"

"我们应该为你们俩建一个特别的游泳池。"保罗说。"更深一些，这样你们可以享有最大的浮力。不会太宽，因为你们可能不会游泳。"

"你真是太好了。也许水温可以更低一些？"

"如果我们把新的游泳池建在你们生活的区域，水会很冷。"

"那太好了。卡门，你可以随时过来享受在冷水里游泳的感觉。"

"谢谢你，飞虫—琥珀，但我们真的更喜欢温暖的水。"她有点发抖，"事实上，我想我现在要去好好洗个热水澡。"

游完泳还要淋浴似乎是多此一举，但我一点也不惊讶。

纳米尔拿着塑料板回来了，当卡门从水里出去的时候，他用一种我认为充满情欲的眼神火辣辣地看看她。我想知道他们是不是已经开始交配了，但已经学会了置之不问。

在接下来的4天里，他们用这样的板子给我们建了一个很大的防水箱，大到足以让我们两个火星人同时站进去。他们还临时做了一个水泵，让水循环并过滤水。

游泳池让我们更容易应付重力，而且也让雪鸟和我成为历史上最干净的火星人。

## 9. 成人婚外情

**2085年6月1日**

已经飞行了一个月了。船尾的实时视图显示，太阳是天空中最亮的恒星；地球当然是看不见的。

亲爱的日记，唯一值得注意的里程碑是，艾尔莎显然已经完成了她的第一次性征服——我说"显然"是因为，谁知道呢？不过，如果是保罗的话，我想他会告诉我的，或者会先礼貌地问我。

她最先征服的是月亮男孩。梅丽尔告诉我的，在我们跟火星人结束了一场特别令人沮丧的会议后，沮丧是因为我们要记录他们难以捉摸且完全不规则的动词形式。

只有我们俩待在咖啡机旁。"那么，你知道月亮男孩和艾尔莎的情况了吗？"

"不知道，怎么了？"当然，我知道她指的不是桌球。

"嗯，他们昨天在一起了。我的意思是，一夜风流。"

她选择向我倾诉，我觉得这很奇怪，但她总得找个人开始。

"这，嗯，我是说，这对你来说很重要吗？"

"比他告诉我时我让他感觉到的更重要。理论上婚外情一直是可以的，但这是第一次……对他来说。"

"你没有过吗？"我假装自己对此一无所知。

她微笑着摇了摇头，"在火星上有过。"我知道她曾经跟两个男人好过，其中一个几年前结婚了。火星就像一个小村庄，秘密无处藏身。

"你觉得这是一次性的吗？"

"他告诉我的时候他们已经上过两次床了。"她看了看四周，"在我们说话的时候，他们可能会上第三次床。但是，不，我不认为他们会结婚，然后跑到大城市去。"

我说："我一直提心吊胆，在等那只鞋掉下来。保罗以为我没看到他注视艾尔莎的模样。"

"但你一直都，怎么说来着，很开放？"

"当然,多年来,他在火星上,而我在小火星上,直到我们中了彩票,有了孩子,我们才结婚。在那之前,我们都有相当多的选择。"

"我敢打赌你的选择超多。"她咧嘴一笑,"你可是个名人。"

"嗯,人们在去火星的路上要在中途停留很长时间。"

"中途停留。"

"大概有一半人只是想以后有个炫耀的资本——'我和火星女孩好过'。"

"名誉的代价。保罗是史上最著名的飞行员对吗?如果我没记错的话,他也不是个清心寡欲之人。"

"但早在我们俩成名之前,早在我们结婚之前,我们就已经谈过了。我认为忠诚是从旧时代遗留下来的东西,那时女人是财产。"

"你还相信忠诚吗?"

"没那么执着。不过,是的。"我无法用言语表达这种感受,"现在情况不同了,我们有了孩子,但真的没有理由这样做。在火星上当父母与生物学现实真是太不一样了。"

她点了点头,"你不会经历所有的身体上的阵痛。但是,你也不会亲手捧起你自己的孩子。"

"这让我有点后悔。他们有我和保罗的基因,但我们更像偶然跟他们玩耍的叔叔婶婶。"在内心深处,我有一种冰冷的感觉,"当然,在这种情况下,这是最好的结果。"

"等你回来……"

"他们会比我大。他们的寿命会增长50年,而我们的寿命只会增长12年。不过我们幸存下来的可能性微乎其微。"

"是的。"她靠在椅背上,闭上了眼睛,她筋疲力尽。"我不应该如此关心月亮男孩把他的'小弟弟'放在哪里。让他尽情享受他的乐子吧。"

"你也可以出轨,你应该去追求纳米尔。他年纪大,但没那么老,还蛮帅的。"

"如果长相英俊对我来说很重要,我就不会选择月亮男孩了。再说了,如果纳米尔对飞船上的人感兴趣,那就是你了。"

"真的吗?"

"别惊讶,这很明显。"

"我们从一开始就彼此喜欢,但不是那种男女之情。"

"男人、女人,这是最基本的方式。"

"他从来没有做过任何……那方面的表示。"

"我想他永远也不会。他是那种等着你邀请的人。"

"那么,他得等很长时间了。"或者也许不用等那么长时间。

## 10. 生命的甜蜜奥秘

艾尔莎很晚才上床。我刚合上书又关掉灯,门就打开又合上了。我听见她脱衣服的声音。她缓缓躺到床上的时候,我碰了碰她的肩膀,又凉又湿,汗流浃背。

"锻炼到这么晚才回来?"

"算是吧。我跟月亮男孩在一起。"

"啊。"我不知道该说什么,"梅丽尔知道吗?"他们把他们的两张床放在一个大套间里。

"没有,她和那些火星人在一起。"

星际边境

"一个……我想这是一个里程碑吧。"

黑暗中我能感觉到她笑了笑。"人类在太阳系外的第一次婚外情。"

"这是以外星人的大慈大悲为前提的。我们无论如何要立一块牌匾。"

"你太可爱了。"

一阵长时间的沉默。"所以滋味如何?"

"是月亮男孩。男人通常不会泄露隐藏的深度。"

"或者长度?"

"男人。"她把身体转过来一些,把她的背靠在我的胸口上,我们就像两把汤匙一样紧紧依偎。"睡一会儿吧。"

"怎么,不跟我随便来个第二轮吗?"

"已经两轮了。睡一会儿吧。"我没有再追问这个问题,尽管我发现实情令人好奇又令人兴奋。

我没有把我的俄式三弦琴带来,因为我知道它会惹恼达斯汀,而且那四个"火星"人类不大可能喜欢它。(大多数真正的火星人似乎对音乐漠不关心,对他们来说,这是一种背景噪声,既不令人愉快,也不令人讨厌。)但我之前没想到过仓库里的那块空间,在我们到达之前,那四个工人就住在那里。那里有点冷,但面积很大,与我们的住处完全隔绝。你可以用铜管乐队给你的俄式三弦琴伴奏,但没有人能听到你发出的所有声音。

所以我开始做一个像俄式三弦琴的东西。我本可以向自动机器描述它的外形,但制作出来的乐器不会让我感到满意。

除了我拿来雕刻的寇阿相思树①木块，周围没有木头可以使用，所以我询问了一下机器它能仿真的东西。我家里的俄式三弦琴是用紫檀木做的，很轻，色泽乌黑，还有黑檀木做的俄式三弦琴。我找到了一张我自己演奏俄式三弦琴的照片，因此能够从图像上对它进行精确测量。我找到了制作俄式三弦琴的俄语说明，没问题。

三根琴弦很简单，使用碳纤维线和尼龙线。"木头"的颜色和密度恰到好处，但骗不了白蚁。机器能制造的最薄材料比我想要的厚了两到三倍，所以我要做的第一件事就是拿一小块，看看能不能把它刨薄。

不走运。没有纤维结构，所以手刨只能一次加工一个薄片。但我把它固定好，用砂光机把它的厚度降低到两毫米。它依然结实而又坚硬。我把它夹在工作台边上，拨了拨，发出的拨弦声令人满意。

我试着用碎料，决定放弃传统，用激光切割"木头"，这样切出的边缘比车间里的锯子切割得更准确、更光滑。有了现代的胶水，我就不需要像俄罗斯人计划的那样，临时制作精致的夹具了。我还在调音弦轴、弦马和系弦板上作弊，通过描述它们让车间机械地生产它们。所以制作俄式三弦琴只花了几天时间，而且很多时间都是在学习制作说明。

如果我想再组装一把俄式三弦琴，我大概只花一个下午就能组装出来。把它给达斯汀，我们就可以进行二重奏了。

我制作的这把俄式三弦琴看起来和我家里的那把一模一样，除没有镶嵌的红星和"1980年苏联奥运会纪念品"的文字以外。尽管我家里的那把普普通通，但红星和奥运会纪念品的镌刻让它成了一件相当

---

① 夏威夷特有的珍稀植物，是洋槐的一种，也可翻译成夏威夷洋槐。

珍贵的古董。那是我父亲10岁时收到的生日礼物。在他出生之前,他的父母去看了奥运会。

我正在忙于收尾工作的时候,飞虫—琥珀进来了,用日语正式地跟我打招呼。我放下乐器,站起来,向他微微鞠了一躬,算是回敬他的问候,他之前想鞠躬来着。

他说:"本来应该是雪鸟问你这个问题,因为人类行为是她的专长领域,但她不确定这么做是否礼貌。"

"你不在乎这么做是否礼貌?"

"当然不在乎,我又不是人类。"

我选择不去追问显而易见的问题,"那么雪鸟想知道什么呢?"

"哦,我也想知道。但我的兴趣与专业无关。"

"开始吧。"

"请再说一遍?"

"请提问。"

"不仅仅是一个问题。"

"好吧,把你的问题都拿去问问他们吧。"

"是关于你的妻子艾尔莎和梅丽尔的丈夫月亮男孩交配的问题。"

好事不出门坏事传千里。"嗯,他们不是在交配。他们不可能有后代。"

"我知道。我只是出于礼貌。我应该说'性交'吗?"

"对我来说,你用哪种问法都可以。但你的直觉是对的。"

"雪鸟想让我私下和你谈谈,所以我才来这里找你。她想知道婚外情是否会给你带来痛苦。"

"不见得。我一直在等着呢。"我不想给婚外情下定义。

"你也要出轨吗？你会和别的女人交配吗？"

我不得不苦笑了一下，"不是马上。但事情并不总是这样。"

"你一个也不喜欢吗？"

"我对她们都有不同程度的好感。我只是不像艾尔莎那样直接按好感行事。"

"那是因为你老了吗？"

"我没那么老。艾尔莎这么做与其说是因为年轻，不如说是因为冲动。我想先了解一个人，然后再和她有亲密接触。"

"总是'她'吗？你跟男人没有发生亲密关系吗？"

你对一个火星人得有多诚实？"很多年都没有，从我小时候起就没有。"

"和达斯汀·贝克纳没有发生亲密关系吗？"

"没有。绝对不会跟达斯汀发生亲密关系。"

"可是你已经跟他结婚了。"

"是的，我爱他，但爱的方式不同。你可以爱但是不交配。"

他沉默了一会儿，于是我问道："你感觉到爱了吗？例如，你爱雪鸟吗？"

"从人类的角度来说，我不这么认为。她说在古希腊语中有一个词叫灵性之爱，这和火星人对彼此的感觉相类似。"

"你不会有情欲爱恋。"

"没有，那没有意义。交配是有乐趣的，但你通常事先不知道谁会参与交配，也不知道会有多少人参与交配。当然，直到比赛结束，你才会知道哪一位是雌性。雌性对交配的感觉更强烈。"

"嗯，如果你追溯雪鸟所说的古希腊语，'情欲爱恋'的含义不止这些。这是一个人对另一个人怀有的强烈感情,无论是否涉及性行为。"

"人类的情欲爱恋是这样的吗?"

"一些人。大多数吧。"

他把手臂环抱在胸前,我知道这意味着他在思考。"我觉得我们火星人的情欲爱恋更简单。我觉得和黄色家族的其他成员特别亲近。但他们是我唯一能用与生俱来的语言与之坦率交谈的火星人。"

"所有的火星人都是这样吗?"我知道黄色家族的火星人以冷淡、不友好著称,但除了我们飞船上的两个火星人,我没见过其他火星人。

"哦,不。蓝色家族的火星人与每个人合作,他们是雪鸟向我解释灵性之爱用的例子。我所在的家族不如其他家族那么开放,但这符合我们的职能。"

"不偏不倚的观察家。"

"是的。"他改说日语,为自己的不请自来道歉,然后退了出去。

他常常那样唐突,就好像他有某种内部计时器一样。

我给俄式三弦琴做完抛光,欣赏它的奇特之美。从远处看,这是一个相当接近原件的复制品,"木头"的颜色完全正确,但是没有纹理;从近处看,它有一种陶瓷般的凉爽光滑。

琴弦不容易安装,我的手指粗大,打起结来很笨拙。我差点叫艾尔莎来帮忙,但不想打断她做针绣花边,那是一种分形图案,显然需要高度集中注意力。最后,我把这三根琴弦都放置到位并拉紧了,但那两根尼龙琴弦(都调到了同一个 E 调)却一直松松地在走调。然后我想起了特拉维夫的一位年轻的民谣歌手,他在一场演出中换了一根琴弦。他把它绷得很紧，然后一次又一次啪的一声放松，压平音调，然后再调高。在两根尼龙弦上如法炮制了几分钟后，它们的音调都变得非常稳定。

我根据记忆弹了几首简单的曲子，弹了四个音阶，然后克服左手的疼痛弹了一些琶音，直到我的关节放松下来。

正如有时会发生的那样，在我看见之前，我就已经感觉到了听众的存在。我转过身，发现艾尔莎正靠在我身后的门口上。她手里拿着两个酒杯，一杯盛着红酒，还有一杯是加了冰的透明液体。我一定是下意识地听到了冰块碰撞的清脆声音。

她说："听起来不错，我错过了你的音乐。"

"我希望你没有在生活舱里听到琴声。"

她把红酒放在我旁边，"下一轮你请客。"她优雅地摆了个瑜伽中的全莲花坐姿，一滴伏特加也没洒出来。"不，飞虫—琥珀告诉我你已经差不多制作完毕了。我去食品室拿饮料，听见了你的琴声。我偷看了一下，看到你没有饮料。"

我呷了一口酒，"会读心术的人。"

"你跟那条老黄狗说什么来着？"

"老黄狗？"

"这是个得克萨斯州的笑话，谢谢。"

"绯闻和生物学。他想知道你和月亮男孩'交配'的事。"

"作为一个火星人，他的思想非常下流。"

"我认为这是不可能的。不管怎样，我想他是代表雪鸟问的。她不确定怎样才算礼貌。"

"他不在乎是否礼貌？"

"嗯，他用日语向我道歉，但那是因为他打断了我的工作，而不是因为询问了我妻子的婚外情。但是，还算礼貌？"

"我想你没有告诉他这不关他的事吧？"

"戴上手套扇他一巴掌，然后说'多此一举'吗？当然，这不是他的私事。"

"我知道。那他为什么不直接问我呢？"

"你不会说日语。"我放下俄式三弦琴，端起酒杯，"我想他喜欢我，或者是喜欢跟我说话。也许这与我是年龄最大的男性有关。"

"你有没有告诉他什么血淋淋的细节？"

"我没有什么血淋淋的细节，亲爱的。我跟月亮男孩还没那么熟，你也还没给我展露过那种情感。他知道什么我不知道的事吗？"

她耸耸肩，"所有的男人都这样，想拥有别人没有的东西。我在为我们的晚年保留那种情感。"

"万一我们有呢？"

她点点头，沉默了一会儿，看着地板。然后她用指关节轻敲眼睛，"你能给我弹那首傻傻的情歌吗？第一次，就是第一次……"

"当然。"我拿起乐器，调平 E 弦，然后弹奏出简单的旋律。"有个青年彻夜不寐苦思良策……思念那姑娘他如痴如醉……"[1]

这是一首关于一个男人找到一个聪明的女人结婚的歌。

---

[1] 犹太民谣（另一说为东欧意第绪歌谣）Tum Balalaika 的片段。歌词描述年轻男子追求窈窕女子的腼腆过程，曲调亦隐约表达当年犹太民族流浪各地的辛酸。

## 13. 英雄

保罗一直质疑在地球和阿德·阿斯特拉号之间保持无线电静默的必要性。这样做的假设前提是他者是如此的粗心和愚蠢，以至于不知道我们在路上。当然，在掉头转向的时候，我们的存在将会非常明显，发动机巨大的物质湮灭引擎会朝着他们的方向发出冲击波。在我们之前的小探测器会在我们掉头转向开始发出冲击波和减速之前，发出警告并且发送出和平的信息。

如果他者在探测器发出信息之前就把它摧毁了呢？

如果探测器成功传递了信息，而他者不管怎样都要把我们毁灭了呢？

如果他者根本不在沃尔夫星系 25 号上呢？

我们听从了命令，在接下来的 3.4 年里，我们再也没有收到地球上任何人的消息。不过，保罗还是把无线电广播开着，以防事情发生变化。

2085 年 7 月 10 日，事情发生了变化，地球向我们发送了一条长达 52 秒的信息。保罗把我们所有人——火星人和人类——都叫到休息室里，并为我们回放信息。

"我是拉兹洛·莫特金，我刚刚当选为世界总统。我当选的一个原因是我想改变你们的使命，使它更符合地球人民的真正需求。

"你们是地球历史上最优秀的英雄，在一项几乎肯定会以你们的死亡而告终的任务中冲向未知。

"我们请求你们把这种可怕的可能性变成一种光荣的必然。我们要求你们继续加速，而不是减速，以接近光速的速度前进——同时保持潜伏，坚持到最后一刻才被他者发现——你们会撞击敌人的星球，撞击力度将会万倍于导致恐龙灭绝的陨石撞击的力度。

"即使是他者邪恶的科学也无法使他们免受这种世界末日般的攻击。请回复你们已经收到这条信息并且愿意在这一崇高的事业中献出你们的生命。

"上帝保佑你们，而且保护你们。"

我们只是面面相觑。"那家伙是谁？"我问道，"他叫拉兹洛什么来着？"

纳米尔说："莫特金。他是立体视频上的一名福音传道者。"

"信号很强。"保罗说，"使用了密集的激光束发送的信息。"

纳米尔耸了耸肩，"他很有钱，或者说在金钱意义重大的时候曾经很有钱，而且在大西洋有一个强大的广播站，超过了7英里的限制。他可以发一次信息。"

"一次？"保罗说。

"国土安全部会在30分钟内让我这样的人下水。除非莫特金牧师真的是世界总统，否则他将遭遇严重的事故。"

"或者一周前他就已经遭遇了严重的事故。"保罗说。

"很难习惯这样的事情。在这条消息才传送了不到十分之一路程的时候，他就被捕了，或者死了。"

月亮男孩说："如果他真的是世界之王呢？或者总统什么的。有些相当疯狂的人甚至在正常时期也能登上权力巅峰。"

"我仍然不觉得我必须为了他而自杀。"达斯汀说。

"再说，这个命令也太愚蠢了。"保罗说，"我们不确定在沃尔夫星系25号哪颗星球是他者的母星。"有一颗"寒冷的类地球"行星似乎有可能，但也可能有两颗气态巨行星，它们的卫星跟海卫一大小差不多。

"等我们离目的地再近一些，也许我们能分辨出哪颗星球是他者的母星。"月亮男孩说。

"很可能就是那个所有导弹都飞起来迎接我们的星球。"

"也许不会出现这种情况。"纳米尔说，"如果我们在最后一个月左右的时间停止加速，我们会静悄悄地到达不被他们发现。他们可能直到来不及防御时才发现我们。我们仍然会以光速的99%前进。"

"你不是在为这个神风敢死队计划辩护吧？"艾尔莎说。

"不是专为这个世界总统提出的计划辩护。但这一直是一个可行的策略。"

雪鸟说："正如我之前说的，如果无论如何我们都会死，我们仍然可以通过这种方式控制一下局面。"

我说："不，我没有报名参加自杀任务。此外，即使我们知道他者在哪个星球上，我们也不知道还有哪些人可能居住在那里。这可能就像为了那个叫拉兹洛什么来着的家伙而毁灭地球一样。"

纳米尔说："就在我们说话的时候，这种情况可能正在发生。或者等他的信息被他者接收到以后，这种情况就将会发生。"

"真是令人欣慰的前景！"我说道。

月亮男孩说："这是一个有趣的思维实验，如果他者真的毁灭了地球，我们应该试着反过来毁灭他者吗？或者我们应该去安全的地方，设法重新繁衍人类。"

纳米尔说："我是一个令人生畏的星际战士，我可不要换尿布。"

我说："我想我们的飞船上没有尿布，也没有在排卵的女性。"

艾尔莎说："我可以调节排卵，我们还可以临时制作尿布之类的东西。但说真的，如果我们不能回到地球的话，我们能去哪里扮演亚当和夏娃呢？"

飞虫—琥珀说："火星吧，不管怎么说，这是一个更好的地方。"

我们收到了来自地球的虚假新闻广播，但它们当然没有被发送出去，而且太弱了，被噪声扭曲了，不值得每天花工夫放大信号和清理杂音。不过，纳米尔有一些经验和专业知识可以应用于此。他最终在7月3日中午之前解码了大约6个小时的广播，当时拉兹洛·莫特金已经提出了他至高无上的请求。我们只找到了两则关于他的报道，一个是宣布他将以第三方身份竞选美国总统的形式声明；另一个是有关他如何竞选的有人情味的故事，他和他的妻子组建了自由美国党，并与几个宗教团体合作，获得了足够的签名和资金，使他得以在南方几个州参选。

那么，如何向我们解释这条使用密集的激光束发送的信息呢？可能只是疯狂的咆哮。但是，假设新闻的其余部分都被删除了，美国真的发生了一场神权革命呢？

在晚餐时，保罗提出了这种可能性，他把蘑菇用水泡发以后，用口感很像黄油的人造黄油油炸，然后盖在玉米饼上，配上来自水培农场的大葱，这是我们收获的第一批农作物。

"不合逻辑。"达斯汀说，"除非这是一个非常冷静的神权国家。他们为什么要审查他们胜利的消息呢？"

"也许他们不是白痴，"纳米尔说，"即使是神权政治家也可能不想邀请他者参加他们的胜利游行。"

保罗说:"真正的问题是我们应该做何反应,我倾向于直言不讳,告诉他们谢谢,但别管闲事,我们将坚持原计划。"

"原计划就是我们边前进边讲和。"我说。

纳米尔说:"或者干脆不回复,他是一个星期以前发送这条信息的。他知道我们需要 7 到 8 天才能回复。如果几个星期后他仍然控制着那个强大的激光发射器,那就能说明问题了。"

梅丽尔摇了摇头,"你是在假设地球当局知道他做了这件事。我认为他只是一个有钱的蠢人,待在海洋中央,有激光发射器和伟大的妄想。"

我说:"在这种情况下,我们应该把消息送回地球,问问是否有人能为拉兹洛先生做担保。"

保罗说:"我们可以这么做,但无论我们听到什么,我们都应该坚持最初的使命。如果我们只是想往那颗星球发射炮弹,就不需要人类机组成员和这些可爱的生命补给了。"他用叉子举起一朵蘑菇。"我们可以把一个自主智能辅助驾驶系统安在冰山上,然后把它放飞。但我们待在飞船上,进行掌控,我们会做我们应该做的事情。"

他环视了一下餐桌周围,"所以我附议卡门的想法——把信息发送回去,看看有什么反应。但不管怎样,继续前进。大家都赞成这个主意吗?"

人们点了点头,又耸了耸肩。月亮男孩说:"他们好像不能对我们做什么,对吗?我的意思是,他们不可能再建一艘星际飞船,在我们到达沃尔夫星系 25 号之前让它追上我们。"

"不可能。"保罗说,"即使他们有一座完全相同的冰山,以及所有的人力和资源,他们也追不上我们。我们已经以光速的十分之二前进了。"

"他们用星际飞船和船员追不上我们,"纳米尔说,"但他们可以用探测器追上我们。一个炸弹。"

"你可真是'永远阳光先生'。"他的妻子说。

## 14. 病史

**2085 年 9 月 1 日的日记**

所以艾尔莎觉得月亮男孩有点疯狂。也许不止有点疯狂。回想起来,这几周他的行为比平时更古怪,但并没给人留下太深刻的印象。自从我们认识他以来,他一直郁郁寡欢,所以现在他有点喜怒无常,沉默寡言。

我有点爱管闲事,但这就是我的工作。所以当艾尔莎说她要去厨房吃点东西,放下她的笔记本电脑而没有关掉它的时候,我做了对我来说很自然的事情——俯身看了看。

那是 18 年前月亮男孩的医疗档案,接受秘密的心理评估。它在一个文件夹里,上面写着"长期任务能力,火星基地"。

精神病医生检查过的盒子上写着"勉强可以接受",旁边还潦草地写着"见附件"。我轻轻点开了文件。这份文件很有意思,但是令人不安。

月亮男孩曾因攻击他人和幽闭恐惧症在地球上被收治入院,接受过精神病治疗。当他 11 岁的时候,他的继父因为他哭而勃然大怒,用胶带封住他的嘴,然后用胶带捆住他的胳膊和腿,把他推到一个黑暗的壁橱里惩罚他。他被呕吐物噎死过去,但在去医院的路上又苏醒过来了。他再也没有见过他那个继父，但伤害已经造成。

"很有趣吗？"我没有听到艾尔莎回来的声音。

"我很抱歉。有损职业道德。"

"好吧，我不是精神病医生，而且无论如何，月亮男孩也不会是我的患者。我真的不应该有访问这个文件的权限。但我有了线索就顺藤摸瓜，结果就打开了这个文件。你也可以这么做。"

"我很惊讶他们竟然让他去了火星。"

"嗯。一对已婚的外星学家可能看起来像个不错的组合，而火星本身对幽闭恐惧症患者来说也不是太糟糕。基地很大，而且你可以到外面去。不像在这里。"

"他喜怒无常还有其他因素。"我说，"我必须指出，你是原因之一。"

她摇了摇头，"我不这么认为，但我应该跟他谈一谈。"她拿起笔记本电脑，随手浏览了几页。"梅丽尔不会介意的，我和她谈过了。她一直不是个圣人。"

"这无关紧要。"

"我知道，我知道。"

"你还在……"

"不，不是真的。我们没有关上任何一扇门，但是……是的，我应该和他谈谈。"

"跟他谈谈对我有好处吗？给我这个机会好吗？"

"不。他知道你不会为此烦恼。再说了，对他而言，你是个权威人士。"

这令人欣慰。"如果在你11岁的时候有人试图杀了你，权威人士可能是个问题。"

"不只是试图杀了他。虽然他不记得自己的濒死体验。他神志不清，呕吐，然后又苏醒过来。他仍然不知道自己曾经死过。"她的身体战栗着，"真是个混蛋！"

"到那时他还记得那件事吗？"

她又浏览了几页，然后摇了摇头，"盖伊没有说这是他从月亮男孩本人那儿得知的还是从医院的记录中得知的。"她放下笔记本电脑，双手放在脑后，身体向后靠去。"我应该看看能不能让他谈谈他的童年。"

"作为他的医生吗？"

她瞟了我一眼，"我一直是他的医生，也是你的医生。但是不，我不想让他把我当成心理医生。"

"那你用什么身份跟他谈呢？"

她回头看了看笔记本电脑，"晚饭后你和达斯汀去打台球怎么样？来场精彩的漫长比赛？"

# 15. 创伤戏剧

我看完一部糟糕的电影，正要上床睡觉——保罗看了一半就放弃了——这时艾尔莎套房的门猛然打开，月亮男孩光着身子，拿着衣服跑了出来。这确实引起了我的注意。他径直跑回了他的房间，我想他没有看见我。

然后，艾尔莎出现了，也光着身子，她用手捂着下半张脸，血从她的鼻子里汩汩流出，溅到她的胸部，鲜血从她的乳房间流了下来。我抓住她的胳膊肘，把她带到了洗手间。我试图让她坐在马桶上，但她站了起来，对着镜子检查她的脸，简直是一塌糊涂。她小心翼翼地用手摸了摸鼻子的几个地方，皱起了眉头。"断了（broken）。"她说，虽然瓮声瓮气地听起来像"progen"。

"我能做什么？去找纳米尔吗？"他和达斯汀在休息室里打台球。

"稍等一下。"她低着头，小心翼翼地用纸巾塞住鼻孔，"好痛。比我想象的痛得多。"她转过身来，单膝跪地，把血吐进马桶里，因为强忍住要呕吐的欲望，身体抽搐了两下。

然后她坐在地板上，拿着那块已经被鲜血染红的纸巾捂住鼻子。

"是月亮男孩干的？"

"是的。如果你见到他，能帮我把他扔出气闸舱吗？"

"发生什么事了？"

"我们只是在聊天。"她把几张纸巾扔进马桶里，我又递给了她几张新的。"嗯，我们算是上了床，我猜这显而易见。我跟他说话，安慰他……然后，我不知道。我肯定是眨眼了。他坐起身来，然后用胳膊肘猛击了我一下。说那是个意外，但绝不可能，他简直使出了吃奶的劲儿。"她全身颤抖，摇晃了几下。如果是另一个女人梅丽尔遇到这种事，我会抱住她安慰她，但艾尔莎不会喜欢这样的。

"真欣慰我的武术教练不在这里，她会把我打得屁滚尿流的。"

"是你说了什么吗？"

她抬头看着我，脸色惨白，但有点滑稽。"是的，但我不确定具体说了什么。我会跟他谈一谈，等他……等我们都冷静下来以后。"

"也许你应该把他打得屁滚尿流。我的意思是，就像治疗一样。"

她点了点头，"不管怎么说，现在是给我治疗。"

纳米尔出现在门口，毫不夸张地说，面色铁青，仿佛一道无声的闪电击中了他。他说:"流血了,出了什么事?"

"意外。"艾尔莎说着,小心翼翼地站了起来,"愚蠢的意外。你出去吧,让我们把这里收拾干净。"

"鼻子断了。"他说。达斯汀走到他身后,目不转睛。

"别废话,它断了。但医生已经看过了。"

"你和——"

"意外,纳米尔。帮个忙,给我拿点冰块来。喝杯酒,边喝边忙活。"他往后退,达斯汀跟在他后面。

我用冷水弄湿了一块手巾,递给她。她单手轻轻地擦血。血水汇集到她的肚脐眼上,然后继续往下流。我又给了她一块手巾,然后把第一块手巾洗干净。

"你打算怎么跟他们说?"

她擦着身体,"他们知道我和他在一起。至少,纳米尔知道我要提一些……棘手的问题。目前,我将支持为医患双方保密。"她把弄脏的手巾扔进水槽里,"帮我穿好衣服好吗?"

她从抽屉里拿出一条棕色的直筒式连衣裙,扭动着身子套上裙子,先套一只胳膊再套另一只,好让鼻孔里那团纸巾保持原位。她回到浴室,先是吐出一个血块,然后反胃呕吐了。

"啊。"她沉重地坐在一张软垫凳上,双肘搁在膝盖上。

梅丽尔敲了敲门框,走了进来,"月亮男孩打你了,艾尔莎?"

"他说那是个意外,准头却相当好。"

"我不明白。我真想不出还有谁比他更温和了。"

"不知道人们多久会这么说。在斧子谋杀案之后。"

"他现在在哪儿?"我问道。

"在床上。"月亮男孩和梅丽尔目前各有各的卧室，还有一间共享的小前厅。"我还没跟他说过话。我正在厨房看书的时候，纳米尔走了进来。"

艾尔莎抬头凝视着她，"他从来没有，呃？"

"他从来都没有提高过嗓门，没有。"

"好吧，他坐在什么东西上了？火药桶吗？"她看了看纸巾，然后把纸巾换掉。"至少他没有打断牙齿。'牙科医生，治好你自己吧。'"

"我……对不起。"梅丽尔语气古怪地说，就像在说"对不起，我丈夫在跟你鬼混的时候打了你，但我其实并不真的觉得抱歉"。

艾尔莎说："瞧，这可能是个意外。就这样吧。等他休息好了，我再跟他谈一谈。"

"我想意外并不总是意外。"梅丽尔坚持说，"也许真正的目标不是你。"

"也许不是。"她摇了摇头，"可能不是。但你也不是。是关于童年的事。"

"他有一个快乐的童年。他崇拜他的母亲。"

"他父亲过世了吗？"

"离开了。不过是友好分手，无过错离婚。"

"你可以和他谈谈此事。或者不，还是让我跟他谈谈吧，我们曾经……很接近。"

纳米尔端着一大杯酒和一袋碎冰走了进来。

"谢谢。卡门，我们还有干净的毛巾吗？"

"当然有。"我把毛巾递给她，她用毛巾包住那袋冰，然后扔掉那团沾满血的纸巾，把冰袋压在了她的鼻子上。

她呷了一口冰凉的酒，端酒的姿势很别扭。"谢谢。看，我想他不知道他伤我伤得有多重。我们不要小题大做了吧？"

达斯汀摇摇头，"不，他必须知道他——"

"不，相信我，亲爱的。这是我必须控制的事情，不管他知不知道。"

"我可以。"纳米尔说。

"不。男孩们，回去玩你们的游戏吧。拜托，保持正常。"

当然，一个由火星人和间谍组成的普通家庭，按地球时间计算过了四分之一个世纪之后，朝它的末日疾驰而去。

保罗走到门口，揉着睡意蒙眬的眼睛，盯着眼前这血淋淋的景象，"他妈的搞什么鬼？"

"这是个合理的问题。"艾尔莎说。

# 16. 爱与血

我躺在黑暗中，拿着一包纸巾，听着艾尔莎睡着时急促而又不规律的呼吸声。每当鼻塞造成呼吸困难把她憋醒时，我就递给她一张纸巾，然后安眠药会带她重回梦乡。

在欣嫩子谷惨案发生的那天，当不再有人从天上坠落的时候，我开着大使馆的一辆车，经过我父母住的尼维特·瑟迪克，开到了郊区。在市中心开车很困难，街道上挤满了失控的汽车，因为它们的司机都死了。一些自动驾驶汽车熄火了，撞在成堆的金属和尸体上。我试着绕开，不让车碾过尸体，但这是不可能的。在特拉维夫市中心,我总共只看到大约 50 个人行走或站立,与我共享无法言喻的生命重创。

在通道上有很长一段无间断的人行道,然后是大型连环车祸现场,周围都是汽车,空无一人。当然,人们会停车,然后打开他们的车门,呼吸一口未经过滤的空气。

除了几辆汽车奇怪地停在院子里或街道中间,我母亲住的那个街区看上去没有受到什么影响。周围没有人,但这可能是正常的。

前门没锁。我呼唤她,当然没有人回应。

我发现她在厨房里,仰面朝天地躺在血泊中。通往花园的门被从外面踢倒了。

她是一名受过正规训练的护士,也是一名有政治意识的战地护士,她冲到刀架前,抓起一把锋利的托莱多①钢削皮刀,这是她从西班牙带来的纪念品,她每天都用,并一直磨得很锋利。她左手拿着一根吸管,试图给自己做紧急气管切开术,然后切开了一条动脉,一条颈动脉。当然,气管切开术也无济于事。

她在一块白色的塑料砧板上用血写下了"不能呼气",还用指印加了一个省略符号,血已经干了。她对语法一直很仔细。

这辈子见过的血太多了。

---

① 托莱多:西班牙马德里周边的一座中世纪古城,距离现在已经有 2000 多年的历史了,因为过去这里的人制作刀剑的手艺过硬,有兵刃之都的美称。

星际边境

## 17. 性和暴力

**2085年9月2日**

在观察人类的过程中,这是非常有趣的一天。昨晚我并没有亲身目睹这一突发事件,但是我根据一些描述,包括雪鸟的解释,对这一突发事件进行了重构。比起我来,她跟卡门更亲密,而卡门目睹了很多现场情景。

显然艾尔莎和月亮男孩在交配(或者更准确地说,"性交"),他们俩双双出轨,但并没有被禁止。出了严重的问题,月亮男孩狠狠地打了艾尔莎,致使她的面部受了重伤。然后他回到自己的住处,留下艾尔莎一个人流血。

卡门看到艾尔莎遇到了麻烦,就来帮助她。艾尔莎是一名医生,但也许是因为她只有两只手,治疗自己有困难。

当其他的人参与进来时,我听到了噪声,于是我隔着一段距离远远张望,我希望这么做是礼貌的。看热闹很吸引人。

当然,人类的很多行为都是受激情支配的,尽管我从阅读和立体视频中获得了所有这些间接证据,但我以前从未见过一个人因为情绪激动而伤害另一个人。他用胳膊肘猛击了她的脸,这让我觉得他们肯定交配完了。在他们用于交配的所有姿势中,有些雌性使用的姿势可能会让雄性感到惊讶,但反之则不然。人类的肘部不像我们的关节那么复杂,它或多或少是连接上臂和下臂的骨铰链关节。

显然卡门帮她给她自己进行了"急救"。她的两个丈夫出现了,达斯汀至少想和月亮男孩"讨论"一下这件事,这意味着想造成相互伤害,这是人类的天性。艾尔莎坚持不让他这样做。

月亮男孩的妻子梅丽尔出现了,并争辩说月亮男孩以前从来没有做过这种事。艾尔莎接受了这种说法,但她说这对她的鼻子毫无帮助。一直睡在隔壁的飞行员保罗也加入了他们,于是一切又被解释了一遍。所以现在所有人都知道发生了什么事,或者至少部分知道发生了什么事。

纳米尔和达斯汀之前一直在打台球,当他们的妻子艾尔莎要求他们重新去打球时,他们听从了她的指示。其余的人散了,而卡门留下来安慰艾尔莎。

这就是事情的第二阶段开始的时候。纳米尔和达斯汀正在玩游戏和聊天,这时月亮男孩从他的房间里出来了。他喝得醉醺醺的,走起路来摇摇晃晃。他要求他们,或者说命令他们安静下来。

至少,这在达斯汀看来是不合理的,他用他们用来打旋转球的台球杆攻击了月亮男孩。纳米尔迅速介入进行干预,也许是为了防止他的配偶谋杀这个年轻人。他的体形比这两个人都大,能够把两个人分开,然后他从达斯汀手中夺下台球杆,并把他扔进了游泳池。这也许是很明智的,我知道那会多让人平心静气。

月亮男孩的头顶被台球杆打伤了,流的血比艾尔莎的鼻子流的还要多。我目睹了这一幕。他的脸上和衬衫前襟大部分地方都糊满了血。他晕倒了,于是纳米尔把他送到了医务室。

接着是滑稽的一幕,我想用人类的语言来说,这是这出戏的第三幕。月亮男孩的伤口必须用缝针缝合。纳米尔开始处理伤口,他清洗了伤口并清除了伤口周围的毛发,但在他开始缝合之前,他的妻子进来接手了。于是艾尔莎把伤口缝起来,而卡门把冰袋按在艾尔莎的鼻子上。因为这种情形很荒谬,她们俩都大笑起来。缝完伤口后,她和纳米尔、梅丽尔一起把病人抬回了他自己的床上。

然后，那三个女人走进厨房，喝了些酒，笑了一会儿。男人们要么没被邀请，要么觉得自己不受欢迎。

总而言之，这是一种复杂的互动展示，我无法假装理解。记录这种在态度和行动上的变化将会很有趣。

遗憾的是，我们可能无法活着回到火星上讨论这一切了。星际飞船就像一个小实验室，我们 9 个生物体被封在里面，但是没有科学家从外面仔细观察我们，并得出结论。

# 18. 伤痛

纳米尔建议第二天早上开个会，那时月亮男孩仍处于镇静状态。艾尔莎很自然地主持讨论。

"对我来说，情况本可能会更糟。"她轻轻地碰了碰受伤的鼻子，两只眼睛也挂着大大的黑眼圈，只露出了一个鼻孔，另一个鼻孔里塞满了纱布。"很简单的骨折，没有移位，所以不用做手术就能痊愈。但月亮男孩破碎的内心难以愈合。"

"你对他的……情况了解多少？"保罗问道。

"受制于道德，我有口难言。不过，确实有多年来被压抑的愤怒牵涉其中。不幸的是，它与幽闭恐惧症有关。"

"但这艘星际飞船很大啊。"雪鸟一边说一边用四只手比画着。

保罗说："雪鸟，你一直住在一个大房间里，一个山洞里。而月亮男孩在堪萨斯州长大，这个州地域宽广，地势平坦，你环顾四周，朝任何方向都能一眼看到 40 千米以外的地方。"

"我不知道这是否是一个因素。"艾尔莎说，"这是一个非常小的空间，而且还有非自愿的禁锢。"

"不管怎样，除了镇静剂，我还给他开了一种温和的抗精神病药物。为了保护他，也为了保护我们。"

"很好。"达斯汀说。

"我也应该给你开一剂药，亲爱的。你可算不上是理性行为的典范。"

"他紧跟着我。"

"你本可以用枕头而不是台球杆把他赶走。下次尽量把你的球杆留在桌上，可以这么说。"

"是的，医生。"显然他常这样回答。

"那在这期间，我们是不是得让他一直服用兴奋剂？"保罗说，"我们有足够的药物吗？"

"我可以合成这种简单药物。我可以让我们在整个任务中都服用兴奋剂。我有了这个念头。"

"那是不现实的。"飞虫—琥珀说，"你还能吃、能喝、能排泄吗？"

"都在同一个地方。"纳米尔说。

"我参加过这样的聚会。"达斯汀说。

"他们在开玩笑。"艾尔莎对火星人说，"我也在开玩笑。梅丽尔，他以前从来没有这样失控过吗？"

"自从我们结婚以后就没有了，在火星上他没有失控过。"她犹豫了一下，"他小时候惹过麻烦。我记得，还打过架。当时，我想那可真不像他会做的事。但我从未问过他任何细节。"

"我去看看他是否愿意谈这件事。"

"跟你谈吗?"

"跟医生谈。他跟你们说过什么吗?关于做个熊孩子?"

男人们都摇了摇头。保罗说:"我不记得他曾经谈论过他在地球上的生活。真好笑,我现在想起来了,每个人都有关于地球的故事。"

"他这样很古怪。"梅丽尔说,"他谈过他的母亲,那时他还很小,他还谈过他的大学时代,但并没有谈太多童年到大学期间发生的事情。"

我说:"这很正常,保罗从未提起过他生命中的那段日子,是吧?"

他说:"无聊,贩毒,和雏妓鬼混,日复一日。"

"雏妓?"飞虫—琥珀说。

他说:"开玩笑,她们都超过18岁了。"

"保罗……"

"对不起,飞虫—琥珀,跟你开玩笑是我对你的不尊重。"

"恰恰相反,"火星人说,"我从你的幽默中学到了很多。如果你真的是个坏男孩,你就不会拿它开玩笑了。你的感情很暧昧,不是吗?你希望自己本可以更坏一些吗?"

"你让我进退两难,承认也不对,不承认也不对。"他说,"艾尔莎,你既是受害者又是专业的观察者。要是这件事发生在别人身上怎么办——"

我说:"保罗,这无关紧要。除了她,这里另外只有两个女人。"

艾尔莎说:"这可能在不同的层面上有所关联。"她摸了摸鼻子,做了个鬼脸,"我只是问起他父亲,有点出乎意料。"

"他父亲怎么了?"梅丽尔说,"他从来不提自己的父亲。"

艾尔莎端详了她一会儿。"我知道一些我本不该知道的事情。也许是因为我有安全许可，我不知道，我……我被允许接触机密的精神病学档案。"

"关于他的父亲吗？"梅丽尔说。

"我现在如履薄冰。"她说。

停了一会儿，大家都开始七嘴八舌。"等等，等等。"保罗的声音最洪亮，"艾尔莎，你不必违反你的政治原则……"

"不，她必须违反。"达斯汀说。

艾尔莎对他笑了笑，"哲学家说话了。"

"好吧，医生为病人保密的原则是我们必须放弃的奢侈品。"

"就像放弃愤怒这件奢侈品？"她说，仍然微笑着。

"我们有7个人，把火星人算上就是9个人。"他继续说道，"我们的思想和行动可能会决定整个人类，包括人类和火星人两个种族的命运。我们思考和行动的自由不能受传统的限制，也不能受法律或迷信的限制。"

"我认为他是对的。"纳米尔慢吞吞地说，"至少分享下信息。"

艾尔莎看了看他，然后望向了别处。"也许是这样。也许是这样。"她坐直了身子，对着中间说话，仿佛在背诵什么，"这是月亮男孩不记得的事情，因为法院命令保密：当他11岁时，他的父亲杀了他。"

"想杀了他？"达斯汀问道。

"是真的杀了他。不是故意的，试图用胶带封住他的嘴来止住他的哭泣，然后用胶带捆住他的手脚，把他扔进了一个黑暗的壁橱里。"

"天啊！"达斯汀惊呼。

大概几分钟后，当他妈妈下班回家时，她问孩子在哪里，并和他亲爱的老爸吵了一架。当她打开壁橱时，月亮男孩已经死了。他被呕吐物噎住了，停止了呼吸。

"救援人员让他的心脏和肺恢复了正常。但是如果他妈妈没有及时回家呢？他可能会永久死亡，或者遭受不可逆转的脑损伤。"

"他父亲后来怎么了？"纳米尔问道。

"档案上没有说。"

"月亮男孩认为他的父母在他11岁的时候离婚了，是无过错离婚。"梅丽尔说，"他的父亲从他的生活中消失了。从你所说的判断，可能进了监狱或戒毒所。有严格的限制令。"她摇了摇头，"它……解释了一些事。有很多信息需要消化。"

"白头发？"我说。月亮男孩像爱因斯坦一样，有一头乱蓬蓬的白头发。"我知道人们不会无缘无故一夜白头。"

"那是无稽之谈，"艾尔莎说，"但是持续的压力会导致头发过早变白。"

"也许那段记忆并没有被完全忘却。"梅丽尔说，"在某种程度上，他保留了那段记忆。当我们相遇时，他的头发几乎是全白的。我记得他当时22岁。"

"这就是他叫'月亮男孩'的原因吗？"纳米尔问道。

我知道月亮男孩叫这个名字的缘故，"不，他是在月食期间出生的，是一次月全食。"一想起我成名时廉价杂志上的一篇文章，我就有点畏缩。那篇文章把我和他联系在了一起：《月亮男孩和火星女孩》。

"他妈妈是个占星术迷。"梅丽尔说，"我们相处得不太好。不过，月亮男孩以为她能行走在水面上。"

达斯汀大笑起来，"嗯，确实是她让月亮男孩起死回生的。即使月亮男孩对此一无所知，她也知道。这会导致他们之间的关系很有趣。"

梅丽尔点了点头,"这确实解释了很多问题。"

"他的声音。"艾尔莎说道。月亮男孩的声音低沉沙哑,粗声粗气。"这可能是因为当他躺在那里陷入假死状态的时候,胃酸损害了声带。"

纳米尔打破了沉默,"我们必须告诉他。现在我们都知道了。"

艾尔莎说:"不是'我们',是我必须告诉他。这该死的一切都是我挑起的,因为我好奇。"

我想,这是一种微妙的说法。她对月亮男孩医疗记录的好奇是为了满足对他身体的好奇。如果是那样的话,她需要不同的男人。

当然,现在在飞船上她唯一没有得手的男人是我的保罗。

# 19. 治疗

我不想让我妻子和那个袭击过她的男人单独待在一个房间里。但她觉得他们必须一对一地交谈,而且,在正常情况下,她完全可以轻易制服他。作为妥协,她让我坐在隔壁的房间里,在笔记本电脑上看他们俩的面谈,随时准备冲进去救她。事实证明,这是不必要的。但这有教育意义。

月亮男孩试探性地敲了敲门,走了进来,显得局促不安,很不舒服。她让月亮男孩坐在她的桌子旁边,检查他伤口的缝线,而且用酒精棉签轻轻擦拭。月亮男孩畏缩了一下,但是她脸上没有流露出丝毫的同情。

"你会活下去的。"她说,面对着月亮男孩坐了下来。

"我很抱歉,真的很抱歉。不知道我当时是怎么了。"他讲话有点含糊不清。

"这就是我们必须讨论的问题。"她深吸了一口气,"昨天发生的事情其实与 29 年前你的遭遇有关。你知道 SPMD 这个缩写是什么意思吗?"

他摇了摇头,"不知道。你是说跟我 11 岁的时候的事有关?"

"是的。它是选择性的精确记忆衰减。现在已经不常见了,这种说法是有争议的。"

"当时我在医院住了很久,得了肺炎?"

"是的。但你住院不仅仅是因为肺炎。"有好几分钟月亮男孩没有说话,而艾尔莎则毫不留情地详细讲述了他父亲的所作所为以及后来发生的事情。当她讲完后,月亮男孩只是盯着太空看了很长一段时间。

"他们本来可以告诉我的。"他的声音听起来很平淡,却充满伤痛。"妈妈早应该告诉我的。"他用拳头捶着桌子,痛得够呛。

"她本应该这么做的。"艾尔莎说,"如果我是她,我会的,至少等你成年以后就告诉你。"

他慢慢地说:"当我们在床上的时候,你说过什么?"

"我问过你关于你父亲的事。"

他身体前倾,咬紧牙关,话是一个字一个字从他的牙缝里蹦出来的,"你问我是否爱他。"我从椅子上站起来,准备到隔壁去。

"让我看看你的手。"艾尔莎一只手拿住他的手,另一只手按住他手腕的内侧。

他慢慢地往后一靠,看了看手腕,然后触摸那里的肉色小圆圈,"那是什么?"

"这是一种弛缓药。"她一定是之前把药藏在了手心里,"药效很快就会过去。"

"我……"他看着墙,"我很沮丧,因为我不能,我硬不起来。"

"你做得很好。"

"不——我的意思是这种事经常发生。我以为和你,和一个新的性感的女人……"

"你太在意了。"她温柔地说,"你老是这么想,你很紧张。"

"当你说……关于我父亲,我突然无法呼吸。我是说,我试过了,就像有人,有人在掐我让我窒息。我一定是大发脾气大打出手了。我不记得了。"

"你真走运。"

他第一次露出了微笑,"谢谢你没有杀我。我见过你把达斯汀和纳米尔扔在垫子上。"

"这需要一些克制。你的手肘怎么样了?"

"还是有点疼。"

艾尔莎在那里,"嗯。脱掉你的衬衫,站到检查台上。"他照做了。艾尔莎转动他的手臂,摸了摸他的胳膊肘,"不疼吗?"

"算不上疼,不疼。"

艾尔莎紧紧地搂住他的肩膀,"不过,这样会疼,对吗?"

"一点点。"

艾尔莎点点头,看了他一会儿,"脱掉你的鞋子,仰面躺下。"他照做了,而艾尔莎注视着,而且点点头。

"我想检查一下你的条件反射。"艾尔莎说着,开始解开他的腰带。她中途停了下来,"这在地球上是不道德的。但我们在玩弄星际飞船规则。"

星际边境

"好吧。"他说道,笑容满面。艾尔莎拉开了他的拉链,他的条件反射看起来好过了头。

我得问问艾尔莎关于那个药的事。我关掉了笔记本电脑。该吃晚饭了,去拔一些胡萝卜吧。

## 20. 周年纪念日

**2086 年 5 月 8 日**

纳米尔正在烤蛋糕。今天是所有人的周年纪念日:我们已经在阿德·阿斯特拉号上待了整整一年,所有人都还活着。

笔记本电脑提示说地球上现在是 2086 年 7 月 16 日,所以相对论使我们的日历缩短了大约 70 天。

不过,感觉上好像已经过去了 12 个月,而不是过去了 14 个月,所以是时候年终总结一下了。在这一年里:

只有 9 月的一天发生了暴力事件,月亮男孩打断了艾尔莎的鼻子,而达斯汀用台球杆打伤了月亮男孩的头部。不过很长一段时间以来,达斯汀和月亮男孩都很有礼貌,而艾尔莎讲话时也不再有鼻音了。

鳄梨树已经开花了,尽管我们辛勤授粉,但还没有结果。

我们已经向地球寻求过建议,但他们的回复离我们还有半光年之遥,所以还需要一段时间。

其他大多数农作物都欣欣向荣、长势喜人。我们几乎把番茄的种植面积翻了一番,减少了绿叶蔬菜和豆类作物的种植面积。纳米尔需要更多的意大利樱桃番茄来做调味汁,没有人对此有怨言。我自己真心希望我们带来了更多的果树，或者拥有更多的种植面积。葡萄产量充足，我们完全可以自己酿造葡萄酒。等待它发酵的想法很吸引人，让人觉得有盼头，尽管不能拥有一切。

虽说没有水培菜园我们也能生存，但规划者们设计这么大的水培菜园是明智的。有规律的劳动有助于我们保持清醒，照顾生物能促进乐观。

插播一下体育新闻。我现在每天游泳两千米。台球室有一条新的自定规则，纳米尔必须使用左手打球，否则没人会和他一起玩。他还是会赢，但不是次次都赢。

每逢星期六，我们会把休息室里所有的家具都搬到墙边上去，在房间中间挂上羽毛球网，然后玩到大汗淋漓。火星人会出场，每队一人先玩上几分钟，不过他们很快就会过热，而且受到重力的阻碍，更别提他们根本就没有"运动"的概念。我们让他们每人使用两个球拍，以弥补他们相对缺乏的机动性。他们四只手臂都很灵巧，可以在四个方向接球。

梅丽尔那一面墙的填字游戏已经完成了三分之一。她最好慢慢玩。艾尔莎暂时放下了她的针绣花边，但又开始了一个新的，另一个与分形图案有关的彩色幻想。

月亮男孩每天花一两个小时在钢琴上，默默地作曲，有时通宵演奏，早上面容憔悴但快乐地出现在我们面前。我不太懂音乐，但有一天我注意到名为"3号曲：进/退"的曲谱长达35页。

早上的大部分时间，保罗都在边喝咖啡边解方程式，有时他还试着向我解释那些方程式。他还要一年半才能完成博士学位的课程，然后他会写一篇论文并传回地球。所以，如果50年后还有斯坦福大学的话,或许那时他就能从斯坦福大学获得奇特的天体物理学博士学位。

纳米尔正在制作另一把俄式三弦琴,一把长长的低音琴,而且他还在慢慢雕刻艾尔莎的半身像,正处于令人毛骨悚然的阶段——一半还是一块木头,一半是半成品雕塑,好像人活活被从材料中拉出来一样。直截了当地说,我觉得雕塑的表情一脸禁欲而又隐忍。当然,在我们这些人中,他是最了解艾尔莎的人。也许这就是艾尔莎在他眼中一直以来的样子。

我又开始画画了,用的是我第一次登陆火星时奥兹推荐的课本。没有纸,但我已经很久没用过纸了。我可以调整智能数字触控笔和笔记本电脑来模拟铅笔、钢笔或笔刷。我照着纳米尔带来的那本书画了一些人脸,都是维米尔的脸。虽然他的头发不是白色的,但他的作品《地理学家》看起来很像月亮男孩。

我们崭新的星际飞船边缘有点磨损了,空气循环系统开始发出一种噪声,就像一个人从齿缝里吹口哨,几乎听不见。保罗向电脑上的自动修复算法程序描述了这个问题,噪声停了几天,然后又响起来了。梅丽尔用了一种稍微不同的方式让飞船自动检修,于是安静下来了。但那段时间很可怕,不能派人去取零件。

火星人的游泳池必须不断地重新填补缝隙。长时间的浸泡——当然,对火星人来说,这是完全不自然的——肯定对他们皮肤的化学成分产生了一定的影响,这种影响使水与填充物发生了反应。不过,填补缝隙前得把那两个火星人从水里弄出来。

我和梅丽尔还有月亮男孩一起,正在慢慢研究火星人的语言。雪鸟比飞虫—琥珀更有用,但即便如此,这种体验也令人沮丧。

月亮男孩使用合成器模拟火星语的各种声音,结果培养出了良好的听力。实际上，他是我们中唯一一个可以用有用的词汇"说"火星话的人。仅仅凭借人类的喉部和声带，我就能说出大约300个雪鸟能一直识别的单词，但其中很多单词，比如"游泳"，都是从人类声音中衍生出来的新词。

月亮男孩的词汇量是我的十倍多，但一个类似的问题正在出现：我们只能谈论人类和火星人共有的经历，火星人做的和想的大部分事情是对我们隐藏的。

有些甚至是故意隐藏的。我们不知道他们的秘密议程可能是什么，他们甚至可能不知道那是他们的秘密议程。

当孤独的海卫一个体从海王星的卫星海卫一与我们交流时，他一开始是通过一段长长的死记硬背的信息来进行交流的，飞虫—琥珀和其他黄色家族成员在催眠刺激后背诵了这条信息。他们为我们翻译了这条信息，但是翻译的内容有多完整呢？他们有多诚实呢？

我们必须永远记住，火星人是他者创造出来的生物，唯一的目的是在我们有能力去火星之后，联系我们。在那之前，我们对他们没有危险。

这是孤独的海卫一个体唯一一次用人类的语言对我们说的话，是为了回应我们的第一条信息：

和平是一种美好的感情。

你们对我身体化学物质的假想很聪明，但却是错误的。我以后再告诉你更多的相关实情。

现在，我不想告诉你们我的人民住在哪里。

很长一段时间以来，我一直关注你们的发展，主要是通过广播和电视。如果你们客观看待20世纪初以来的人类行为，你们就会明白我必须谨慎对待你们的原因。

我很抱歉在 2044 年毁掉了你们的海卫一探测器，我不想让你们知道我在这个世界上的确切位置。

如果你们再发射一颗探测器，我也会这么做，再次表示歉意。

出于可能很快就会变得明显的原因，我不希望直接与你们进行交流。生活在火星地表下的生物是数千年前被创造出来的，唯一的目的是最终与你们对话，并在适当的时候充当一个交流渠道，我可以通过这个交流渠道揭示我的存在。

事实上，是"我们"的存在，因为我们在别处有数百万的个体。他们在母星上观察其他星球，比如你们的星球。

对我来说，这种语言笨拙而又充满限制，就像所有的人类语言一样。火星人的语言是为了你们和我之间的交流而创造的，从现在起，我想使用那些火星语中最复杂的一种，它只被一个人使用，就是火星人的领袖，你们叫他红。

当海卫一个体向我们发送这个信息时，他肯定已经知道，在几天之内，红体内的定时炸弹将会爆炸，并摧毁地球上所有高级形态的生命。

所以为什么他要这么费事呢？

我们大多数人认为他是在两面下注，以防万一，正如所发生过的那样，人类找到了解决世界末日炸弹问题的办法。

纳米尔认为，海卫一个体假定我们能够解决这个难题并生存下来，这是一个微妙的区别。

红可能在死前就已经搞清楚了。他和海卫一个体谈过话，或者至少听过海卫一个体说话。在前往月球并走向毁灭的路上，他滔滔不绝了将近 20 个小时。每一个单词都被记录了下来，但还没有被翻译出来——只有一个火星人，他的继任者，能够理解它，但当我们离开火星时，她还在学习火星领袖语。

（在人类出现之前，从一个领导人去世到继任领导人接受教育之间的漫长过渡期从来都不是问题。火星人的日常生活是既简单又可预测的，如果在这几个到十几个火星年期间，在他们群龙无首的情况下，出现了什么意外，那就只能等待了。）

我们在"折中"后的休息室吃了甜点，这样火星人就能舒舒服服地加入我们，即使人类过的"年"与他们的日历无关。

我们从奢侈品贮藏中拿了一瓶泰吉酒，就是埃塞俄比亚蜂蜜酒，是用塑料瓶装的。这酒和咖啡蜂蜜蛋糕搭配起来，口感绝佳。

蜂蜜蛋糕①的配方来自纳米尔的儿时记忆，是某种犹太传统。

当然，酒或者蛋糕对火星人来说都跟毒药差不多，但他们带来了一些特殊的紫色真菌，以及某种饮料，看上去和闻起来都很像含有硫黄的沼泽水。

我举起酒杯，用沙哑的声音向他们问好，这是这类场合的传统问候方式，大致可以翻译为："好吧，又是新的一年。"雪鸟和纳米尔用日语互相敬酒并鞠躬。火星人这样做看起来很奇怪，就像盛装舞步中的马。大家互相敬酒时，塑料酒杯相撞，咔嗒咔嗒响个不停。

这蛋糕简直是超级美味。艾尔莎说："我们应该每天都这么吃。5年后，我们的体形将超过火星人。"

"那会很吸引人。"飞虫—琥珀承认道，"但我认为你没有那么多蜂蜜。"

---

① 犹太新年必吃的食品之一，预示着新的一年幸福与甜蜜。

你永远不知道他们什么时候在开玩笑。他们对我们也有同样的抱怨。

月亮男孩带来了他的小型合成器键盘，他用键盘拟音对雪鸟说了几个词，雪鸟予以回应，发出了敲打声、噼啪声，然后是响亮的笑声。

"我告诉她，她看起来很苗条。"他说，"她回答说这里的食物很差劲。"

这其实是个很微妙的笑话。火星人不太在乎他们吃什么，但雪鸟知道人类对于食物的态度。

吃完蛋糕又喝完了泰吉酒，我们换了普通的葡萄酒和其他酒精饮料来喝。雪鸟问纳米尔是否会拿出他的俄式三弦琴，和月亮男孩来个二重奏。纳米尔问达斯汀是否能忍受，达斯汀说一年听一次俄式三弦琴演奏的音乐不会要了他的命。

当纳米尔从车间取回俄式三弦琴的时候，月亮男孩想出了如何使用合成器键盘模拟简单手风琴的音色。他灵敏的听力让他不费吹灰之力就配出了和弦，那些曲调是纳米尔熟悉的东欧和以色列的歌曲。除此以外，月亮男孩还偶尔来个模仿单簧管的独奏，他称之为犹太人演奏的风格。大部分曲子都让我耳目一新，我很高兴火星人提出了这样的请求。

当我们上床睡觉时，保罗和我做爱了，尽管那天不是星期六（星期六打羽毛球往往会释放他血液中的兽性）。

后来他变得焦躁不安，"我是历史上最无用的飞行员。"

"我不知道。开泰坦尼克号的那个家伙可没挣到薪水。"

"今天早上当你在侍弄植物的时候，我走到航天飞机前，让它进行了一些着陆模拟。"

提前几年模拟着陆。"熟能生巧吗？"

"我可以在睡觉的时候进行着陆模拟，这就是问题所在。在虚拟现实中只有四种基本情况——在地球、火星、月球和零重力状态下降落在指定地点。我可以修改参数，但我没有真正学到什么东西。"

"嗯，这不是他们过去常说的航天器学，但它确实是航天器学。在这方面，你是最棒的。我在什么地方读过这样的报道。"

黑暗中我能感觉到他在微笑，他拍了拍我的臀部，"不管怎么说，最好是在半光年以内。但是我们应该想到做一些奇怪的模拟，例如在稠密的湍流大气环境下，或者在尘土飞扬的大气环境下。如果有机会，你永远不会在沙尘暴中降落，但我必须应对我会遇到的各种状况。"

"嗯，这只是软件，不是吗？描述你需要模拟的环境状况然后用紧密光束把你的描述发回地球。地球上的科学家可以进行开发和测试，然后在转向后发给你。"

他停顿了一下，"有时候你真让我大吃一惊。"

我抑制住了想给他一个惊喜的冲动。已经很晚了，我不想再让他有什么绮丽的念头了。

# 21. 第二年

**2087 年 5 月 8 日**

我们的第二年开始了，有用的机组成员更少了，也许我们这些剩下的有用人员降低了效率。

月亮男孩已经基本脱离了我们的队伍。只要他不使用虚拟现实技术，他就牢牢地戴着耳机沉浸在自己的世界里，他甚至用餐时也不摘下耳机。如果你问他一个问题，他会递给你一个笔记本电脑，写下你的问题，他通常会写下简短的回答，或者点点头，或者耸耸肩。

这样的情况始于空调发出的噪声。起初是一声尖锐的哨声。我们能够对自动修复算法进行编程，并将其降低到几乎听不见的程度，但在这个过程中引入了一个可变频率分量：如果你仔细听，它就像一个人在另一个房间里吹口哨，发出的声音全都不在调上。我几乎听不见这种声音，但月亮男孩说，这快把他折磨疯了，而且显然已经把他折磨疯了。

如果火星人说了什么我们听不懂的话，我们仍可勉强让他来翻译，但是很难引起他的注意，也不可能让他集中注意力。

艾尔莎说他显然处于分离性神游中。他的病史主要是解离性失忆症，记不起当他还是个孩子的时候，他父亲对他实施的致命攻击。

药物治疗无效。一剂足以让他安静下来的药让他昏了过去，当他醒来时，噪声还在，他对着电话拍手。

月亮男孩无法恢复健康，梅丽尔当然很沮丧。但其他人似乎精神状态都很稳定，即使不算快乐。艾尔莎似乎已经接受了保罗恪守一夫一妻制的坚持。我应该感谢他。

给下一批像这样执行任务的人留个备忘录：确保机组成员中没有人见鬼地疯了。

当然，我们可能都疯了，但方式没那么戏剧化。

除嘈杂的生命保障系统以外，这艘飞船看上去井井有条。12月，我花了几周时间提前进行菜单规划——我们对高档食品贮藏的利用过于保守了。

我们可以在去往沃尔夫星系25号的途中，用掉一半以上的贮藏品。如果我们在与他者相遇后还能幸存下来，返回途中不管怎么样都会让我们感到满足。士气只是前进路上的一个问题。

我和保罗谈过这件事，但没有和其他人谈过。我在厨房里最不需要的就是民主。

我在继续研究人类历史上不同种族间的首次接触，尽管破坏性通常小于他者与我们的接触，但无论如何，最终的结果通常是灭绝。

没有类似的例子。土著社会没有派遣外交官去恳求与他们的高科技征服者和平共处。如果毛利人[1]在得知他们的侵略者来自哪里后，驾着战舟绕过好望角[2]，越过大西洋和泰晤士河与维多利亚女王[3]谈判，会发生什么？实际上，她很反常，关于毛利人的军事表现报告使她至少在对新西兰的治理中给予了他们象征性的平等。如果是他者身处其位，很可能就大手一挥，用核武器把毛利人都给炸上天。

当然，我们并不真正了解他者的心理学或哲学，只知道他们观察我们、评判我们、试图处决我们，而且没有商量的余地。当我还是个孩子的时候，我看到我的父亲在我们房子旁边的一窝黄蜂上喷洒农药，你可以从黄蜂狂乱的胡乱飞舞中看出这样的结局让它们多么痛苦，我

---

[1] 毛利人：新西兰的原住民和少数民族，属太平洋蒙古人种。通用毛利语，属南岛语系－波利尼西亚语族。

[2] 好望角：意思是"美好希望的海角"，是非洲西南端非常著名的岬角，位于34°21′25″S，18°29′51″E处。北距南非共和国的开普敦市52千米。因多暴风雨，海浪汹涌，故最初称为"风暴角"。

[3] 维多利亚女王：英国历史上在位时间第二长的君主，仅次于伊丽莎白二世女王。维多利亚的在位时间长达64年。她也是第一个以"大不列颠及爱尔兰联合王国女王和印度女皇"名号称呼的英国女王。

为此号啕大哭，而我的父亲对我的哭泣嘲笑有加。也许他者中会有些人哀悼我们必要的灭绝。

在某种程度上，我不愿称之为神秘主义，生命变得越来越珍贵，因为我们按既定方向前进，不管等待我们的是什么——我的意思是从最平凡的意义上来说；每天早上醒来，我都渴望着新的一天的到来，尽管除了做饭、读书和聊天，我几乎什么也不做，还听点音乐，不过听得太少了。

我几乎每天都游泳，想在卡门游完泳后把游泳池占上半个小时。我可以合情合理地提前几分钟到泳池旁，注视着她的曼妙身姿。

我对她到底感觉如何？我们谈天说地，几乎什么都谈，就是不谈论感情。如果我与她的年龄更相近，我可能会玩一把浪漫，或者至少会追求性爱，但我几乎和她的父亲一般年纪。

她很早就提出了这个问题，我不想显得愚蠢。此外，我还娶了唯一一个在光年内公认的花痴。相形之下，另一个女人可能过犹不及，令人受不了。

但我确实觉得和她很亲近，有时甚至比我和艾尔莎之间的感觉更亲近。艾尔莎永远不会让我或任何其他人进入她那神秘的内心——一个我认为她自己都从未造访过的地方。卡门似乎完全开放，地地道道美国人的做派，即使她的护照上写着"火星人"。

我认为我的异国情调吸引了她，但在某种程度上也让她害怕。这在某种程度上，与艾尔莎相反。我想，我是名职业杀手的事实让艾尔莎感到兴奋，但如果她知道我杀了多少人，怎么杀的，为什么杀，她就不会那么兴奋了。

# III 花儿

## 1. 第三年

**2088 年 5 月 8 日**

这是我们去沃尔夫星系 25 号的第三个地球年的开始，我们要和他者见面，并且知晓我们的命运。人类对周年纪念日很迷信，他们要求我们每逢这些场合都写个总结性的声明。

对我来说，这毫无意义。因为不管重要与否，我都记得所有的一切。但我会照做的。(雪鸟比我更亲近人类。这很自然 即使是在火星人之间，火星人的白色家族也更擅长社交。我们黄色家族是更好的观察者。)

在即将到来的一年里，最有趣的事情是，我们正接近中点，就是说掉头转向的时间快到了。

过去的一年对火星人来说或多或少是平淡无奇的，尽管它可能是我们的结局。褐色的真菌几乎停止了生长，这对我们来说最终会是致命的，但是梅丽尔和卡门找到了问题所在。缺乏硝酸盐——也就是说，模拟火星的生态系统没有妥善回收硝酸盐。我们只需要微量硝酸盐，所以不足并不明显。然而，人类的农业需要大量的硝酸盐，而且他们体内充满了硝酸盐。人类一天的尿液就能给我们提供相当于一年的硝酸盐用量。

**星际边境**

雪鸟继续与梅丽尔和卡门一起进行她们的语言课程,我有时也会参加,尽管难度越来越大。我们似乎已经掌握了所有简单的词汇,如果没有月亮男孩的电子合成器,就很难探索更难的单词和短语。她们甚至不能发出许多声音的近似音。但月亮男孩的听力范围内,他能做得很好。

(我想如果其他人类不是那么害怕他的话,他也许能给我们提供更多帮助。雪鸟说,这种恐惧部分反映出他们害怕自己可能会有毫无理性的行为。月亮男孩吓到他们了,而且他知道自己吓到了他们,这就强化了这种行为。梅丽尔向雪鸟解释了这一点,但是能解释和能应对是不一样的。)

纳米尔和我一直在下棋,这是兵棋推演的一种衍生,叫作战争游戏。在下棋过程中两个玩家要下盲棋,都不允许看棋盘,你必须在下棋时记住棋子的位置。当然,这对我来说不需要任何努力,就像其他黄色家族的火星人一样,只要扫一眼我就能牢牢地记住棋盘上各个棋子的位置,这种记忆会持续终生。纳米尔用他所谓的"杀手本能"弥补了他偶尔的记忆失误,而且他几乎每次都赢了。(我认为,与其说这是杀手本能,倒不如说他有时是在不存在的棋盘上落子,所以我无法预料他会怎么下。)

战争游戏通常需要第三人(即裁判)的介入,裁判在看不见的地方用棋盘记录游戏进程。裁判会告诉你落子是否可行(是否被另一个棋子阻挡)或者你是否成功地吃掉了对方的棋子。我们让卡门当裁判,开始了棋局。

但我指出她的存在是多余的。我自己就能告诉纳米尔,落子是否可能或者是否成功,当然我也不会撒谎。

雪鸟也和人类玩一种棋盘游戏，一种叫作拼字游戏的文字游戏。这是梅丽尔带来的，占用了她的部分重量限额，这表明这个游戏对她很重要，而且她于此很擅长。卡门也会玩这个游戏，她们有一份可能会用到的火星词汇的清单，并加倍计数。我已经玩过了这个游戏，但发现它慢得令人抓狂。

另外，在这种重力下，羽毛球对我们来说足够快了。雪鸟喜欢，但我不喜欢。像那样到处跳来跳去既不雅观也很痛苦。但是一定量的锻炼是必要的，就像和人类作为一个团队一起工作一样。

当我们到达沃尔夫星系 25 号的时候，我们将站在哪一边？他者确实创造了我们，而且（就个人而言）我不能假装是一个自由的代理人，独立于他们的意志。2079 年，当他者需要我听凭他们差遣时，我完全无法控制自己，当时我突然鹦鹉学舌般重复了他们的信息。

他者可以用一个词引发各种各样复杂的行为，或者只是一束特定的光，然后就发生了那样的情况。

假设他们命令我打开气闸舱的门怎么办？

但我怀疑我们还没有被消灭的事实意味着他者知道我们的位置和使命。人类对任务保密所做的努力可能会逗他们开心。

如果他们能被逗乐的话。我们不了解他们，有很多基本的东西一无所知，或者只是从不完整的数据中推断出来的。

有一件事似乎不可避免，那就是他者对人类的生命漠不关心，可能对火星人的生命也漠不关心。当我们遇到他们的时候，我们需要想出一些理由——一些与毁灭我们的不道德或不公正无关的理由，好让他们允许我们活下去。

对他者来说什么是重要的？我们能做些什么让他们高兴呢？不管

"高兴"意味着什么,也许毁灭星球是唯一让他们高兴的事情。

我们生活的世界时间流速不同。在我们看来,他者似乎非常缓慢,犹如冰川,而在他者看来,我们肯定像令人讨厌的昆虫——嗡嗡作响,四处奔波,忙于我们无关紧要的生活以及我们微不足道、转瞬即逝的担忧。(这是纳米尔的说法。火星上没有类似的冰川,除了人类为农业带来的昆虫,也没有其他昆虫。)

大约 6 个月后,猜谜游戏就结束了。一旦我们的湮灭物质直接向他者喷泻而去,试图隐藏我们的存在就没有意义了。在我们掉头转向之前,一个小型的快速探测器会广播,描述我们计划做什么。

虽然这算不上是个好计划。"在你们听到我们要说的话之前,请不要杀了我们。"

说的好像我们真能互相理解似的。

## 2. 掉头转向

自从保罗完成了他的学位论文后,他就一直处于无所事事的状态——事实上,他的论文确实比大多数科学论文"完成"得更彻底,因为他无法对这个题目进行新的测量,也无法阅读与该题目相关的最新研究成果,这个题目就是《2002—2085 年球状星团引力透镜调查中的数据粒化》。

因此,研究掉头转向的方式是释放他停滞不前的精力的好方法。在我们离开之前,他整理了一份包含近 1000 个项目的清单,他自己也添加了一些。最初的清单并没有提及如何确保俄式三弦琴的安全。

我们将在零重力状态下停留两天多一点的时间，而我们肮脏的冰山会慢慢转向，让它的喷射口指向他者。火星人会喜欢的。我自己也很期待这种新奇感。美好的回忆。

现在打理这些植物不会像我们起飞前那样是个大工程，只要保持一切潮湿就行了。从一个地方漫游到另一个地方时，尽量不要撞到任何东西。

我确实心事重重，有个不太理智的担忧。以前从未有人让这样一个巨大的引擎停止运行并重新启动——测试引擎的质量几乎只有它的千分之一。要是它启动不了呢？无论如何，没有人真正知道它是如何工作的。

也许在地球上，到目前为止，他们明白它的工作原理。但如果它没有重新启动，我们用无线电问："我们现在该怎么办？"要再过7年我们才能得到答案："使劲儿关上门，再试一次。"

飞虫—琥珀即使在基督第二次降临时也不会眨眼，但他看上去好像对掉头转向有点兴奋。好吧，它将是我们这趟旅程的中点，也是地球式重力的短暂缓解。我们不得不把给他们临时搭建的游泳池里的水抽干，他很不高兴（保罗也不高兴，因为不得不分开回收水，把他们所有的细菌和虱子留在他们自己的生态系统中）。我们自己的游泳池有防水罩。

在保罗关闭引擎的几个小时前，我们已经把家具固定好了，植物也打理好了。纳米尔准备了一顿豪华大餐，用泡发的冻干水果和中东香料烘烤羊排，与蒸粗麦粉一起享用。还有几瓶真正的葡萄酒，我们打开了其中的一瓶。

吃完点心后,保罗对了一下腕表显示的时间,从桌子旁站了起来。他说:"还有 48 分钟,我将在 22 点整关掉引擎。不需要倒计时吗?"

我们都同意了。纳米尔说:"我会去提醒火星人。你什么时候开始旋转?"

"在通用系统检查后,可能需要一个小时。别以为我们会有什么感觉,每小时转 6 度而已。"在冰山中间两侧的两个小型转向喷射口会让我们的飞船慢慢旋转,然后在 28 小时后停下来。

我有一种反胃的感觉,也许我用餐时本应该只吃苏打饼干和喝水,尽管保罗一再保证不用如此。

这比等待另一只鞋掉下来要复杂一点。我回到浴室,发现了一颗胃药。

月亮男孩坐在那里,听着地球的音乐,脸上露出服用过麻醉药后迷幻的微笑,这也无济于事。当梅丽尔告诉他将要发生什么事时,他迫不及待地在键盘上输入了"很期待"。噪声可能会停止,当然,如果生命保障系统停止运行的话。

为了分散注意力,我走到自行车前,使用虚拟现实技术在巴黎市中心来了一次骑行,试图撞倒所有长胡子的男人。

大约离关闭引擎还有 5 分钟的时候,我和其他人一起来到"折中"后的休息室。每个人都在瓶子里装满了可以在零重力状态下饮用的水和其他饮料,这种瓶子是需要挤压才会出水的。我去了储藏室,用一只牛形的塑料瓶吸了 6 升水,然后浓缩了两升葡萄酒,这使我名字旁边的红灯开始闪烁。保罗名字旁边的红灯没有闪烁,所以我也为他吸了几升。他一定是太忙了,一直忙活着关闭开关。

我满载而归地回到休息室，臂弯里满满登登的都是水和葡萄酒。

"你准备好开派对了吗？"雪鸟说。我用呱呱叫的声音说出了一句口头禅，意思是"我希望你也一样"。她轻轻拍了拍她那双小手。

当 22 点整到来之际，我们都做好了准备，但是当然这并不像急刹车。引力消失了，我轻轻蹬了一下地面，飘向天花板。纳米尔和雪鸟紧随其后。

"我想没出什么问题。"梅丽尔说着，慢慢地翻了个跟头。

月亮男孩没有动。他摘下耳机，专注地聆听了几秒钟。"那里还是有噪声。"他重新戴上耳机，在离沙发一英尺的地方徘徊。

艾尔莎浮了上来，挨着纳米尔，胳膊和腿紧紧缠绕在他身上。嗯，他没法打台球了。

保罗从控制室出来，穿着他的壁虎吸盘拖鞋走在地板上。他脸上的表情很奇怪。他说话时，我胃里沉甸甸的。"有点不对劲。"他摇了摇头，"邻近——"

传来微弱的金属敲击声，然后又响了三声。

"气闸舱。"纳米尔说。

先是惊讶，然后是恐惧。我不合时宜地笑出了声，梅丽尔也笑了起来。

"肯定是他者。"保罗说。

纳米尔说："不妨让他们进来吧，省得他们把它炸开。"

设计这艘飞船的人应该在气闸舱外面放一个摄像头。但我们没想到会有来访者。

除了月亮男孩，我们都跟着保罗，沿着不同的轨迹朝气闸舱飘去。保罗打开控制箱，按下标有"打开序列"的按钮。一台空气泵运行了不到一分钟，随着空气从气闸中被吸出，声音渐渐消失。

外闸门开了，一片漆黑。有一刻充满可怕的悬念，然后，一名身穿传统白色太空服的男子用一架带导航的喷射装置飘了进来，并通过触摸内部的门窗停下了身子。

达斯汀说："该死的，他们这么快就撵上我们了吗？"我们已经聊过地球发明一种速度更快的星际飞船的可能性，它会赶上我们。当我们相遇时，掉头转向处将是一个合乎逻辑的会面地点，我们在这里的时候没有加速。

保罗说："不，如果他们来自地球，他们会用无线电联系我们的。"他按下了"关闭序列"的按钮，外闸门关上了，空气呼呼作响地被气泵抽回了密封的小座舱。通往飞船里面的内闸门开了，那个陌生人向我们飘了过来。

他或她或它解开头盔扣，让头盔飘走了。外表为二三十岁的男性，没有明显的种族特征。

"真好！你们没想杀我。"

"你是他者的一员吗？"保罗问道。

"不，当然不是。"他没有注视保罗，而是依次仔细打量着我们每个人，"他们无法与你们实时通话，你们的生命平凡而又短暂。我是一个人造生物，就像你们两个火星人一样，是为了模仿人类的感知和反应速度而创造出来的。

"我是一个由工具制造的工具。那个从海卫一跟你们联络的海卫一个体——"

"就是那个试图毁灭地球的。"保罗说。

"是的，只毁灭地球上的生命。我被创造的目的是以防你们幸免于难活了下来。我相信你知道，海卫一个体使我比人类或火星人活得更慢、更久，但与他者相比，仍然是一只蜉蝣。"

"不过，在爆炸之前，海卫一个体离开了海卫一。"保罗说。

"是的。他现在就在这里，在你们气闸舱附近的一个小生活舱里。现在已经固定在冰山上了。我们在你们附近已经有一段时间了，始终离你们只有几百万英里，但当然，直到你们的引擎停止后，才真正与你们对接上。"

"你为什么在这里？"我问道，"监视我们吗？"

"监视，是的。帮助决策是否应该允许你们靠近他者的母星。"

"那么你是被设置来毁灭我们的，就像红那样吗？"

"完全不是。没有必要。"他的表情没有透露任何信息。确切地说，他不是中性的，但比麦当劳的服务机器人受到更多的控制。

纳米尔说："因为他者不让我们靠近，以免伤害他们。"

"没错。我们已经开始向他们发送信息了。我觉得你们告诉我的越多，你们的机会就越大。"

"你有名字吗？"我问道。

"没有，你爱怎么叫我就怎么叫吧。"

"密探。"纳米尔说。

他说："考虑到这名字是谁起的，我很荣幸。"

"你很了解我们吗？"我说。

"只知道地球上公众都知道的东西。纳米尔，艾尔莎，保罗，卡门，达斯汀，梅丽尔，雪鸟，飞虫—琥珀。"他指向月亮男孩，"那就是月亮男孩了。"

他背对着我们，漂浮在去厨房的路上，听着音乐。梅丽尔说："是的，他觉得不舒服。"

"也许你们都觉得不舒服。"他环顾四周，"我会尽可能减轻你们的负担。大部分时间我都将待在我的住处，和海卫一个体在一起。交谈必然要花很长时间。一旦我们减速，我就可以随意地来回走动了。外部气闸控制挺简单，我这次没有自行进入，是因为我不想让警报声吓着你们。"

"真是个睦邻友好的榜样。"我说，"要我招待你吃点食物或者喝点饮料吗？"

"哦，不。我不想加重你们的生活负担，我可以在我自己的飞船上吃喝。像火星人一样，我摄入得很少。"

雪鸟说："我们是由智能设计创造而成的，而不是偶然的进化。"她一直在研究人类科学史。但这是正确的，火星人只需要人类维持生命所需的三分之一。（对饮食漠不关心也是一个因素——如果我们愿意靠压缩饼干和水生活的话，我们可以节省大量的反应物料。）

"你来这里是想碰碰运气。"保罗说，"只要纠正一次航线，你就会迷失方向。"

"我是可被替换的。你多久修正一次航线？"

"每隔几天修正一次。"足以阻止我们出去。

"合理的风险。"他环顾四周，"如果你们不介意的话，我想参观一下你们的飞船。然后你们可以参观我们的飞船。"

保罗慢慢地点了点头，"我们没有什么好隐瞒的。"

"我能说火星通用语。"他说着，转向飞虫—琥珀，"你能给我做向导吗？"

飞虫—琥珀用颤音发出"是"的声音，然后他们朝火星人的房间走去。这是一个合乎逻辑的参观起点,但保罗和纳米尔看上去都不开心。

"本来希望他选择的是你。"保罗对雪鸟说。

她说:"我也希望如此,我很好奇。"

而且更爱说话,我懒得费心补充。飞虫—琥珀可能记得每一个细节,但如果他不想说,我们就得费尽心思从他嘴里套出来。

"嗯……进控制室。"保罗说,"我们要看看他们的飞船是什么样子。"

我穿上壁虎吸盘拖鞋,跟在他后面。我们在门口等着其他人。

"一般模式。"他边说边走了进来,控制面板变成了那个配置,上面的刻度盘、旋钮和开关比他一直使用的设置多了很多。他坐在转椅上,系好自己的安全带,说道:"外部景观。"

在他面前有个一米见方的平板显示器,光线暗了下去,天鹅绒般的黑暗中闪烁着无数的火花。他转动操纵杆,旋转的角度让人头晕目眩,直到画面停在我们熟悉的冰山表面,上面泊着明显陌生的访客。

它看起来不像一艘星际飞船,一点也不像机器,倒是有点像一只长着七条腿的海星,卵石般的外皮上有红黑交错的斑点,每条腿骨上都有像纤毛或触角一样的细丝在摆动。如果只有手掌大小,它看起来就活像身处海底老家的海星一样。但它的体积是阿德·阿斯特拉号登陆艇的一半。

纳米尔说:"我想知道它是怎么飞行的,它不可能携带足够的反应物料进行星际旅行。"

保罗说:"嗯,如果这和离开海卫一的是同一艘星际飞船,那么它在重力为25G的时候就起飞了,这就证明了他们携带的反应物料比我们携带的更为奇特。密探说他们一直跟着我们,谁知道有多久了……所以我猜它离我们太远了,以至于无法被探测到,接着只是观察和等待,然后不慌不忙地跟踪我们。"他调高了放大率,慢慢地观测那东西。没有明显的舷窗、炮口、车轮或索环。我想如果你用放大镜仔细观察海星,你看到的也没什么两样。

"也许它也是有生命的。"梅丽尔说,"像火星人那样,像密探声称的那样,为特定的目的而生长。"

"我会投赞成票。"雪鸟说。

"看起来像海星的近亲?"达斯汀说。

"在某种程度上。如果他者有美学,而我们的设计反映了这种美学,那么星际飞船的设计也反映了这种美学。你们不觉得吗?"

"明白你说的是什么意思。"我说。虽然我不会选择"美学"这个词。这艘星际飞船几乎是丑陋的——但说起来,火星人也很丑陋,直到你看习惯了他们。

我回到我的工作站,脑海中回想着那艘星际飞船的样子,把它想象成一个活的有机体。当然,我研究过人类的无脊椎动物。我还记得一种七足海星。我四处点击,找到了我记得的那只七足海星。它是一只漂亮的英国动物,身体完美对称,不到一英尺宽。还有一只来自新西兰水域的七足海星,几乎有一码宽,看起来像章鱼,样子很危险。事实上,有补充说明警告说,如果它扒在了你的潜水服上,你几乎不可能把它挑开。但那细长的英国海星,七臂海星,和那艘星际飞船很像。

当然,除了它的形状,没有其他地方表现出相关性。

我所能找到的其他的七足生物,除了可悲的变异蜘蛛,只有已经灭绝的稀毛怪诞虫[1]，其化石体形微小却相貌凶恶。

我们仅有的关于他者的图片是他们发来的一张简单图表，我们解读为有六条腿和一条尾巴。也许他们确实有七条腿，所以按照他们自己的形象打造了一艘星际飞船。

对于星际飞船来说，这是一个奇怪的形状，违背直觉。但如果我有一个基于7的数字系统，也许我的直觉会有所不同。

"零重力状态"不利于抽象思维，这可能是太空飞行员没有成为杰出哲学家的原因之一。另一个原因可能是他们基本上都是反应很快的运动员。我给我的飞行员打了个电话，说我要小睡一会儿。他和我一起进了卧室，亲热了一阵子。然后我们一起打了个盹儿，漂浮在半空中，汗津津的床单裹着我们的身子。我梦见了怪物。

## 3. 盛大旅行[2]

当然，一等到密探回到他自己的飞船上，人类就想审问我。但我对这个生物了解得并不多。他问了所有的问题。

我们首先去了火星人的住处。他已经知道了我们再循环生态的基

---

[1] 1977年被英国古生物学家西蒙·康威·莫里斯（Simon Conway Morris）命名为稀毛怪诞虫，原因就是长相太奇怪了。这些长3厘米的虫子，拥有管状身体与7对长腿，与已知的环节动物完全不同。
[2] 盛大旅行：英国大学生毕业前的大陆旅行，或者（从前英国贵族子女的）遍游欧洲大陆的教育旅行，通常作为上流社会子弟毕业的最后一部分内容。

本原理；事实上，比起我来，他对一些科学和工程了解得更多。它似乎像我一样拥有超凡的记忆力，很完美，但他已经研究过火星人的生理机能，比我曾经接触过的更有深度。

我们在这里讨论的部分内容是没法翻译出来的，因为与雪鸟和我之间的亲密关系有关，而人类没有这样的亲密关系。要回答一个（对人类而言）显而易见的问题，这不是一种性关系，也与情感联系无关。这是一个实际问题，与准备去死有关。

他对你们人类为我们火星人建造的游泳池很感兴趣，他想知道人类从这种友谊的展示中获得了什么利益。很难解释利他主义，但他对此的理解是为了最终回报而帮助别人。

然后我把他带去看了看所有的农作物。他在此参观花的时间最多，因为出于某种原因，他需要知道每个物种繁殖和维护的细节。

（我认为这是一个充满希望的迹象。除了帮助人类在生命维持出了某种问题后生存下来，为什么他者需要这些信息呢？）

同样地，我带着他穿过了仓库区，那里主要是人类的食物贮藏。他对纳米尔的自制乐器很感兴趣。对人类来说，音乐似乎不像火星人那样神秘，他问了我一些我无法回答的问题，我让他去问纳米尔。

他还问了关于车间区域的问题，显然主要是关于可以在那里制造的武器，对此我无法回答。他者不可能认为我们会制造刀剑和手枪来攻击他们。我表达了这个想法，密探说我当然是对的。但我假设情况比这更复杂，并建议保罗或纳米尔运用他们作为战士的经验，让他参与这个话题，让他者安心。

（当然，关于我们在 2085 年 5 月 8 日的小组会议上进行的谈话，我只字未提。当时我们讨论了使用阿德·阿斯特拉号作为高速炸弹进行神风敢死队自杀式攻击的可能性。我认为那已经不可能了，所以没有必要讨论此事。）

密探对游泳池和健身区非常感兴趣，那里配有虚拟现实的逃生面具，或者头盔。他仔细查看了运动记录，也许是想要了解每个人的体力状况。关于人类和火星人之间的生理差异，我们曾有过一场漫长而又奇怪的讨论，其中包括了一些他肯定早就知道的事情。我认为这是在检视我（或者是我和雪鸟）对你们人类的态度。

我认为当我们到达沃尔夫星系25号时，他者会想要利用人类和火星人两个种族之间的差异，并利用我们是他们的子孙后代这一事实，这在某种抽象的本质上是成立的。正如你们所知道的，过去三年的几次谈话我们都表现出，我们的忠诚与你们同在。当然，如果我在撒谎，尤其是我支持他的话，我也会这么说。

密探想研究一些私人住处。因为我跟纳米尔最亲近，我就说服了纳米尔从他的舱室开始参观。就照着我所能理解的那样，我向密探解释了纳米尔与达斯汀和艾尔莎之间的性关系，并解释了他们是如何据此安排每个人的睡眠区域的。

当然，纳米尔的卧室很小（达斯汀的卧室也一样，因为他俩的卧室只是单纯用来睡觉的），它的墙壁是一个不断变化的艺术画廊，展示来自地球各大博物馆的成千上万的复制品。密探很难理解这一点，我也是。火星人和人类有个共同点，就是当我们睡觉时都更喜欢黑暗和安静，所以墙上挂的东西跟睡觉有什么关系呢？达斯汀的房间很简朴，墙上只有一幅他称为曼陀罗绘画的抽象画。

在艾尔莎的卧室里有个用来放电影的立体视频播放器，屏幕很大，电影内容通常是描述人类以各种各样的方式进行交配，纳米尔解释说这是为了帮助人类交配，或者我应该说"性交"。因为据我所知，艾尔莎和其他女性一样，在星际航行过程中暂时中止了她的生殖功能。

当然，密探对人性有足够的了解，所以不会对此感到惊讶。接下来当我们访问厨房时，他一点儿都不惊讶。在厨房里，纳米尔会用各种原始的方式准备食物，以此来取悦他自己和其他人。我们火星人和他者都认为，改变为身体提供能量的食物的外观和味道没什么意义。

我认为我们有个共同之处，在生活中这些司空见惯的方面，你对多样性的需求事与愿违，而幽默超越了这种需求。不过，我认为对我个人而言，其动机既不友好，也不单纯。他似乎在考验我，也许以后他也会考验你们人类。

我们听到纳米尔和达斯汀在游泳区附近发出了噪声，于是掉头去看发生了什么。他们没法在零重力状态下玩台球，所以临时凑合出了三维立体台球，比原来的版本更温和、更缓慢。我不太明白这些规则，这逗乐了他们。达斯汀说，随着比赛的进行，他们必须重新制定规则，因为之前从来没有人这么玩过。

这可能是重要的：密探透露，他者有类似的活动。和你们一样，他们的大部分时间都花在了个人比赛上，而这些比赛与真实事件只有象征性的联系。他描述这些竞赛的方式很简洁，并没有透露太多，除了身体动作不是由他者个体完成的；身体动作是由像密探一样的生物完成的，他们是自主但顺从的生物。游戏的重点不是赢，而是发现规则。

我们调查了休息室和工作区，完成了整个参观。在休息室和工作区，大部分人类醒着的时候并没有被严格的生物活动所支配。

当密探开始戴上头盔时，保罗过来操控气闸舱。一个人可以独自完成这项任务，但让气闸舱外面的人来按按钮更简单。他告诉密探，他将在凌晨 2:30 让转向喷射口开始运转，在那之前最好待在飞船里。

外舱门还没打开，卡门和其他人就问了我许多问题。

## 4. 差异性

飞虫—琥珀容忍我们整整盘问了他一个小时，然后他说明天会提交一份书面报告，就去休息了。

纳米尔感到诧异，大声地问他会怎么休息。在零重力状态下，躺不躺下并不重要，但不管怎样，他们从来没有真正躺下过，很难安置所有的腿。

交谈也很奇怪，因为没有符合自然法则的上和下。按照惯例，大多数人试图保持直立，但如果你不抓住什么东西，你可能会开始漂移。保罗让自己随波逐流，我猜他是想证明一个太空老手的状态是多么自然。

我们待在"折中"后的休息室里，那里很冷。我告诉雪鸟我们得移到用餐区去，她说她一会儿来。

纳米尔把一堆配给的能量棒装在一个有拉绳的塑料袋里。我拿了一个花生酱口味的，然后把塑料袋传给其他人。

雪鸟从冰箱上轻轻弹起，用三只手抓住餐厅的桌子。她对我说："你对飞虫—琥珀记得的事情不太满意吗？"

"我们本希望获得更多信息。但我们还有几年的时间。"

"下次他再来访的时候，我们会有很多问题。"保罗说。

"你能建立无线电通信网络吗?"梅丽尔问道,"或者最好不建立呢?"

"没有理由不这样做。"纳米尔说。他环顾四周,面容冷酷,"幸好我们没什么好隐瞒的。他们可能听到了我们说的每一个字。"

"通过真空吗?"我说。

"任何地球上的间谍都能做到。密探可以在他在这里四处走动的时候丢一个微型发射器,但是你甚至可以更直接——在船体上安装一个传感器,让它来传输它接收到的振动。"

保罗说:"我认为一旦主引擎再次启动,它就没作用了。引擎的振动会淹没你安装的传感器接收到的信号。"

"也许吧。"他的表情没有改变。

"他们会有类似于 S2N 的东西。"我说。这是一个用来翻译隐藏在噪声中的数据的间谍程序。

这让他的嘴角掠过了一丝微笑,"你到底是怎么知道 S2N 的?"

"我从 2072 年以后就没去过地球。"我跟他开玩笑说,"但在轨道上你可以学到一两件事。"那是一段不愉快的回忆。妲歌·索林根利用 S2N 暗中监视保罗、红和我,偷听我们在嘈杂音乐中的低声交谈。一天后,我们的秘密成了地球上的头条新闻,于是他者决定让我们都去死的时候到了。有点算得上是人生的转折点。

达斯汀说:"密探说他者玩游戏,是为了找出规则,我想知道更多这方面的信息。"

"他们可能会把我们当成参赛者?"我说。

"或者棋子。"纳米尔说,"人质。"

"反正不是竞争对手。"梅丽尔说,"如果他们视我们为危险,我们甚至无法接近他们。"

我点了点头,"不管密探说什么,我们必须假设,如果他认为我们对他者构成了威胁,他就能毁灭我们。"

"我们应该想办法和他的伙伴谈谈。"保罗说,"那个速成的他者。"

我说:"很难想象与他者对话。对我们来说,8分钟过去了,而对他们来说,才过了1分钟。"

达斯汀说:"说点什么,打一局扑克牌,然后倾听并做出回应。反正密探永远是我们的中间人。"

纳米尔点点头,"我们可以这样做。我们只需要找到一种方式来展示它,这样看起来就会让他们占上风。"

"主场球队吗?"达斯汀说,"我们同意去他们那儿谈一谈吗?"

纳米尔说:"那将是我们的优势。看看他们的飞船里面是什么情况。"

"等等。"我说,"我们不是在和他们战斗。恰恰相反,我们希望他们感到安全,与我们合作。"

纳米尔笑了,"就像一只小耗子在和一条巨蟒谈判。"

"她说的对。"梅丽尔说,"我们不能把它视为一场竞赛。我们已经知道在力量或意志的较量中,会有什么结果。"

"我不知道意志的较量会有什么结果。"纳米尔说。

艾尔莎哼了一声,"说得像个真正的男子汉。你有种,亲爱的,但有种在这儿可没有优势。"

从控制室传来一声巨响。保罗在半空中翻了个筋斗,向那个方向冲去,溜进了门。我能听到他对着无线电说了几句话。

他穿着壁虎吸盘拖鞋走了回来,看上去若有所思。"有趣的巧合。

我们收到了'他者—首领'的邀请,去见见那位大人。"

"我们所有人吗?"我问道。

"只有四个人受到邀请。你,我,纳米尔,还有飞虫—琥珀。"

"有危险吗?"

"好吧,我们希望在往返途中被拴住,以防出现航线修正的信号。我可以很轻易地用一条导绳解决这个问题。一旦我们到了那里……"

他耸耸肩,"我们将任他们摆布,就像我们在这里一样。"

保罗推迟了掉头转向的旋转,尽管这可能没什么差别。他从车间里拿了一卷电缆和一些岩钉,还有冰锥,我跟着他打下手。这是三年多来我们俩第一次外出;在引擎启动之前,我们都做了安全演习。你不会想在加速的时候这样做。就像坐在火箭顶上一样,只要走错一步,你就会掉下去。

在零重力状态下锤击岩钉可不简单。没有任何东西能把他固定在"地面"上,所以每次挥锤后,他都会身子打着旋儿离开长钉。当然,他对此早有预见,并带来了一个手钻预备打孔。

我为他举着一盏灯,但为了保持我的夜视能力,我把目光从灯上移开了。天空很美丽,这里的星光比在地球上看到的还要璀璨,银河像发光的巨浪横亘苍穹。我希望我对星座有足够的了解,以便分辨它们是否有不同之处。猎户座看起来差不多。保罗指出我们的太阳所在的位置。那是一颗明亮的黄色星星,但还有更明亮的星星。

我们在气闸上系了安全绳。钉好岩钉后,保罗第一个喷射过去,然后解开身后的导绳。我交替使用双手,跟着他,尽量不把这三条绳子弄乱。

　　这艘海星形飞船上的气闸只有一条几乎看不见的边。保罗在它的正前方钻孔固定了一个岩钉。他固定住导绳，再把它放松了三四英尺左右；如果你抓住它，你可以勉强从一个气闸走到另一个气闸。

　　我们回到自己的飞船上休息了几分钟，以确保我们过去的时候，氧气罐是满满的，而膀胱是空空的。没什么策略好讨论，我们只要睁大眼睛，不抱成见。

　　飞虫—琥珀从我们中间过去了，以特有的谨慎移动着。我不介意走慢一点，那是一段很长的路。

　　当我们到达气闸边时，保罗打开了无线电通信网络——我听到了轻轻的咔嗒声——但他还没来得及说什么，密探的声音就响起来了，"请进。"说得太大声太清楚了。那条边向两边张开，露出红色的光芒。

　　"就像回到子宫里。"我说道。我们走了进去，那条边在我们身后合上了。我头盔里的小灯闪着绿光，如果警示氧气含量太低的话，它会闪红光。

　　"这样呼吸安全吗？"保罗在无线电中问道。

　　密探说："如果我想杀了你，我完全不必这么麻烦。这和你们在自己飞船上呼吸空气的压力和成分完全一样。"他从黑暗中走出来，单手画了个圆。"保罗，站起来吧，我要增加一些重力。"随着光线的增强，重量的感觉也增强了，尽管重力很弱，比火星重力少多了。

　　"哪种重力？"保罗问。

　　"*海卫一*的重力。大约是地球重力的十二分之一，不到火星重力的四分之一。"

　　这个房间是有机的，但有点令人恶心。在他们让我去火星之前，我不得不做了个结肠镜检查。

但他们确实让我看了怎么检查的。这里的墙壁看起来就像我的大肠内壁,粉红色,滑溜溜的。这让我对气闸舱有了全新的看法。房间里没有家具,除了两个舷窗外没有窗户,气闸的两边各有一个舷窗。没有声音。

"我将把你介绍给那位他者—首领,不过当然他不能直接回答。"他碰了碰墙壁,一个黑色的椭圆形出现了,就像湿漉漉的玻璃一样。我们向前走去。

恐怕我因为惊恐发出了一点噪声。总之,他是个怪物。这个词不应该出现在外星生物学家的词汇表中,但你已经听我这么说了。

这个生物是甲壳类生物,张牙舞爪。棕色的甲壳坚硬发亮,上面有黄色条纹和斑点。六只小爪子,大约人类手臂大小,环绕着胸腔。第七只爪子,大小相当于其他爪子的两倍,像蝎子的尾巴一样蜷在头顶上,是有力的锯齿状虎钳。

我体内的生物学家血液促使我想立即知道,在他的生存环境中,是什么使他需要这样的盔甲和力量。"他有多大?"

"大约相当于人类体形的两倍。"密探说,"不过,他不会伤害你的。这里太热了,不适合他生存。"

"他透过我的眼睛看着你,而且想说些什么。我将在几分钟后传达这一信息。"

在我们等待的时候,我仔细观察了这个生物。他看起来最像陆地生物中的巨蟹。我想,地球上没有这么大的螃蟹,除了生活在海底螯足细长的蜘蛛蟹。这家伙能活活吃掉它们。

这又一次引出了那个问题,为什么?我们对他生活在液氮中的环境的所有推测都没有考虑到他者可能是强大的快速捕食者。

当然，他不能快速反应，这就说得通盔甲存在的必要性了。

也许我们对他者身体化学物质的假设是错误的。温度沙文主义。这个物种行动缓慢的事实并不意味着所有的氮基低温生命形式的行动都很缓慢。

所以这引出了下一个问题：如果环境中有快速强大的捕食者，而蜗牛都可以绕着他者跑，那么他者是从什么物种进化而来的呢？

嗯，仅仅因为他们聪明并不意味着他们处于食物链的顶端。在地球上的很多环境里，食物链顶端的生物都成了其他物种的腹中美餐。

研究他者的母星，看看它在生物学方面是否和地球一样复杂，那将是很有趣的事情。火星从来没有出现过，或者至少我们从来没有发现过不用放大镜就能看到的化石。

也许沃尔夫星系 25 号的星球上有一整门更小更简单的类蟹生物，这个美丽的大螃蟹就是其最高等的类别。

就其本身而言，他是美丽的。

密探说："他想祝贺你们，已经成功了一半。很有可能你们会继续航行到沃尔夫星系 25 号，并且是完好无损地到达。"

"他目前没有兴趣毁灭你们。不过，他想提醒你们注意一个显而易见的事实：你们所在的这艘飞船有自主智能，它的思考速度比你们快。为了保护我们的母星，只要有必要，他会毫不犹豫地毁灭你们，以及我们。"

"你们是在我们的默许之下才到这儿来的。我们对你们很好奇，想研究你们。"

"你们为什么要让我们活着？"纳米尔说，"你们已经试图毁灭我们一次了——为什么我们现在还要指望你们让我们活下去呢?"

"这是你们想让我问他者—首领的问题吗?"

"是的。"纳米尔和保罗异口同声地说。

我对此不太确定,说:"等等。"但当我口中说出这个词时,已经太晚了。

如果他说:"你们是对的。"于是我们都注定要失败呢?他能像拂去灰尘一样轻而易举地弹飞我们。

飞虫—琥珀表达了与我类似的疑虑:"也许那是不明智的。我们应该保留我们的选择,而不是强迫他做出决定。"

"不是现在就是以后。"纳米尔说,"如果我们知道自己有生存的机会,就会更容易与他合作。"

我突然想到这个房间没有他者独有的气味。站在保罗旁边,我能闻到他呼吸中的花生味,但是周围的环境中什么气味也没有。火星人的房间有一种特殊的气味,就像潮湿的泥土;这里什么气味都没有,就像一个关闭了气味感知的虚拟现实背景。

他者—首领不到一分钟就做出了回答,可能是事先准备好的回答,这个问题并不出奇。"这很公平。我们思考的方式和你们的不一样,但让我试着用人类的语言来解释一下。"

"你们把我们的炸弹装置转移到不会伤害你们的地方,从而避免了全球性的灾难。你们本来还可以做其他事情,但这就足够了。如果你们愿意,你们可以认为这是一次考验,你们的物种已经通过了这次考验。在这里接触我将是第二次考验。

"你们究竟必须经过多少次考验才能保证自身安全无恙,对此我无法断言。当然,母星那里还什么都不知道;还要等上十多年,他们才会接收到我最后一次从你们的太阳系给他们发出的信息。

"我可以说，其他种族与我们的关系已经达到了这种融洽程度，其中的许多种族被允许继续以自己的方式发展，而有些种族并非如此。

"任何诉诸侵略的种族都不允许生存。你们一定已经推断出这一点了。"

"这是全部吗？"保罗几秒钟后说。

"是的。"

飞虫—琥珀说："我带你参观了我们的设施，你会有所回报吗？"

"现在不行。我会跟他者—首领讨论这个问题，但现在他正在休息。"

"他和我们交流需要消耗很多能量吗？"我问道。

"这不是你们现在需要知道的事情。你们离开时要小心，气闸的另一边可没有重力。"

保罗对此嗤之以鼻，"小心你们出门的时候别让门撞到你们。"

"门不会撞到你们的。"密探说。飞虫—琥珀点了点头。这两个种族几乎没有幽默感。

## 5. 掉头转向

我和卡门、保罗、飞虫—琥珀一起坐了(或者说悬停了)一个小时，其他人部分都在旁边看着。我们记录下了我们在外星飞船里待了半个小时获得的所有印象，当然，我们所有的谈话也都被录下来了。

很简单，就连我的艾尔莎也有点乐观。她说："情况本来会更糟糕，即使最后通牒也是一种沟通方式。"

保罗倒立漂浮着，穿上他的壁虎吸盘拖鞋，像体操运动员那样团身抱膝落地，脚掌先着地。"我想只要我们一直能让他们对我们充满兴趣，我们就安全了。"他说，"看在上帝的分上，不要让任何人变得无聊。"他回到控制室，开始掉头转向。

我们中的一个人变得没那么无聊了，月亮男孩加入我们，然后摘下了他的耳机。

"噪声停止了吗？"艾尔莎问道。

他摇了摇头，"自从那个密探出现后，我就一直在听。我们现在的危险是更大了，还是更小了？"

"在某种程度上，更小了。"她说，"我的意思是，他们总是待在外面。他们不必展示自己。"

"为什么不向你正在研究的标本展示你自己呢？"我说。

他慢慢地点了点头，望着我和艾尔莎之间的空间，注意力不太集中，略微有些飘忽。

"你感觉好点了吗，月亮男孩？"卡门问道。

"我感觉更理智了。这是值得的。"他直视着卡门，然后移开了视线，"对不起，我一直……"

"你一直在生病。"艾尔莎说。她难道没有看出月亮男孩试图操纵她和卡门这件事是多么明显吗？我想让他把耳机戴上，然后找个不碍事的地方坐下来。每件事都有其发生的时间和地点，而这件事发生在几个月前，在数十亿英里之外。

梅丽尔凝视着她重新变得健谈的伴侣，目瞪口呆，一言不发。显然是时候让他们独处了。"很好，你感觉好多了。"我找了个借口，然后穿着壁虎吸盘拖鞋到厨房去了。我从食品储藏室拿了一管再造的戈尔根朱勒干酪酱①和一些饼干,把一瓶挤压瓶装的酒塞在腋下,走进了更温暖的人类休息室。我随便选了个莫扎特安静的曲子当背景音乐,然后在书架附近转了一圈,拿出了一本维米尔的巨著。

把自己置身于失重状态是一种艺术。奶酪、咸饼干、葡萄酒和书都在手边上盘旋,只要我小心翼翼地把东西捡起来,放回原处,我就不用去追它们了。卡门和保罗凭着几个月的经验,驾轻就熟地做到了,但我还是得三思而后行,小心翼翼地移动。

当我徘徊着,思索着这个问题和维米尔的脸时,我轻轻地撞到了书架上。奶酪、葡萄酒和书都慢慢向我飘来。我一时迷失了方向,然后意识到保罗已经开始让冰山转向了。我和漂浮在我身体周边的物体没有依附任何东西,但是我们的参照系在移动,快到可以在 30 小时内转 180 度?这似乎比那要快。我过会儿会问笔记本电脑的。

考虑到这奶酪还不错,"酒"是纯廉价劣质酒,但总比没有强。

所以我们在去下一家红酒铺或酒类专卖店的路上已经走了四分之一的路。这让我对这次旅行有了一定的认知。或者是濒临死亡,这让这种认知变成了另一种味道。

"分享一下你在想什么。"卡门飘到了我身后,她用脚趾头抵住墙停了下来。"我们已经开始移动了。"她说道。她的脸和我的脸处在同一条水平线上,但没有正面朝着我。

"刚注意到。"我把酒瓶递给她,她往嘴里挤了些许,距离之远,令人印象深刻。"欠你一个人情。我们那个沉默的伙伴呢?"

---

① 因产自意大利米兰附近的戈尔根朱勒村而得名,是一种蓝色奶酪。

我向另一个休息室望去，他已经不在那里了。"我等着瞧。一燕不成春。"

我给她奶酪和饼干，但她挥手让它们飘远。

"在零重力状态下，就算想一想食物，我的体重都会增加。"

这让我笑了，"体重？"

"惯性、质量，诸如此类。变成体重。"她回头看了看月亮男孩待过的地方。"你不是……不太同情他。"

"除了他打断了我妻子的鼻子？还是他表现得像个闷闷不乐的孩子？"她无奈地耸了耸肩。我试图谨慎地斟字酌句，"他的疯狂或行为不是他的错，我理解并同意这一点。他小时候被人虐待得很惨，我希望他父亲能因此受到惩罚。"

"继父。"

"如果这是一场军事行动，他将不再参与其中。我们不能丢下他不管，也不能把他送回去——"

"也不能杀了他。"她平静地说。

"是的。但我们可以把他关起来，把他排除在外。"

"那会毁了他的，纳米尔。"

"我相信会的。但问题是毁掉一个人还是毁掉数十亿人。"

她摇了摇头，"如果我能挥一挥魔杖让他消失，我会的。但是把他关起来不仅会影响他，也会影响我们。"

"你不认为他像个疯子似的闷闷不乐会影响我们……"她畏缩了，我压低了声音，"他已经拖垮我们了。还要再过 3 年？"

我们以前就有过这样的争论，从不同的角度。她的回答让我大吃一惊。"这可能是漫长的 3 年。让我们看看当我们再次拥有重力时他的行为方式。看看他能否继续神志清醒。"

"我很高兴你能这么看。"

她微笑着碰了碰我的肩膀,"不想飞船上有两个疯子。"她踹了一脚书架,飘向厨房。

## 6. 调整

尽管我和保罗甜甜地打了个小盹儿,但我还是烦躁不安睡不着觉,所以我吃了半粒安眠药,然后就像僵尸一样昏睡了 8 个小时。当我醒来时,保罗正窝在一个角落里,头朝下脚朝上,一丝不挂打着呼噜。零重力状态下可以对性器做些有趣的事情,但我想让他好好睡一觉,于是压抑了自己的好奇心,而且他可能精力不足。我轻轻地关上门,飘向健身房,月亮男孩正在那里做翻腾运动。

也许是失重和密探的出现让月亮男孩从闷闷不乐的孤立状态中摆脱出来,投入令人印象深刻的体操运动中。他和保罗同龄,但像孩子一样到处蹦蹦跳跳。

嗯,不完全像个孩子。在他的匀速运动中有一种冷酷的决心,在磨练他零重力状态下体操技巧的同时得到最大限度的锻炼。我曾看到他研究保罗,然后试图模仿保罗从一个地方到另一个地方的方式。他从不像保罗那样优雅,但是变得几乎和保罗一样敏捷和准确。

这不是一项特别有用的生活技能,除非他计划中年时在轨道上工作。但我希望所有的到处乱跳都是一种回归正常生活的过渡,或者给"正常"打上引号。

梅丽尔从远处注视着他练习从地板到天花板、从天花板到地板的滚动。我飘过去和她待在一起。

"他的病情正在好转。"我说。

"他是在好转。"她没有看我。

"你们聊过吗?"

"说过你好。"她深吸一口气,然后呼了出来。

"我该对他说什么?我是说真的。"

"欢迎回来吗?"

"我不知道他回来了没有。我不知道他到哪儿去了。"她的睫毛上挂满泪珠。她揉揉眼睛,脸颊上留下了湿漉漉的泪痕。

"也许你想等到重力恢复再看看。"

"也许吧。"我们的大腿挨在了一起,她把手放在我的膝盖上。"你和保罗在一起真幸运。"

"是的。但是艾尔莎迟早也会跟他上床的。"我为什么这么说?

她露出了微笑,"可能。在我们到达他者的星球之前,她会跟密探鬼混。"

"这是智人的一座里程碑。"

"有一件事很困难,那就是没有地方让我们回去。当他被关在自己的舱室里的时候,我可以应付。但我们应该假装现在一切都结束了吗?他把它从他的系统里弄出来了吗?"

"不,当然不是。我认为你必须让他谈谈这件事。"

"先让他说点什么,然后我就可以试着问,'说啊,你还在发疯吗?'"

"你不能……可惜你不能让艾尔莎来调解。"

她微笑了一下，脸绷得紧紧的，"她是唯一有学位的人，但这不是个好主意。"

"他可能会再打艾尔莎。"

"我可能会让他再打艾尔莎，"她咧嘴一笑，"就像治疗一样。为了我们俩。"

我觉得饿了，本能地检查了一下手腕。自从我们经过木星轨道以来，手表文身显示的时间一直是错误的，但是习惯很难改变。

"8点了。"梅丽尔说，"吃过晚餐了吗？"

我们穿上壁虎吸盘拖鞋，像成年人一样走向厨房，用微波炉加热了装有肉馅卷饼和据说是墨西哥蔬菜的小包。我回到菜园中央，摘了一个甜红椒，把它切碎，感觉自己就像纳米尔。零重力状态下的主厨，没有切飞一片辣椒，也没切掉一根手指。

她说："我真想喝杯咖啡，热咖啡。"饮料袋和挤压瓶上都注明"请勿使用微波炉"，到目前为止，还没有人对此进行过测试。最好留意月亮男孩会不会这么干。

"这么说他只说了声你好？"

"算是有点儿礼貌。他说他好些了，我们可以晚点儿再谈。不过现在就是晚点儿了，可是他……"她轻哼一声，嘲笑道，"他从乡下白痴变成了旋转的苦行僧。"

她从蔬菜包的接缝开了个小口，喷上些辣酱，然后递给我，但我谢绝了，因为我知道它对肠胃蠕动有增强作用。但如果我能等到有了重力再大便，我会是个比现在快乐得多的太空游客，而且不是只有我有这种想法。你会习惯这些东西，但你也会变得不习惯它们。

（我突然回想起我们学会对准零重力马桶如厕的那一天，那个马桶里有个有用的摄像头。我从来没想过会在如厕中观察到自己的私处。）

"重力可能对他有帮助。"我重复自己的话。

"或者可能会让他缩回自己的茧子里。"她用的是筷子，比我的勺子好用，用勺子吃东西往往会把食物残渣撒到我的脸上或更远的地方。我们重新开始吃的时候就要做些清理工作。

我们开始用餐后，我们讨论的对象朝我们走来，也许他听到了微波炉热好食物后叮的一声，激发了他巴甫洛夫式的条件反射。他从回收站的那堵墙跳到种豆子的棚架上，离开了火星人的生活区域，穿过两个休息室，以合理的速度到达，周身大汗淋漓，倒不会令人大倒胃口。

"墨西哥食物！"他走到冰箱前开始翻找。

"在食品储藏室里，"梅丽尔说，"在E那一格下面，E是肉馅卷饼的缩写。"

"是的，是的。非常感谢。"他找到了食物包，把它放进微波炉里，然后在微波炉前面头下脚上地漂浮着，"我没打扰你们吧？"

"只是吃点东西。"梅丽尔说，"但你不能和我们一起吃，除非你恢复头上脚下把脚摆在正确的位置。"

"我明白了。"食物热好后，他慢慢地把身子倒过来，把食物端了过来。我们在餐桌上吃饭，尽管没有理由把食物放在桌子上。

他往食物包里喷辣酱，然后用叉子叉起肉馅卷饼，比我们俩都要有效率。

他直截了当地说："你们有没有想过，密探并不是他所说的那样？"

那不是个大难题。"以什么方式？"

"也许他根本不是外星人，嗯？也许他一直在这里，等待掉头转向，是为了考验我们。"

"谁?"梅丽尔说,"谁考验我们?"

"地球。考验我们的忠诚度。"

这听起来很奇怪,"我不明白。怎么会有人不忠呢?"

"受雇于他者吗?"梅丽尔。

"嗯,你知道。不付钱。"

"不,我不知道。什么?"

他咀嚼完毕,吞下食物,让他的食品包装就飘在桌子上方。他双手抱在胸前,"让我来讲清楚。"

"我洗耳恭听。"梅丽尔说。

"首先,他们怎么可能追了我们11光年,不断加速,然后恰好在正确的时间出现在这里——没有任何使用燃料的证据,还不被我们发现?"

我想,我们确实察觉了某事,保罗提过邻近电路出现异常,但我顺其自然。

"他们一直在这里的可能性有多大?在我们到达冰山之前,那艘所谓的'外星飞船'已经安装好了吗?告诉我这是不可能的。"

"好吧。"梅丽尔说,"这是不可能的。"

"即使可能,他们又何必费心呢?"

"就像我说的,来考验我们的忠诚度。"

"那……"梅丽尔没有说疯狂,"没有道理。"

"看起来很是煞费苦心。"我说,"他们打造了这艘看起来像外星飞船的星际飞船,还有密探,还有一个令人信服的他者,把他们藏了很多年,等掉头转向时才让他们跑出来,看看我们会有什么反应?"

"你明白了，正是如此。"

"月亮男孩。"梅丽尔的声音颤抖着。

"他们在哪儿藏了三年？"我坚持打破砂锅问到底。

"就在外面，一目了然。但到现在还没有人出去看过呢。"

"但保罗随时可以往外看，或者任何进入控制室的人都可以往外看。"

"哦，卡门，不要太天真了。这不像往窗外看。保罗看的是电子图像，它应该与外面的景象相匹配。他们可以干扰图像，这样直到合适的时间他才能看到那艘飞船。"

"他们这么做只是为了考验我们的忠诚吗？总之，这个'他们'究竟是什么人？"

"地球！"他突然变得更加紧张了，"他们从没相信过我们这四个来自火星的人。"

"他们为这趟旅程选择了我们。"梅丽尔说。

"还派了三个间谍！"他先是怒视着梅丽尔，然后又怒视着我，"还有比这更明白清楚的吗？"

我也紧盯着他看，"事情很简单。"

"三个间谍。一个引诱我，试图玩弄我的头脑和我的童年记忆；一个无缘无故地攻击我；第三个已经占据了权威的位置，他可以据此毒害你们的思想来对付我。这些都是假的吗？"

"听我说。"我双手握住他的手，"艾尔莎试图勾引每个人，这是她的本性。达斯汀打你是因为你跟他的妻子上床，然后又打断了她的鼻子。纳米尔是一位职业外交官，也是一位天生的领导者，我认为他从未试图影响我对你的看法。"

梅丽尔说:"考虑到你和他的妻子上过床,还打断了她的鼻子,我得说他是个客观的典范。"

他猛地抽开了他的手,"你们俩都相信了,相信了整件事情,或者你们也参与其中。"他狠狠地蹬开桌子,一下子蹿了上去,头砰的一声撞在天花板上。他飘回冰箱的位置,又蹬了一脚冰箱,飘到了农作物上面。

过了一会儿,梅丽尔拿起他的午餐,"想尝尝这个吗?"

"辣酱太多了。"

她点了点头,但还是把她的筷子伸了进去,"我想你可以习惯任何事情。"

# 7. 关于时间

人类总是在谈论天堂,即使他们声称不相信有这样一个地方存在。我有一种感觉,那只是隐喻或语义上的简化,而是一种内在状态,他们永远在追求永远达不到的状态。

在过去的几天里,作为一个火星人,我已经接近了天堂——摆脱了飞船不断的毁灭性加速度。今天早上,加速度又开始了,我在等待着游泳池装满水的时候,写下了这些笔记来分散自己的注意力。

放开智能数字触控笔,它掉到了地上。

令人沮丧。但我会好好享受泡水的感觉。

下一次我们失重的时候将是我们到达他者所在星球的时候。我希望有办法让我们现在就在那里。如果科学连这么简单的一件事都做不

星际边境

到,那它还有什么用呢?

当然,那一天可能是我们生命中的最后一天。但如果是这样,那就顺其自然吧。不管死亡是什么,它都不包括重力,或者加速度。

我可以分辨出人类很失望,我似乎对密探和他者—首领知之甚少。然而,我得知的一切并非都能用人类的语言来表达。我们能相信他们吗?既能相信,也不能相信。他们了解人类吗?在对人类的了解这方面他们不如我——但在很大程度上比我强。

语言是一种障碍。不得不写下来就意味着会遗漏很多重要的东西,我的自然感知无法与我被迫使用的人类书面语一一对应。从字面上看,人类的词汇无法表达密探在调查阿德·阿斯特拉号时所表达的意思。例如,一些关于时间和因果关系的基本假设——我不知道从人类的角度来看,它们是"真实的",还是只是一种外星人(对他们来说)表达日常观察的方式。

对于两个不同的种族来说,和时间一样是现实基础的事物怎么会有所不同呢?不同之处肯定只是在感知上,或者可能在表达上。时间必须是,独立于经历时间的生物。

密探对人类的社交和个人关系的细节很好奇。我抱怨说他应该和雪鸟谈论这些事情;他说他最终会这样做,但他想要在他的观察和我的观察之间"做三角测量",这是一个他必须向我解释的人类术语。

现在这一点已经很清楚了:尽管我跟人类共同生活了多年,然而他者对人类和人性的了解,却比我所了解的还要多。数万年来,他者—首领一直对人类进行远程观察,尽管自无线电发明以来,他和我们一样只是在监测人类的交流。

当密探第一次联系我们的时候,我带着他穿过飞船,但我当时不知道这一点，如果我是人类，我就会感到万分尴尬，因为我对他精心设计的问题给出了幼稚的回答。我想这满足了他对火星人和人类的好奇心。

雪鸟说游泳池的水已经够深了。

## 8. 我行我素不顾后果的人

我是这艘飞船上唯一一个为重力恢复而高兴的生物吗？也许我内心的犹太人需要受难。

我想我喜欢重力的一个原因是出于焦虑，曾经身强力壮的人上了年纪以后的焦虑，想保持体形而不是放任身材管理。在零重力状态下，我可以用跑步机进行日常锻炼，假装在跑步，忙得满头大汗，但是我的腿告诉我它们并没有真正跑起来。这可能是不科学的胡说八道。

我们开始减速后，月亮男孩再次陷入了黑色抑郁，这一点也不出乎意料，并且他再次停止与人交流。我们大多数人可能都松了一口气。在零重力状态下，他不是一个轻松诙谐的人，除非你被偏执狂逗乐了。

自从我们开始减速后，他就没吃过饭，不过我给他留了个地方。他洗劫食品储藏间的时间可能并不规律，但艾尔莎不这么认为。她担心他的精神状态。厌食症可能先于自杀发作。

他坐在那里，插上键盘，时不时地按下无声键。卡门说她认为月亮男孩实际上没有在作曲，月亮男孩工作时她瞥了一眼屏幕，两周以来页码都没变过。

我倒不是很关心他的安危，而是担心他会大发雷霆，造成某种不可挽回的损失。保罗也有类似的疑虑。当我提出这个问题时，他透露控制室现在一直锁着，月亮男孩用他的指纹打不开门。我想更进一步，把他关在他的舱室里。兴奋剂可以防止他变得极度沮丧，甚至可能让他得到一定程度的快乐——我认为，如果没有兴奋剂，他将永远无法获得这种快乐。

如果我们投票表决，我们要把月亮男孩关起来吗？——按性别划分，这将是个平局。艾尔莎会反对，因为这将是承认临床失败（因为她无法否认自己在促成他的危机中扮演的角色）；卡门天性太仁慈了，而只有梅丽尔一个人爱他，希望他能成长起来，或者振作起来。达斯汀、保罗和我把他看作我行我素不顾后果的人，需要加以约束，以保护每个人。我想飞虫—琥珀会同意我们的观点，不过我不确定雪鸟会怎么想。

所以我认为在月亮男孩自己解决这个问题之前什么都不会做。我还没有不择手段到会去陷害他，但如果他作死太过接近危险的边缘，我可能会顺水推舟。

当我还在上学的时候，医学界的共识似乎是所有的精神疾病最终都可以用药物治疗；这种精神病学将被简化为对症状的系统分析——识别症状并开出药方。在某种程度上，我很高兴人类比这更复杂。不过我不介意吃颗药，毕竟这种药可以让月亮男孩忘记他的继父。姑且不论其他的因素，是继父对他的虐待把他变成了这样一个累赘。（我记得一开始我以为他是我喜欢的四个人之一，因为他难以捉摸，而且很有趣。）

尽管我们实际上每天都前进得更慢，但从情感上来说，我们感觉就像在滚下山坡。在某种程度上，我们现在的信念比掉头转向前更为坚定。要么成功抵达沃尔夫星系 25 号，要么一败涂地。

我们所说的"现在"，其真实含义是什么？被迫从相对论的角度思考是很奇怪的。此时此刻，沃尔夫星系 25 号（严格来说，是围绕着它的暗伴星①的那颗行星）上的生物并不知晓我们的存在。我们距离他们 12 光年，所以在 12 年后，他们将能够观测到我们的制动引擎中熊熊燃烧的物质／反物质信标。

如果事情已经按照计划进行——你也可以说"如果事情将会按照计划进行"——我们对我们试图去做的事情预先录好了解释，解释将会比信标早整整 100 天。

尽管我们已经送出了和平主义的信息，但他们对此的反应可能是，一旦信标出现就把我们从他们的空中炸飞。如果他们会那样做，什么时候会呢？在我们知道他们还没杀死我们之前，我们还有多长时间呢？

最坏的情况是，他们一看到我们就会进行攻击，不过他们的反应速度不会高于光速。所以，如果我的笔记本电脑显示的时间没什么问题，我们还要等 3 年零几周的时间才会遭遇厄运。

除非他们想出了超越光速的方法。但那样的话，我们可能随时遭遇厄运。我们可以，假设，任何时候，他者—首领觉得宇宙没有我们会更好。

所以，我们应该吃喝玩乐，因为明天我们就会死去。我可以在饮食方面做点什么。今晚我们要吃的是没有肉的肉糕，配上不是酒的酒，那是从我们身体的各种废物中蒸馏出来的水。快乐吧。

---

① 亮度比主星暗得多，以致还没有直接观测到的子星。

星际边境

## 9. 相对论是相对的吗？

在密探第四次进入阿德·阿斯特拉号时，他投下了一颗重磅炸弹。出于某种原因，他选择告知我，而不是告知飞船上技术上最有经验的女人。

密探曾说，他想跟我们分别单独谈话，所以我们坐在"洋葱田"里的地板上，那是菜园里我们种植葱和大蒜的地方。

我们一直在谈论人类的历史和习俗，而和往常一样，我也在试图获取他者的信息作为回报。我问他和他者一首领到这儿来的航行。他们有什么社会关系吗？他们做什么来打发时间？

"卡门，没有真正的'时间'流逝。我们知道在时空的哪个部分你们会掉头转向，而我们只是去了那个时空点。就大概到了这里。"

"等等。你们刚到这里吗？在这中间的 12 光年不用旅行吗？"

"当然我们经过了这段距离，我们到了这里。但是没有理由让这段旅程有任何持续时间，所以不用旅行。"

"你上一秒还在海卫一上，下一秒就到这儿来了？"

"感觉如此，但当然时间不会停止流逝，没有办法脱离相对论。但时间和持续时间不是一回事。这个宇宙离它的尽头近了 12 年，但我们不必经历岁月的流逝。"

"你是说……你们的星际飞船也是某种时间机器吗？"

"不，算不上。"他似乎生气了，气急败坏，"这就像试图向小鸟解释电梯的工作原理。这是我们到达建筑物顶部的方式。我们不必扇动我们的翅膀。"

"你们自己的星际飞船是一部时间机器，你们把 12 年的时间压缩成不足 4 年的时间，我们对时间的操控不会比你们的做法更神奇。我们只是更好地控制时间，我们更经济，也更高效。"

我完全摸不着头脑，"让我去找保罗来吧。我不明白——"

"在理解这个问题上，保罗不会比你更高明。像你，也像其他任何一个人类一样，他误解了时间的本质。他的数学只会让错误加重，因为在'一加一等于二'之前就已经错了。"

"我该和你们所有人谈一谈了，或者也许和除了月亮男孩的所有人谈一谈。你能在大概一小时后安排好谈话吗？"

"当然可以。不需要一个小时。"

"我想花一个小时看看你们的图书馆，看看纸质印刷的书。这可能是我最后的机会了。"

"什么？会发生什么事？"

"我说的是'可能'，不是'将要'。我们定在 15 点 21 分在'折中'后休息室会面好吗？我也想和火星人谈谈。"

"好吧……我该说你想聊些什么呢？我们无知的数学吗？"

"一部分吧，还有一部分关于你们的生存。"他转过身去，走向休息室，大概是去角落里的"图书馆"。

我坐了一会儿，整理我的思绪。然后我给保罗打了电话，告诉他发生了什么事。他说他会发布一个一般公告，并问我认为密探在密谋什么。"这就像他们面临实际威胁一样。"

"我知道。"我说话破音了。我擦去手掌上的冷汗，"跟你在那儿碰头。"

我泡了一杯茶，拿回我们的房间。我刚开始给母亲写信，却想不出说什么。亲爱的妈妈，我的生存受到了来自另一个星球的机器人的威胁。当这种情况发生时,如果你是我,你会做什么?

我想知道密探所说的"我们的"生存是什么意思,是指这艘飞船上的人还是全人类?亲爱的妈妈,你们可能只能活12年了。不幸的是,这封信是我12年前写的。

穿上夹克,围上围巾,穿上针织袜子。在这种场合,最好是打扮得漂漂亮亮的,还穿得暖暖和和的。我在15点20分准时过去,坐在保罗旁边的沙发上。

除了月亮男孩,其他人都在,还包括那两个火星人。难得看到他们在浴缸外面聚在一起。我猜如果你每天都和一个人一起泡上20个小时的澡,你可能想在剩下的时间里对他退避三舍。

密探准时来到,站在门口。他穿着他的太空服,拿着头盔。"他者—首领已经决定,我们应该先于你们抵达沃尔夫星系25号。我们对你们的了解足以帮助那里的他者处理这个问题。因此,我们将离开这座冰山,加速前往我们共同的目的地。我们会比你们早8个月抵达那里。"

我不知道是否该松一口气。我们不会再对他们惴惴不安,但我们也不会了解更多关于他们的信息。

"我们要强迫你们做件事,可能会令你们不快,但他者—首领认为这是必要的。你们这个群体在很多方面都不稳定,很有可能你们会有人撑不过剩下的旅程,或者可能你们中没有一个人能幸存下来。

"为了防止这种情况发生,我们将让你们以我们的方式旅行。你们走完12光年的时间不会受到影响,但是旅行的持续时间将会忽略不计。我刚跟卡门解释过这回事。"

"你解释了,但毫无意义。"

"你还记得关于电梯和小鸟的比方吗?"

我环顾四周,看了看所有人,摇了摇头,"你说过描述这回事就像告诉一只鸟电梯的工作原理。"

"是的。你怎样才能在不拍动翅膀的情况下到达建筑物的顶部,那只鸟永远也不会明白。但这不会影响既成事实。"

"当然不会。"

"如果你把这只鸟放进电梯,带到屋顶上,会发生什么?"

"它不会喜欢的。"保罗说。

"不。"密探说道,仍然注视着我,"但它会到达屋顶。"

密探转向保罗,"明天早上,我们就会让你们以我们的方式旅行。我会提前半小时打电话给你。人类应该系好安全带,包括月亮男孩。"

"我要关掉引擎吗?"

"不会再关 12 年。客观存在的时间。在你们的减速参照系中,大约相当于 3 年零 4 个月。而在你们新的参照系中,数秒钟即可。一切都会很清楚。"

我想知道对谁而言很清楚,对保罗而言吗?"密探,我不明白。你和我坐在菜园里,谈论着,我不知道,婚姻……"

"社会关系。友谊。"

"现在突然之间,我想我们将成为你们电梯里的鸟,到处乱飞,变得疯狂。发生了什么事?"

"他者—首领联系了我,说已经准备好了。"

"如果我们还没有准备好呢?"保罗紧张地说道,"这可是件大事。"

"让他们系好安全带,保罗。你会发现这是一趟有趣的旅程。"

"等等。"纳米尔说道,听起来就像在发号施令,"假如我们不想走你们的捷径呢?也许我们宁愿还是按原计划继续下去,用那些年的时间为见你们的人做准备。"

"他们不是我的人,也不是人。"密探说,"如果你们所有人都更喜欢老的慢吞吞的方式,现在就告诉我。我会去征询他者—首领的意见。"

梅丽尔先开了口,"我不反对,越快越好。"

达斯汀慢慢地点了点头,"我也是。"

"保罗?"我问道。

他拉了拉耳朵,这个动作表明他很矛盾。"密探……我们知道我们的技术已经发展到这一步。我可以理解纳米尔为什么不愿意尝试新的、未经测试的东西。就听你的吧。"

"我不会跟你争论。"密探看着纳米尔,"但这根本没牵涉到技术。只是你们体验时间的方式与你们思考时间的方式有关,但这是有缺陷的。"

我说:"你能改变吗?改变我们对时间的看法?"

"不,不,不。小鸟不需要建造电梯,就可以乘坐电梯。"

他把目光转向保罗,"事实真相……让我尽可能简单地说一下。我们——或者你们和他者—首领——在这里,在时空一个确定的点聚在一起,以一种简单的爱因斯坦式的方式。从现在开始计算,12年后,你们将再次在时空连续体[①]中共享一个位置,共享一个点。那么,这两点之间有什么联系呢?"

---

[①] 时间与空间共同组成的四维时空结构,由可夫斯基最先提出。

我记得在学校的时候学过这个。"测地线。"我和保罗、纳米尔异口同声地说道。

"没错。"密探说道，看着两个火星人，"时空测地线就像地图上两点之间的一条线。"

飞虫—琥珀用手指画了一条线，"最短的自然距离。"

密探点点头，"既对也不对。两点之间只有一条最短的线，但是有很多条测地线。如果有重力和加速度的话，情况就变得复杂了。"

"但是没有魔杖啊。"保罗说，"你说的是从这里到那里，要走一段很长的距离，却无须经历时间流逝。那是不可能的，不管你航行得有多快。"

我想那是我唯一一次看到密探大笑。"把这种说法告诉一个光子，或者明天告诉我吧。那将是从现在算起 12 年后，在经历了一次没有持续时间的旅行之后。"

"除非我们拒绝你的提议。"纳米尔说。

"就像那只拒绝进电梯的小鸟？恐怕你们已经深陷网中了。正如我所说的，我可以请求他者—首领放你们自由，但你们中至少有两个人确实想走捷径。你呢，卡门？"

"等一等。如果途中出了什么问题怎么办？水培导致渗漏或飞船的制导系统被鹅卵石击穿怎么办？我们将无法应付。"

"什么都不会发生——真的什么都不会发生，因为没有持续时间就没有事件发生。如果有两个独立的事件，它们之间就会有可衡量的时间。"

我头晕目眩，"不用着急，是吗？我想听听保罗和纳米尔对此的看法。"

"保罗的理由是基于无知,而纳米尔的理由只是害怕失去控制。但是不,不着急。你们下定决心后就告诉我一声。"

"然后你就可以为所欲为了。"纳米尔说道。密探笑了笑,转身离开。"你不会吗?"

"记得告诉我一声。"密探重复道。保罗跟着他去了操纵气闸。在保罗回来之前大家都没开口说话。

"密探错了,"纳米尔说,"这与控制无关。这只是为了理解正在发生的事情。"

"这对人类来说显然是不可能的。"我说。

"你觉得怎么样,保罗?"梅丽尔说。

他重重地坐了下来,端起饮料,盯着杯中,"我想我们最好准备乘电梯。"

最终,就连纳米尔也同意,跟密探和他者一首领一路同行将是最明智的做法,不仅能最大限度地增加我们生存的机会,还能在我们与他者会面之前建立合作记录,并且任由他们摆布。

我们穿过生活舱,为零重力状态做好准备;密探已经警告过我们,当"电梯之旅"结束时,我们将进入轨道,而不是加速。

保罗带领我们穿过很少使用的走廊,这条走廊把着陆舱和阿德·阿斯特拉号的其余部分连接在一起,基本上就是两个气闸舱中间有一条银色的走廊。这是对人间万物便捷的比喻——出生、重生、死亡,也可以比作机器人的排泄，这个多年来一直维持我们生命的系统如释重负地把我们驱逐出去。

我们都系好安全带，犹如热锅上的蚂蚁，处于集体焦虑中，焦虑近乎实质。保罗手忙脚乱地摆弄着他的控制器，然后回到我身边。我们手拉着手蹲了几分钟。他可以微笑，但此时此刻他是官方的英雄人物，必须微笑。

他回到自己的位置，系好安全带，几分钟后通过对讲机说："我们应该有1分钟的路程。"然后他说："让我们一起倒数最后10秒钟。10，9，8……"

还没等我们倒数到7，阳光突然倾泻到飞船的右舷上——在左舷，我的舷窗里全是附近的一颗行星的景象，它很像火星，但颜色更灰暗。

我感觉很灰暗。

身体上没有这样的感觉，但情感上受到极大的冲击。

你可以把这样的情感冲击描述成深深的失落，或者渴望，或者悲伤。有些人在哭泣。我咬着嘴唇，忍住眼泪，试图弄清楚发生了什么事。

我解开安全带，回头看了看过道，一张张熟悉的面孔因极度悲伤而扭曲。

只有两个人例外。月亮男孩的表情是茫然呆滞的，那是紧张型精神分裂症的典型表现。

纳米尔的表情也是如此。

星际边境

## 10. 暴跳如雷

艾尔莎的脸不断从黑暗中浮现出来,进入我的视线,然后我又回到特拉维夫,重温我生命中最糟糕的时刻,回想起每一个可怕的细节。这就像做好几个星期不断做噩梦,但其实还不到一天。

我在自己的房间里,周围都是来自卢浮宫的名画。华托①的《朱庇特和安提俄珀》,勒尼奥②的《美惠三女神》,柯罗③的《戴珍珠项链的女人》,还有籍里柯④可怕的《美杜莎之筏》。那个人坚持着,其余所有的人要么已经死去,要么奄奄一息。

艾尔莎刚给我打了一针,她正在割断绑在我左手腕上的带子。我的右手腕很疼。

"你现在没事了吧?"

"什么……手腕吗?"

"你伤害了你自己,使劲薅头发。"

我的手摸到了我的头。几乎秃了,有些地方很疼。

"在失重状态下的蓬松头发,真是一团糟,我用了吸尘剃刀。你被注射了点镇静剂。不过,我觉得你不想再睡了。"

---

① 华托:1684—1721,法国杰出的洛可可画家。
② 勒尼奥:1754—1829,是18世纪末至19世纪初法国著名的新古典主义画派画家。
③ 柯罗:1796.7—1875.2,法国画家,常被认为是印象主义画家的先驱者。作品包括《戴珍珠项链的女人》《读书的间歇》《钢琴旁的蓝衣妇人》《骑马的地亚兹》等。
④ 籍里柯:1791—1824,法国著名画家,新浪漫主义画派的先驱者。

"是的，拜托。"我摸了摸我的头，"带吸尘装置的剃刀？"

"看起来效果不错，推平了。"

"大家都……不，其他人不可能像我一样受到如此强烈的影响。"

"没有人。嗯，月亮男孩说不好。但其他人没有昏倒。可能是因为你的年龄。"她抚摸着我的头，"密探可能不知道是什么引起的，但这不仅仅是人类的事情。两个火星人都不舒服。"

我挤了下她的水瓶，挤了些水出来，"回忆。我觉得自己陷入了回忆。"

"你有一些悲伤的回忆，比我们其他人都糟。"

"不是悲伤。"在所有人中，我必须对她诚实，"这是内疚。因为谋杀。"

她沉默了一会儿，"你不必因为当过兵而感到内疚。我们已经谈得很清楚了。"

"不是。很久以后。我……从没告诉过你。"我犹豫了一下，意识到药物正在让我滔滔不绝。话一起头就打不住了，一股脑儿涌上了舌尖。

"就在欣嫩子谷惨案之后，就在我发现我母亲死了之后。我跑回特拉维夫，在脑子里整理了一份清单。"

我说："我的第七工作组是为了回应持续不断的谣言而成立的，一直有传言说，一场大规模的恐怖主义行动即将发生，因为根本不是中央集权的，所以无法追踪到一个单一的政治或地理实体。我们使用了化学药剂，诱导出一些供词。这些供词表明这个群体很大，但被分成了独立的小组。"

反犹太主义没有边界，事实上，我们所关注的一些人本身就是犹太人，他们强烈反对当前的权力结构。当时很流行，自由主义者。

"我私下里怀疑，我的办公室里有两三个人是长期潜伏的间谍，以确保我们会被虚假的线索分散注意力。我曾向其中唯一的女人透露此事，但在我们听到第二阶段投毒的炸弹爆炸声几分钟后，她就死了，这是我见到的第一个死去的人。

"当我驾车飞奔过小巷，又从操场和公园一路颠簸而过的时候——普通的道路没有一条是可以通行的——我在脑海里列出清单，列出那天我必须与之交谈的人的名字。

"因为那天没有中毒倒下的人都是有罪的。当然，还有……周围躺着那么多尸体，再多几具也不会引起任何怀疑。"

她在我身后，摩挲着我的肩膀，"有多少人，纳米尔？"

"那天我干掉了 11 个。我一个接一个地找到他们，还有七八个我看了一眼就放过了。"

"你只是冷血地射杀了他们吗？"

"没有，如果开枪会让死亡痕迹看起来很可疑。我单枪匹马地抓住他们，勒死了他们。然后他们看起来就和其他尸体差不多了。"

"不止那 11 个人吗？在其他的时候还有干掉的吗？"

"那天早上已经有 6 个人乘飞机离开了，包括我办公室里的 3 个人。他们去了伦敦、开罗和纽约。在伦敦和开罗，我用我的双手扼死了他们。在纽约的那几个我用枪杀了他们，用的是那把我用了好几年的小手枪，然后我把它扔进了哈德逊河。"

"就像家里鞋盒里那把口径 0.357 的枪一样？"

"是的，在石膏灰泥板后面。你真是个私家侦探。"

"记的工作描述里有。"她抓着我的肩膀，在我面前飘来飘去，"冷血谋杀可没记在工作描述里。"

"那天我热血沸腾。不，应该说那些日子我都热血沸腾。"

"你还认为他们有罪吗？"

"我现在认为至少有两个人不是。但由于我们一直未能确定哪个组织应该对此负责，所以我一直无法确定他们是否有罪。"

我闭上眼睛，"我不应该告诉你的，让你感到有负担。我以前从来没有告诉过任何人。"

"即使是达斯汀也没有吗？"

"没有。他知道我干了一些未经正式批准的下流勾当。但他不知道我杀了多少人，也不知道我当时暴跳如雷。"

"我不会告诉他的，或者告诉任何人。他们杀了你母亲，还杀了四百万犹太人，其中包括借你之手杀掉的 17 个人。"

"这就是我给自己找借口的方式。但这是找借口。在内心深处，我知道我犯了无可逆转的罪，或者说无法被原谅的罪。"

"上帝会原谅你的，如果有上帝的话。"

我对她笑了笑，"是啊，这是个问题。"

她温柔把我搂在怀里，让我内心感到温暖，她的脸贴着我的脸。她低声说："还有一个问题，我们似乎在错误的星球上。"

"错误的什么？"

"给你看一看。"她轻轻地推开我，飘到了床上，而我则飘到了天花板上。她按了墙上的几个按钮，那些画就逐渐消失了，取而代之的是一个巨大的暗褐色圆圈，一颗类似火星的行星。空气清新，到处是缕缕云彩。不过，没有明显的陨石坑，我不确定这在科学上意味着什么。我料想这是风化。

"这不是沃尔夫星系 25 号吗？""这是，显然是。只是不是他者的星球,是同一个星系中的另一颗星球。更近。"

"为什么?"

"密探说我们明天就着陆。在那之前,我们可以自由猜测。"

## 11. 死亡世界

有些人,例如保罗和纳米尔,当得知我们不是乘坐我们为着陆携带了 24 光年的着陆舱,而是乘坐密探的海星飞船前往表面时,要么感到失望,要么感到忧虑。我松了一口气。乘坐火箭往返于行星表面是不愉快和危险的,即使是乘坐像卡门所说的"我们熟知的魔鬼"也是如此。我们不知道海星飞船的工作原理,但他者可能已经使用它们很长时间了。

我们不得不像之前那样,抓着缆绳,到他们的飞船上去。雪鸟像我第一次那样并不喜欢这次经历。这也不是在冰凉的星光下。我们的脚下赫然是一个巨大的圆盘状的灰色星球,沃尔夫星系 25 号耀眼的光芒在头顶流转。

月亮男孩没法自己到他者的飞船上去,保罗和纳米尔像扛麻袋一样把他扛了过去。

密探已经告诉过我们,我们无法用火星语或人类的任何语言来念出这个星球的名字,但它可以相当准确地翻译成"地球"。我们可以称它为"母星",以减少困惑。

"谁的母星?"卡门问道。

"请允许我保持神秘。"密探说道。不过答案显而易见,如果细节不算明显。

飞船内的空气闷热潮湿,可能人类会觉得很舒服。但当我们起飞时,重力很轻,和火星差不多。

这也不是由加速度引起的"重力"。当飞船起飞时,重力没有改变方向或强度。

飞船底部开了个圆洞,像一扇大窗户。我们看到了冰山/小行星的引擎侧面,很有趣,它似乎缩小了约三分之一,形成了规则的同心凹槽,自动采冰机在这些凹槽里来回开凿。

这艘飞船的着陆就像人类所说的太空电梯那样平稳,没有倾斜和振动。然而,当我们接近地面时,重力增加到近似地球的重力。密探向我们俩致以歉意,但说没办法避免这种情况。

我们很快地接近了地面。雪鸟和其他几个人有所不适,但我猜想他者不会大费周折只为了把我们猛撞向一颗行星。不过,着陆的速度太快了,无法清楚地了解着陆地点周围的情况。我们只隐约意识到这是常规建筑的结构,我们就在地面上,地板上的窗户被关上了。

"由于所涉及的物理因素,突然着陆是必要的。"密探说,"我们稍后将从低空进行观察。"

他已经警告过我们,在我们离开飞船之前,我们必须"穿好衣服",所以雪鸟和我之前没有脱下我们的鞋袜,只是戴上四双手套,让防护斗篷包裹住我们的身体。我们俩最先离开气闸舱,我们的人类机组人员在几分钟后也跟在了我们后面。

卡门后来说,这是"美丽的、可怕的、悲剧的方式",我意识到这是一个标准的人类讽刺框架,并列了三个相互矛盾的思想。关于美丽,我没有意见,可怕和悲剧只是对这个宇宙走下坡路这一事实的戏剧性观察后的结论。

我所看到的景象是：在一片向四面八方延伸至地平线的平原上，有一些规则间隔的物体，我们被告知它们曾经是太空飞行器。外壳大部分已被侵蚀或腐蚀掉，使用更耐用的金属做的花边框架仍然存在，一个闪闪发亮的笼子，里面有更多腐朽的东西。

我想知道其他人是否和我想的一样：人类为了保护地球而打造的舰队可能就像纸飞机一样。

密探说："这是一支入侵舰队，准备攻击他者所在的星球。"

"那是多久以前的事？"保罗问。

"那是大约3万年前的事了。那时这颗星球对你们来说更适宜居住，更像地球而不是火星，是一个有充足液态水和氧气的世界，即使不做防护你们也能在这里活下来。"

"我们现在不做防护就活不下来吗？"卡门说。

"你说的没错。所有的植物都死了，一切都被氧化并变得干硬。"

"这是怎么发生的？"纳米尔问道。

"所有的一切在短时间内都变得非常热。当温度降低冷却下来，留下的主要是灰烬和二氧化碳。"

纳米尔说："他者炸掉了这颗星球。"

"我认为'烘烤'会更准确。他们提高了表面温度，就像我说的。我想只持续了几分钟。"

"足以杀死所有人。"纳米尔说。

"我想，足以杀死所有东西。现在没有活着的生灵了。"

"这就是他们想对地球做的事。"卡门说。

"没有那么极端。不过，很少有人能幸存下来。"

"火星上的人会有幸存的。"我说。

"他者知道这一点。"密探说,"最终他们可能会来到这里。"

"遭受同样的命运。"纳米尔说。

"谁知道哪。让我们回到飞船上去吧。"

保罗说:"等一等,我们不能四处看看吗?"

"首先,我想让你们看看别的东西。当然啦,他者希望你们这样做。他们建议,在你们跟他们见面之前,你们应该适当了解背景知识。"

保罗说:"如果他们想让我们相信他们可以毁灭我们所有人,无论在地球上还是在这里,那完全没有必要。我们在阿德·阿斯特拉号的计划制订之前就知道了。"

"我不确定他们到底想做什么。我们的交流必然会缓慢而又间接。我的确知道他们指示我给你们看什么。你们以后可能会有时间去发掘探索。"

我们鱼贯穿过气闸舱回到海星形飞船体内,它慢慢上升,盘旋着。发动机发出了噪声,声音急促但几乎听不见。之前从轨道上坠落时,它一直静默无声。

我们升得很高,高到视野中的地平线呈现微微的弧线。所有的人类看到眼前的场景都倒抽了一口冷气,不过这并不足为奇。成千上万艘破败的飞船整整齐齐地排成一列又一列。这是在展示毁灭,令人印象深刻。不过令我更印象深刻的想法是,他们可以提高整个星球的温度,导致这种情况发生。

在我们加速离开之前,我数了一下,足有4983件飞船残骸,尽管地平线上可能还有更多。

"当然,这些生物很聪明。"密探说,"他们知道,对他者的侵略可能会导致他们自身的灭绝,所以他们在附近留下了记录。"就在他说话的时候,我们朝一个金光闪闪的圆顶建筑走去。

"他们掌控物质宇宙的一个指标是这个绝对纯金的圆顶建筑,有1米多厚,直径将近500米。它的圆度精确到百万分之一米以内。"

"我想知道他们为什么要费心这么做。"保罗说。

"为了证明他们可以做到。"纳米尔说。

密探说:"这可能是真的,这也能让这座建筑抵御某些武器。但里面的东西更有趣。"

飞船漂浮下来,停在圆顶建筑的旁边。

我们接近地面时,飞船底部的窗户关上了。那些人类被告知除了头盔什么都不要拿,所以他们又戴上了头盔。几分钟后我们就通过了气闸舱。他们把月亮男孩留在后面休息。

我们在一大片风化的碎石中择路而行。这里的其他东西都是用不如金子耐用的材料制成的。

这栋圆顶建筑没有气闸舱,只有一扇门。金属上雕刻着清晰的符号,一行行黑点指向一个黑色的正方形。当我们走近时,正方形打开了。

我是第二个进去的,紧随密探之后,所以我知道里面很黑。我们进去的时候灯次第亮起。光线明亮而温暖,与沃尔夫星系25号的光谱相同。

这是一个展览,就像一个博物馆。没有文字,无论是书面的还是口头的。很明显,它是为那些能够来到这里并站在门口的观众设计的。

中间是一个巨大的球体,是一颗类似地球的行星——水域面积多于陆地面积,有极地冰冠和云彩。

"这就是这颗星球曾经的模样吗?"我多此一举地说道。密探点了点头，把我们领到第一个陈列柜前。

这一定是打造太空舰队的种族。这些展品从里到外展示了他们的模样，展示了他们生活的各个方面。

他们看上去跟我们很像，有四条腿，但只有两条胳膊，这让我第一眼看到他们时觉得不太舒服。他们也有尾巴，这使得他们在形态上与他者——首领相似，想必也与其他他者相似。

第一个展示是动态的，先把这个生物的模型分解开来，然后一次一个器官组地重新组装起来。这也让人看了觉得不太舒服，但无疑是很有教育意义的。同样地，接下来的展示显示了交配和出芽生殖，过程几乎和我们的完全一样，但观察起来很奇怪。

然后，展示从严格的生物学领域进入了社会领域，展示的东西类似一个学校里供儿童玩耍的运动场，或者类似火星上的一个人类托儿所。在两个成年人的监督下，很多未成年人生活在一起。

接下来是6个类似的播放场景，但细节不同，比如背景的景色或房间里的技术水平有所不同，其中有两种生物的颜色是略带红色或者蓝色，而不是黑色的。

卡门发现了这一点，她说："它们是不同的文化，它们在展示这颗星球上不同地方对待后代的不同方式。"接下来的7场展示是关于这些不同的文化或种族如何用餐的，这进一步强化了这种解释。然后的7场展示似乎是关于社交聚会，或者可能是宗教集会。再然后的7场展示似乎是关于体育竞赛。看完所有展示我们又回到了门口。

我说："7种不同的文化，但只有一个物种。他们是火星人，不是吗？尽管只有两条胳膊。"

在我看来，毫无疑问，这些生物是我们的祖先。他者杀了他们所有人。

　　密探没有直接回答，他说："准备好，你们中的一个将要学到很多东西。"

　　我突然被海量的信息压得喘不过气来。我双腿一软，顿时瘫倒在地。我知道这就是我来这里的目的，但我不喜欢这样。

## 12. 杀无赦

　　我第一次见到飞虫—琥珀的时候，我还被人称作"火星女孩"，那时我们还不知道，或者说自以为不知道不同颜色的火星人有什么区别。我只是注意到他们穿着不同颜色的衣服，而且似乎是按颜色聚集在一处。

　　5年后，我们认为一切关于火星人颜色的疑问都解决了，飞虫—琥珀所属的黄色家族，其功能似乎是最明显和最容易理解的：绝对的记忆狂人，他们从来不会忘记他们看到或听到的一切。

　　然后，在2079年，我们发现他们还有一个功能——事实上，是整个人造火星种族的首要工作：充当他者与地球人类之间的中介。他者无法确切预测人类什么时候会发展太空飞行——如果有的话——所以他们创造了火星人，并且把火星人安置在距离地球最近的行星上。当黄色家族的一名成员被带到地球轨道时，他陷入了恍惚状态，用他无法理解的语言背诵了一条复杂的信息，这种语言只有火星人的领袖才能理解。我们称火星人的领袖为红。他从小就一直在学习这门语言，和他所有的前任一样，他知道这可能非常重要，但不知道原因。

他者给红的信息模糊不清，令人不安。他们有能力毁灭地球上的生命，但可能不会这样做。这取决于各种因素。

红本应保密，不把这个威胁告诉别人，但最后他却把这个秘密告诉了我，我又告诉了保罗。有人偷听了我们的谈话，于是一切都暴露了。

现在相似的一幕又重现了，飞虫—琥珀说的是一种神秘的语言，但不是红使用的火星领袖语，幸亏有密探帮我们破译。

飞虫—琥珀已经喋喋不休地讲了大约十分钟，密探密切关注着他的一言一行。然后火星人浑身颤抖，东倒西歪地站了起来。

他说："我又胡言乱语了吗？是用火星人的领袖语说的吗？"

密探证实他这样做了。这一切被录了下来，当飞虫—琥珀觉得自己有力气移动时，他就能在海星形飞船相对舒适的环境中听到这些声音。"两分钟。"他说道，并进行了某种呼吸仪式或日常锻炼。然后我们穿过凹凸不平的地面，雪鸟在飞虫—琥珀旁边拖着脚跟他并排走，搀扶着他。

海星形飞船的内部被重新改造了，我们所有人都有了极为舒适的沙发。令人惊讶的是，火星人还有了一个深水池。他们滑稽而又匆忙地脱下衣服，滑进水中。我们也互相帮忙脱下我们的太空服。

有一张桌子，上面放着几罐水和几盘看上去像奶酪块的东西。纳米尔拿起一块，闻了闻。

密探说："是食物。我想，口味相当清淡。"

纳米尔咬了一口，耸了耸肩，"吃了不会死人。要多久？"

"这在一定程度上取决于信息本身，以及你对信息的反应。"密探坐在离火星人最近的沙发上，"想坐就坐吧。"

我吃了几块食物。它们有豆腐的口感，但味道差远了。我希望能加点盐和葡萄酒。也许来上一整瓶酒，再来上一大块牛排。

密探一直等到大家都坐下才开口讲话，"正如你们可能已经推断出的，这个星球是他者的发源地，你们在展示上看到的人或生物，在某种意义上，不妨说是他们的祖先。"

"他者不是从它们进化而来的。"我说道。你不需要成为外星生物学家就能看出这一点。

"不是从生物学意义上来说。大约 3 万年前，产生了深刻的分歧，你可以称之为哲学分裂。它是关于生命的基本实质，以及生命终点……的必要性或吸引力。会思考的生物是否应该死亡。"

"他们有办法战胜死亡吗？"纳米尔说，"不只是长寿，还有永生不灭？"

密探点点头，却说道："不。不完全是。"

"这很难用大家都能懂的术语表达。那将意味着同样的事情，例如，对人类和火星人来说。"

我说："但是我们对生命是什么看法是一致的，死亡就是生命的终止。"

"我不这么认为。"雪鸟说，"这一直是个问题。"

"不要单从精神层面上探讨这个问题。"艾尔莎说，"作为一名医生，我可以向你保证，死人的反应比活人迟钝得多。死尸也开始发臭。"

雪鸟用两只大手托着她的头，做出一副发笑的模样。"但个体身上，其祖先的遗传物质是活着的。在生物体死亡后，后代血脉中的遗传物质也是活着的。"

"对我无效。我没有孩子，也不想要孩子。"

"但这并不仅局限于此。"雪鸟说，"在个体出生之前，最终形成个体价值观的教诲是鲜活的。你遇到的每一个人都会改变你，至少会改变一点点，这样他们就在某种意义上成了父母。正如你自己会影响别人的生活，从而成为被影响的人的父母。举个例子，这是人类和火星人唯一能产生联系的方式。我们中的许多人感觉与你们中的一些人很亲密。飞虫—琥珀和我与你们人类的关系比我们与许多火星人的关系还要亲密。"而且我意识到，我和红的关系比我和我自己父亲的关系还要亲密。

"在某种意义上，我承认这没错。"艾尔莎说，"但在生理上，它不像基因联系那样真实。"

"你们声称你们的大脑不会因为接受新信息而发生物理变化？我想是的。"

密探说："这很好，这是他者和你们的人之间分歧的一个方面。但只有一个方面。"

"几个世纪以来，那些将成为他者的人与世隔绝，先是在一个岛上，然后在一个轨道上的定居点，数量日益增多。当这颗星球上的人鼓励只关心自己的信仰系统时，分裂变得更加完整：反对太空旅行。"

"他者也对长寿进行了研究，而这颗星球上的大多数人都认为这是亵渎神明的。"

"让我猜猜看。"纳米尔说，"爆发了一场战争。"

"事实上,爆发了一些战争。或者你可以把它看作一场持续的战争，每个阶段相隔几十年，或者几个世纪。"

"为了保护自己，他者愈行愈远。与此同时，他们的个人寿命延长了，似乎达到了自然的极限。他们的寿命不会超过800岁，生活拮据的话只有一半的寿命……基本上，活跃而又警觉，但由机器维持。

你知道这会导致什么后果吗?"

他在问我这个问题。"他们会……贬低我们所谓的'正常'生活,赞成靠机器维持生命?即使是现在,地球上也有类似的事情发生。"

"真的吗?他者可能想和他们取得联系。"

"那会很有趣。"艾尔莎说,"他们中的一些人已经是半个外星人了。"

密探看着她,表情难以捉摸,"大部分情况我都是从他者—首领那里知道的。但飞虫—琥珀添上了一个转折点,一个缺失的环节。"

"当他者发现了免费能源,即发现了从邻近的宇宙中榨取能量的能力时,这两个群体就最终分裂了。"

"和我们的能量来源一样。"飞虫—琥珀说。

"没错。你们从他们那儿得到了能量,不过我认为,无论是火星人还是人类,都没有真正了解它的工作原理。"

"只知道如何使用它。"保罗说。

密探点点头,"这一发现让他者能够在他们和敌人之间保持安全的距离,从而向外搬迁到沃尔夫星系 25 号的暗伴星那里。"

"他们认为这样就能让他们完全决裂。几乎在同一时间,他们完全控制了自己的生命进程,放弃了碳基生命形式,取而代之的是他们现在拥有的身体,几乎是不朽的身体。"

保罗说:"所以他们把自己的思想下载到具有低温身体化学物质的人造生物中。"他者曾经告诉过我们,他们的有机化学物质是低温的,基于硅和液氮。

"这并不像传递信息那么简单。每个个体都必须死亡,并希望在自己全新的身体中获得真正的重生。"

"他们别无选择吗?"我问道。

"显然他们有选择。但是那些没有改变身体结构的人早就灭绝了。"

"可能是在他们的继任者的帮助下。"纳米尔说。

"可能吧。我不知道。"

"我所知道的是,那些留在这个星球上的人越来越害怕,所以他们开始打造这支庞大的入侵舰队。"

"我好奇为什么在地上打造舰队?"保罗说,"如果他们把飞船一起放在轨道上,飞船就不必设计成流线型了。净节能将是巨大的。"

纳米尔大笑起来,"他们不用担心这一点。如果没有免费能源,他们不可能做到这一点。"

"这就是他们的下场。"密探说,"即使没有庞大的舰队,本质上来说,他们对能量来源的发现让他们与他者比邻而居。"

与我们情况不同,我希望思考一下。

"如果他们保持了友好联系,也许会有某种和解。但是这些种族之间没有贸易,甚至没有交流。所以他者给了他们重重一击,是压倒性的打击。"

"就像他们想对我们做的那样。"保罗说。

"不,一点也不。"密探慢慢地摇了摇头,"你必须停止这样想。他者向你们提出了一个问题,你们成功地解决了。这颗母星离他们太近了,他们不会冒这个险。"

飞虫—琥珀说:"如果没有幸存者的话,那我们是从哪里来的?"

"没有直接一脉相承。你们是模仿这些母星生物被创造出来的,不过是被独立生产出来的,有各种各样的解剖上的差异。"

"我很高兴我们多一双手。"雪鸟说着,扭动着手指。

"你们的组织方式也有所不同。"密探说,"你们每个人生来就有自己的专长,天生就有合适的语言和词汇。这些母星生物天生不会说话,就像人类一样,不得不学习语言。"

"但他们有想做什么就做什么的自由吗?"我问。

"不清楚。"密探说,"他者在你们人类和尼安德特人分道扬镳之前就离开了母星。"传来了刮擦的声音,几乎听不见。"我们回来了。"

"回到哪里?"没有任何移动的感觉。

"回到了轨道上,回到了你们的冰山上。"我移到气闸边上,能看到对接端口的地方。他们用传输电缆显示了我们的着陆舱。

纳米尔走了过来,向外望去,"所以,我们现在继续?去见他者?"

他脸上的表情近乎尴尬,"事实上,不是所有人。我们讨论过这件事,他者—首领和我,跟其他的他者,所有其他的他者。"

"刚才吗?"梅丽尔说。

"不,我们和其他他者谈了大约一个月,然后才离开来见你们。他们讨论了各种可能的行动方案。"

"这是最好的行动方案。当然他们无法跟你们进行任何意义上的对话。因此,他们找出了所有相关因素的可能组合,并允许我与他者—首领一起进行最终评估,并代表他们发言。他者—首领几分钟前给我输入了最后一条指令。"

"心灵感应吗?"达斯汀说。

他轻轻敲了敲耳朵,"更像无线电。我们不会杀了你们所有人,虽然这个选择引起了热议,而且仍然受到少数人的支持。"

"但你会杀了我们中的一些人。"纳米尔说道,几乎是喃喃自语。

"不,不是杀人,不像杀人。我们必须带上你们其中的两个,一个人类,一个火星人,回到他者所在的星球去。"

"多长时间?"我问道。

他沉吟片刻,我想不是为了戏剧效果。"那将是永远。你们中被选出的人会加入他者的行列,我是指肉体上。"

"冻成梆硬的冰疙瘩吗?"艾尔莎说。

"你的血管里会有液氮。"

"火星人的话,肯定应该选我。"飞虫—琥珀说。

"没错。"密探说,"人类……"

大伙儿沉默了很长时间。保罗半举起手,"我——"

纳米尔说:"你是飞行员,不能牺牲。我是年龄最大的。"他注视着他的两位配偶,"而且,在军人中,我的军衔最高。这是我的荣幸。"

"不!"我说,"纳米尔,实际一点吧。"

"不可能是月亮男孩。"他说,"他无法胜任。你想当志愿者吗?"他微笑着,与其说是嘲笑,不如说是惋惜。

达斯汀说:"恕我直言,这不是间谍专家的工作。你需要一个哲学家。"

"你需要的是一个医生。"艾尔莎,"我对人类的了解比你们两个加起来还要多。"

我说:"除了保罗和月亮男孩,我们其余人应该抽签决定。"当我说这话的时候,我的胃里感觉沉甸甸的。我看着梅丽尔,她点点头,表情严肃。

"这很有意思,"密探说,"我很想让你们继续据理力争下去。但是,是什么让你们认为你们拥有选择权呢?月亮男孩自从到达这里就一直神志不清,这个事实使他成为在你们中对他者最有吸引力的人。"

"什么?"纳米尔说,"他精神不健全。"

"你们精神上的行为能力不是问题。你们中最聪明的,也就是达斯汀,仍然只是人类。月亮男孩更有趣的是,自从来到这里后,你们可能达成的任何共识对他都没有丝毫影响。他对于他者的认知宛若白板纯洁无瑕,因此更容易共事。"

"你凭什么认为你能让他清醒?"艾尔莎说。

"当他加入他者的队伍时,他不会醒。严格来说,他甚至都活不了。"

纳米尔说:"因此,人类将由一个多少已经死去的疯子来代表。"

密探停顿了一下,似乎在考虑是否要拿这事开玩笑,"他的个人特征和经历并不特别重要。不过,他最近的经历很重要,他对他者知道得越少越好。"

"我想我明白了。"飞虫—琥珀说,"就像电路中的正反馈,因为信号相似而对信号产生干扰。"

这是我从飞虫—琥珀口中听过的最科学的说法。"你自己难道不对此感到难过吗?被绑架、杀害,还要被储存在低温冷藏中?"

他抱着头欣赏幽默,这种姿势他很少使用,"另一种说法是,代表我的种族加入他者,这是真正不朽的机会。密探,我要加入的他者总共有多少个外国种族?"

"248。不过,他们中超过一半的人与你截然不同,不太可能有交流。"

"你看,卡门,正如纳米尔所说的那样,这是一种荣誉。"

"我的真实含义与字面意思相反,飞虫—琥珀。我的意见与卡门的更为相似。"

"我想月亮男孩的意见也是如此。"梅丽尔说道,声音沙哑而颤抖,

"我们应该设法让他清醒过来。"

"把他吓醒?"艾尔莎说,"而且告诉他'准备好去死'?"

"那就是结果。"密探说,"如果他的舒适或幸福有争议,我认为你的方向很明确。"

梅丽尔双手交叉抱在胸前,紧紧环抱住她自己。

"我的方向并不明确。这是用安乐死去治疗精神疾病,治疗跟我结婚23年的丈夫。"

"你们其中一人得去那里。"密探向她走过去,压低了声音,"客观的观察者会看到选择月亮男孩是牺牲最少的。你不能说那种说法不对。"

"你们没法照顾他,他需要经常的医疗护理。"

我想到,如果他快死了,那就不需要了。

密探说:"就持续时间而言,他去那里的时间要比你们从这里返回阿德·阿斯特拉号的时间少。几分钟而已。"

"这也许是仁慈的。"达斯汀说。很明显,梅丽尔正在苦苦挣扎——这对她当然也很仁慈。

"把我也带走吧?"她说道。

"不行,我们每个种族只会挑一个代表。不可能。"

她坐了下来,目光茫然无神。

"我想知道我是否有可能杀了你。"纳米尔平静地说。

"这是个有趣的想法。"密探说,"你打算怎么做?"

"依靠体力。我已经对体形更大更强壮的生物这样做过了。"

"这样做不明智。"保罗说。

"我们的聪明才智快山穷水尽了。"他只有嘴唇和眼睛在动,但他不再泰然自若。他正绷紧肌肉打起精神,蓄势待发。

"不要。"我说,"他们瞬间就能杀死你。"

"我们能。"密探说,"但也许不行。尽管放马来试一试。"

尽管只过了几秒,可我却觉得无比漫长。纳米尔说:"这是个假设性的问题,你已经回答过了。"然后他放松了身体,转过身去。密探依次看着我们每个人,也许是在记录我们的反应。

"那么,我们只是回到地球?"保罗说,"那要怎么做呢?"

"像往常一样安排飞行。你将开始加速,然后,在经历没有持续时间的一段时间过后,停下来。那将是掉头转向点。你在那里待上30个小时左右,再次旋转,然后你们就会结束旅程,同样没有持续时间。当然,当你旅行了24光年时,差不多25年就过去了。"

"我们还会再见到你吗?"我问。

"我不知道。也许你最好别这么期望。"

## 13. 世界末日

因此,我们丢下了月亮男孩和飞虫—琥珀,要看他者是否对他们有温柔怜悯之心了。然后我们沿着缆绳轻飘飘地回到了阿德·阿斯特拉号。我们还没到气闸舱,海星形飞船就飞了起来,飞驰而去。纳米尔静静地站着不动,看着它离去。我真希望能看到他的神色如何。

一进入我们的飞船,我就和梅丽尔待在一起,但她不想谈这件事。我们都到食品储藏室去搜寻人类的食物,然而令人沮丧。

"我需要一两天时间来整合我们掌握的有关那颗星球的数据,确保所有的地形都被绘制成地图。"保罗说,"尽管我们可能要花费数年的时间来绘制地图和测量，但是地球上的科学家们仍然会想要更多。毕竟这可是头一份对类地系外行星的详细观测。"

"这可能不会是头一份。"达斯汀指出，"他们还有 50 年的时间去探索离地球更近的地方呢。"

保罗大笑了起来，"我希望你是对的。应该到处都有机器人探测器。"

我从气闸舱旁边的架子里拿出壁虎吸盘拖鞋，跟着雪鸟进了火星人的住处。短期拜访的话不算太冷。

她正在检查架子上蘑菇状的植物，"你好，卡门。"

"你好，雪鸟。"我不知道该说什么，"你会感到孤独寂寞吗？"

"只有一会儿吧。如果密探说的是真的，我可能很快就回到火星上去了。"

"那将是一种安慰。"

"不管是飞虫—琥珀还是我都没想过，还能有再看到火星的一天。"

"我会想念他的。"我说，"虽然没有时间让他或月亮男孩明白这一点了。"

"不要为飞虫—琥珀感到遗憾，这对他来说可能是最好的结果。当我们离开的时候，他非常高兴。"

她微微转过身来，面向我，"我想，我们永远也不会知道月亮男孩的事。他可能永远都不知道自己出了什么事，但就是死了。"

"很有可能。"尽管我们只能猜测他冰冷的再生是什么样子。我们只能希望不会比死亡更糟糕。

我不禁打了个哆嗦。"你感到冷了。"她说，"待会儿在'折中'后的休息室见面吧。我敢肯定要开个会。"

"总要开个会的。"我说道。

我回到房间换了身衣服。想到那些旧衣物会在那里放上 25 年才会被清洗干净，真有趣。我妈妈只会摇摇头并且说："很典型。"

她还会活着吗？她生于 2030 年（比纳米尔大 3 岁），我们将于 2133 年回去。她遗传基因好，寿命长，但我真的很想见到活到 103 岁的她吗？我想要吗？

好吧，谁知道呢。随着半个世纪以来化妆品科学的进步，她可能看起来和我一样大，甚至更年轻。那太令人毛骨悚然了。

保罗通过内部通话系统传话进来，要求半小时后在"折中"后的休息室开会。如果雪鸟长了人类的嘴，她的嘴角会浮现出会心的微笑。

我到得有点早，真是幸运。纳米尔找到了一罐伊朗鱼子酱，我们小心翼翼地各用一把勺子啧啧有声地吃着，并在半空中灵巧地截住那些漏网之鱼。

保罗及时地加入了我们的行列，帮我们刮鱼子酱罐子的底部。他还很有先见之明，在冰箱里放了一些酒，一半不掺水，一半掺了水，这样我们就可以边吃鱼子酱边喝仿制伏特加了。

梅丽尔走了出来，她穿着一件漂亮的格呢裙子和一件农家女衫[①]，像壁虎一样扭来扭去，"那是酒吗？"

纳米尔把酒缓缓地扔了过去，"廉价的伏特加。很冰。"

我从没见她喝过比葡萄酒更烈的东西，而且也没喝多少。她往嘴

---

[①] 农家女衫：指的是根据罗马尼亚、波兰和其他欧洲国家的传统服饰设计的女式衬衫。在美国，这种衬衫被认为是 20 世纪 60 年代的主要时尚。传统上由白色棉布制成，特点是蓬松的袖子收紧在手腕处，有一个方形的领口。通常在衣领和袖子上有精致的刺绣，珠饰或花边装饰也很常见。

里挤了一大口伏特加，结果挤在了脸上，于是立刻咳嗽一阵。她先是大笑了起来，然后打了个喷嚏，用力之大使她的壁虎吸盘拖鞋脱离了固定，她的身体开始像个风车一样慢慢转动起来。抽象意义上而言，裙袂飘飘如波浪起伏，还是挺漂亮的，不过她要是穿上内衣，这表演可能会更体面一些。她最后又哭又笑。在这样的情形下，这样的情绪表达是个不错的组合。

等我们安顿下来以后，保罗说："我只是想确保每个人都把一切安排妥当。我计划明天中午进入着陆舱，按下按钮，看看会发生什么。"

"你要我们也上着陆舱吗？"纳米尔说。

保罗停顿了一下，大概是想起了纳米尔上次的反应，"没必要系上安全带。但也许我们应该待在同一个地方。"

悲伤和失落的感觉四处弥漫。艾尔莎握着纳米尔的手。"我们应该待在一处。"她说。

"我也想和你们待在一处。"雪鸟说，"即使很热。"

"我们对这个过程一无所知。"达斯汀说，"既然我们有所预料，情绪上的影响可能会小一些。或者也可能受另一种性质的情绪影响，也许是快乐。"

"或者愤怒，"纳米尔说，"也许我们都应该克制。只让一个人掌控关键。"

"有时候你吓到我了。"我微笑着说道，却很认真。

"那么你应该掌控关键。"他摇了摇头，"事实上，上次只有我和月亮男孩出现了严重反应。也许我应该让艾尔莎给我一片镇静药，用来代替紧身衣。"

艾尔莎说："除飞行员以外，其他想要镇静药的人都可以申请。

不过，雪鸟，我不知道该让你服用什么。"

"有一种食物能让你在遇到意外时有所准备。上次服用的效果还不错。"

"真希望这种食物是为人类制造的。"保罗说，"我将假设，在没有时间流逝或持续时间的情况下，我们不需要对植物进行任何特殊的处理。只是明天中午之前请大家把维护名单填好。"他耸了耸肩，"反正我知道你们会这样做的。我想我只是不知道该说些什么，或者做些什么。"他让我们互相传阅一张手写的纸条：直到我们知道我们身处掉头转向点之前，不要对任何人说任何敏感的话。谨记隔墙有耳。

我说："不能在零重力状态下打羽毛球。"

梅丽尔说："纳米尔，你能拿起你的俄式三弦琴，为我弹上一两首曲子吗？"

"是的。"达斯汀说，声音里没有一丝讥讽，"我也想听。"

艾尔莎说："世界末日即将来临。"

# 14. 预测

艾尔莎给我的镇静药药效退去，我慢慢醒来。我记得做过梦。梦境不像第一次那样强烈或执着，但留下了同样的不安、内疚和自我厌恶。

如果这个过程逼得月亮男孩被迫忆起了童年的那个壁橱，忆起了在黑暗中被捆绑、塞住嘴巴、勒死，为他着想，我只能希望他现在真的死了。记忆是牢笼，没有其他出路。

但也有干扰。我找到我的壁虎吸盘拖鞋，走到大厅里，沿着西红柿藤走向健身器材，一路能听见吸盘吸附又分离，分离又吸附的声音。

一个西红柿自由漂浮在空中，所以我像吃苹果一样吃了它。

西红柿不太熟，有点酸。我的胃里发出了警告的咕噜声，所以我只咬了几口，剩下的大半个配着面包一起吃。

当然，再也不需要精打细算过度节俭了。从此地到地球，我们的剩余食物是我们可消耗食物量的 200 倍。

卡门和保罗在步行和骑自行车的健身器材上锻炼，他们的虚拟现实头盔连接在一起。我能听到他们聊天时她轻柔的声音，不过在健身器材运转发出的嘈杂声中，听不太明白她说了些什么。

她穿着一件白色的紧身衣，汗水让衣服变得半透明，身体曲线若隐若现。也许我太专注于研究她了。

"赏心悦目。"达斯汀在我身后低声说，"你还好吗？"

"还没有完全清醒。"我举起了西红柿，"在睡梦中吃东西。"

"梦？"

"这次做的梦没那么糟糕。看到艾尔莎了吗？"

"和梅丽尔在图书馆，看起来有点情绪低沉。要吃点东西吗？"

"当然好了。"我们绕了很长的一段路去了厨房，避开了图书馆。我选择了奶酪和饼干来配我的西红柿，达斯汀做了一个牛排三明治。我从冰箱里拿了一袋挤压袋装的冰茶，而他选择了葡萄酒。

"保罗核实了我们在我们应该在的地方，并让飞船开始旋转。"他看了看表，"现在是 13:40。我们还有，嗯，20 个小时 20 分钟，直到我们指引飞船朝向地球并前进，远离他者的地球。"

我设置了我的手表显示，"我睡得晚。"

"最后一个起床的人。"

"让我猜猜看：保罗想要开会。"

他露出了微笑，"猜的对。他说如果你起床了的话，就15:00开会。"

还要消磨好几个小时。通常，每天的这个时候，我会跟飞虫—琥珀通话，看看他是否想练习一下日语。倒不是说他需要练习已经掌握的词汇，因为他从不忘记。

我唯一的火星朋友，现在已经死了6年了。

"新开一局？"达斯汀说。

我花了一秒钟才弄清他在讲什么，"当然。我相信你是走白棋。"

"卒子推进到K-4的位置。"

"天啊，你这个卑鄙的混蛋。"


我们穿得暖暖和和的，在环境"折中"后的休息室见面。

"那么，50年后的未来，我们会在地球上发现什么呢？"保罗说，"最坏的情况会是什么，纳米尔？"

我想必须有人明确表达观点，"在最坏的情况下，除了来自他者的信使，那里什么也没有。一旦发现我们，他会毫不犹豫并且不做任何解释地毁灭我们。"听完我的话，没有人流露出惊讶之情。

"主要的假设是，月亮男孩和飞虫—琥珀，其中一人或他们俩在转型过程中幸存下来，并保持记忆完好无损。他们的记忆将包含地球打造军舰舰队的事实，一旦被发现，地球将走上他者母星的老路。他者飞向地球的速度能比我们快一点，有更快的加速度，所以当我们到达地球的时候，毁灭可能已经是既成事实了。"

"永远都是过分乐观的乐观主义者。"保罗说。

"你问的是最坏的情况。有人想试着设想一下最好的情况吗？"

"这完全是个噩梦。"达斯汀说，"我们在 2084 年醒来。"

"发现我们被喂了精神药物。"艾尔莎说，"这让我们都做了同样的梦。或者我们可以希望这一切都是真的，但是他者需要很漫长的时间才能做出反应，例如成千上万年。"

"或者他们可能不在乎。"达斯汀说，"舰队只是为了保护地球。它不可能进行星际旅行，达不到若干个数量级。"

"还达不到。"艾尔莎说。

"这需要太多的燃料。"保罗说，"像我们飞船使用的冰山有多少座？而仅仅发射一艘飞船的后勤和费用就抵得上一场世界大战的花销。"

对我来说，这似乎有点儿简单。我们需要冰山的唯一原因是，我们还没有完全弄清楚"免费"能源是如何运转的。我们利用免费能源来引发聚变，从而产生反物质，反物质又进而产生……能量。

雪鸟说："你们都没考虑过，在被他者毁灭和被他者忽视之间的中间路线。但我认为这是最有可能的：他们很久以前就预测到了这种情况——舰队的建立——作为他们和你们行动的可能结果。他们甚至在我们离开太阳系之前就已经决定了对这个结果如何做出反应。在我们离开之前，实现这一反应的应对措施也已经安排妥当了。"

我不得不同意，"听起来确实像他者会干的事。雪鸟，你认为他者的应对措施是什么？"

"世界末日！"艾尔莎说，"和上次一样，但规模更大。"

雪鸟做了一个奇怪的手势，她的两只小手上的两个手指指向外面，然后反向旋转，"我认为不是。那样做就很粗野了。"

"太直接了吗？"我说，"他们似乎更喜欢用复杂的方式做事。"就像他们第一次与我们联系时采用的迂回方式一样，密码中嵌套密码。纵然他们懂得人类的语言，但也没有明显的理由让自己变得晦涩难懂。

"比那更奇怪。"她说，"复杂的变得简单，简单的变得复杂。"

"这是我和飞虫—琥珀存在分歧的地方。他觉得我们比人类更了解他者，而我认为我们只是以不同的方式误解了他们。"

"你们是他者智慧的产物。"

她点了点头，摇头晃脑，"这就像人类的戏剧，或者小说。例如《俄狄浦斯王》或《李尔王》——孩子们会以别人无法理解的方式误解父母。"

达斯汀说："好例子，结局美满。"

## 15. 变化

保罗和我两次试图在掉头转向时做爱，但我们太紧张了，简直心烦意乱，也许是厄运缠身。

在我们进入航天飞机前的几个小时，我们一起向地球做了一次长时间的信息传送，尽我们所能地解释一切，并希望我们大家都能得到最好的结果。如果密探对这个过程的描述是准确的，地球上的人会在我们到达地球之前不到一年就得到消息。

密探可能就在他者把人类炸成基本粒子之后出现。对此没必要说什么。

我们不确定我们会到达什么地方。当我们从掉头转向点到沃尔夫星系 25 号的时候，技术层面上而言，我们的航线被调到了错误的行星轨道上，因为之前我们计划去这个气态巨星的卫星，他者就住在那里。

所以现在，我们大概会去太阳系里他者想让我们去的地方。如果飞船回到了冰山启动的位置，经过火星轨道，那么我们返回地球的旅程将会略为漫长。

或许我们会回到火星，如果地球不复存在的话。

保罗跟着我们上了航天飞机，帮雪鸟系好马具状的安全带。然后他漂浮到过道上，系好他自己的安全带。他在半道上转过身来，低头看着我们。

"有人要祈祷吗？"

经过长时间的沉默，纳米尔轻声用希伯来语说了声："祝平安！"

"是的。"保罗的手指悬停在一个红色的开关上，"祝我们大家好运。"

我们都准备好了迎接时空转换时情感上的打击，但不管怎么说，我们大多数人都大声呼喊，然后如释重负地松了口气。

蓝色的地球就在我们脚下，我们面对着太平洋半球。在我的左边是太空电梯，希尔顿轨道酒店和小火星，小地球，还有若干新建筑物，包括三部较小的太空电梯。

我隐约听到从保罗的方向传来一阵无线电通信声。

"一个一个来！"他喊道，"这是保罗·柯林斯，阿德·阿斯特拉号的飞行员。我们很安全。"他回头望着我们，咧嘴一笑，"我应该想出一些有历史意义的话来说。"

"人类的一次漫长之旅。"艾尔莎吟诵道，"也是人类一次模棱两可的错误。"

我们的飞船很快就被一模一样的小型星际飞船包围了，显然是军舰。不是流线型，只是在驱动系统的顶部安了一堆乱七八糟的武器，中间有一个小屋子。可能被称为"生命保障舱"，或者类似的东西。

地球陷入了恐慌，因为我们的飞船无情地逼近地球，全速减速，没有回答任何问题也没有试图沟通。

"解释既简单又复杂。"保罗重复了雪鸟几天前，或者说按地球时间计算6年前说过的话，"我认为我应该尽可能从最高权力机关开始解释，这样做才合理。"

太空舰队的指挥官军衔是营长，她表明了自己的身份，要求得到解释。"我们当然知道你们是什么人。但是我们已经在你们的飞船边上和你们一起飞行了好几个星期了，却没有得到你们的配合。"

"我不受你指挥。"他指出这个事实，"这不是任何人的军事探险。联合国还存在吗？"

"就其本身而言，联合国已经不存在了，船长。但所有的国家都团结一致。"

"好吧，让我和负责的人谈一谈。可以用科技手段进行监听。"

"这完全违反了协议。你——"

他说："我认为你们的协议中并没有包括如何处理一艘有50年历史的宇宙飞船，这艘飞船执行了拯救地球免于毁灭的使命并成功返回地球。还是说这种情况经常发生？"

"先生，自从上个月收到你们的信息以来，我们就一直在等待你们归来。但当飞船逼近地球时没有回应，我们不得不做最坏的打算。"

"最糟糕的事并没有发生。现在我要中断联系，只有当我能和地位比你高的人交谈的时候，我才会说话。暂时退出。"他近乎咆哮地打断了营长的话,半转过身来,"喝点什么吧?"

我把那满满一袋用挤压袋装的波尔多葡萄酒仿制品扔给他,"我自己等着喝香槟呢,等有了重力。"

他挤了一大口,两口吞完,然后把酒递给了一直默默坐着的纳米尔。

"你自己觉得合适就好。"纳米尔声音沙哑地对我说,"可能要等很长时间。"

我解开安全带,游到前面去跟保罗聊天以及一起看显示屏。

等了不到一分钟,砰的一声,一位上了年纪的男人出现在显示屏中。他面色黧黑,布满皱纹,还有一把白色的大胡子。一个声音旁白道:"默文·戈尔德,联合美洲总统。"

"保罗?"那位老人说,"'坠毁'柯林斯?"

保罗用手指戳了一下拍照按钮,"戈尔德教授!"

他笑容满面,"我们都在这个世界上出人头地了,保罗。"

保罗大笑着对我说:"他是我在博尔德的历史教授。你见过他。"

见是见过,不过那是50年前的事了,那时戈尔德教授还没长胡子。他和一些政府机构成员一起来到了小地球,通过隔离检疫的窗口和保罗谈了几个小时。

"了不起!"戈尔德说,"你看起来跟你离开时一样年轻。我想你将会经常听到人们这么说的。"

我想,而且是真正的老人会经常这么说的。

"他者对时间玩了点花招。"

老人点了点头,"我看到了你们从掉头转向点发回的信息。你知道,有些人认为这一切都是骗局。如果他们占了上风,你们就无法成功回到地球了。"

星际边境

我从没想过那种可能性，不过还好。

"我很高兴你没有听他们的话。"

"哦，我听取每个人的意见，伴随工作而来。但我不必服从任何人。"他翻动一些文件，这种普通寻常的行为我们可有段日子没见着了。"首先，让我告诉你，你们将回到地球，而不是新火星。哦，大约在12年前，隔离检疫被解除了。"

"那太棒了！"

我离开地球多少年了？当我登上太空电梯的时候还不到19岁。当阿德·阿斯特拉号离开的时候我30岁。我们前往他者的母星和归来的时间，主观而言，花了15年再加上大约4年。

正好是我生命的一半——实际上有38年。不管"实际"意味着什么。

总统和保罗正在谈论我们的归来。"我们可以让你们乘坐太空电梯回到地球，这将比使用着陆舱更舒适。而且是使用着陆舱，进行一次真正的着陆，将会很好地激发公众的士气。"

"宣传手段。"保罗说。

"我对此并不否认。你认为这样安全吗？"

"嗯，着陆舱从来没被使用过，所以在某种程度上是全新的。它已经闲置多年了，这对任何机器都不好。但用于着陆正是设计它的初衷。"

我真希望心灵感应能起作用。太空电梯，太空电梯，太空电梯，太空电梯，因为我已经受够了大气制动。

总统说："如果你不确定，我们有两名合格的飞行员在希尔顿轨道酒店等着。"

我猜如果你不懂心理学的话，就不可能成为总统。"哦，毫无疑问我能做到，毫无疑问。在飞行训练中，我已经7次登陆火星，而且

100次登陆地球。"

"我记得还有一次登陆月球。"成为那个拯救地球的人。保罗露出了微笑。总统得了一分。

"你想让我什么时候使用着陆舱降落?在哪里降落?"

"在莫哈韦沙漠①,他们还有着陆带。嗯……"他看了看右边,"他们说他们可以用旧的软件来指引你,但想用一个副本来对其进行测试。明天什么时候都可以。白天,用加利福尼亚州的时间怎么样?"

"没问题。当初我们每人只带了一个手提箱上飞船。收拾行李用不了多长时间。"

"很好,很好。你们愿意在白宫接受我们的款待吗?"他又向右边瞟了一眼,"也就是说,一旦医护人员检查过确定你们身体没问题,我们就聚一聚。"

"荣幸之至,先生。教授。"

"明天,在加利福尼亚州见。"他看了看他的手表,"你不介意向我的科学和政策顾问汇报一下吧?一小时后怎么样?"

"没问题,先生。"当立体视频的显示屏变暗以后,他深吸了一口气,"让我们把这个马戏团搬回楼下吧,让雪鸟远离酷热。"

纳米尔说:"保罗,你跟他们说话要当心。"

"当然,我很小心。"

"如果他们不喜欢他们听到的话……如果他们不想让公众听到我们说的话……这是他们让我们保持沉默的最后的机会,也是最好的机

---

① 亦译莫哈维沙漠,美国加利福尼亚东南部的不毛之地,地跨内华达州、亚利桑那州、犹他州三州。以莫哈维人的名字命名。

星际边境

会。"他看了看周围的每个人,"可能会发生悲惨的事故。"

"这太夸张了。"我说道。

他微笑着点了点头,"你知道我们是间谍。我们自然而然就会这样想。"

与我们交谈的内阁成员彬彬有礼,态度友好,完全没有威胁性。如果他们打算把我们都干掉,那他们把这种意图隐藏得很好。他们主要是根据我们从掉头转向点发回的那份长长的信息记录,要求我们澄清各种事情并拓宽视野。

我认识其中的一位内阁成员,新闻部长戴维·莱维特,她现在是一位高贵的女士了,一头白发。她就是那个给我起了"火星女孩"这个绰号的厚脸皮解说员。她记得此事并为此向我致以歉意。

内阁成员向我们表示感谢并签字后,显示屏上出现的人换成了一对伴侣,他们自称叫多尔和萨姆。他俩年龄都挺大,可能都是女性。多尔肌肉发达,爱好户外活动,留着整整齐齐的白发,长约半英寸。萨姆很有女人味,一头美丽的长发染成了淡紫色。

"我们想帮助你们做好返回地球的准备。"多尔说,"当你们离开的时候,我们都三十出头,所以我们和你们大多数人出生的时间差不多。"

"比我晚了20年。"纳米尔说,"我想我们大多数人想知道的第一件事是我们是否还有家人在世。我怀疑我没有了,要是我父亲还活着,他就应该有140多岁了。"

"很难得,但有可能。"萨姆说道。她展开了一块看上去毫无特色的金属板，显然是台笔记本电脑。

她用手指在笔记本电脑上滑动了一下。"没有，恐怕你走后几年他就过世了。"她轻轻抚摸着自己的脖子，这是一个奇怪的姿势，"我想我们最好私下把这些信息发给你们每个人。"

我点了点头，既充满好奇又满怀耐心。我环顾四周，没有人反对。

"这就引出了一个大问题。"多尔说，"这有点像他者，或者像你们可怜的朋友月亮男孩。我们确实有成千上万的人，他们的法律地位不明确，因为不清楚他们到底是死是活。"

"多尔，你操之过急了。"萨姆说，"你们还活着的时候，这一切才刚刚开始——见鬼！我是说在你们离开之前，对不起。"

"我们不介意。"达斯汀说，"我们真的就像幽灵，来自逝去的岁月。"

多尔说："2112年，克拉纳赫诉加利福尼亚州政府案。克拉纳赫是个律师。他生命垂危，需要的生命支持设备越来越复杂。就他的情况而言——他非常富有——最终给他的大脑和相关的神经系统进行了完整的电脑备份。"

"由于加利福尼亚州对'脑死亡'的定义方式，克拉纳赫故意让自己的肉体死亡，但他首先在遗嘱中基本上把一切都留给了他自己——他大脑的电脑图像。从技术上来说，这种图像与最初的有机大脑别无二致。"

萨姆说："他的肉体死亡以后，好几个星期都没有人注意到这件事。因为长期以来，他大脑的电脑图像一直完全掌控着他复杂的商业事务和投资，因此已经被认作是个'人'，它有着独立于克拉纳赫本人的企业形象识别。"

保罗说:"你的意思是,这个叫克拉纳赫的家伙,已经死翘翘了,但只要他的大脑没有死亡,那么从法律上来说,他就是长生不老的,至少在加利福尼亚州是这样的,即使它是一台机器。"

"没错。"多尔说,"像他这样的人,像以大脑的电脑图像方式存在的'人',只是北美洲最极端的例子,他们自称为'现实主义者'。"

"与'人本主义者'相反。"萨姆说,"这种说法始于21世纪中期,那时候我们和你们还年轻,那些清醒时会把大部分时间都消耗在虚拟现实中的人就是'现实主义者'。"

"机器书呆子。"梅丽尔说,"他们中的一些人甚至在虚拟现实中工作,工作通过电脑网络从外部世界源源不断地传进来。"

我说:"我们在火星上没有那么多机器书呆子,除上学以外。"

"火星上现在也依然没有那么多机器书呆子。"萨姆说,"火星是人本主义者的温床。"

多尔说:"但即使在地球上,大多数人也处于中间状态,在玩耍、工作或学习时接入虚拟现实。这也取决于你住在哪里——在日本和中国有很多现实主义者,而在拉丁美洲和非洲有很多人本主义者。"

保罗挠了挠头,"他们给那些遁入虚拟现实逃避正常生活的人起了个名字叫'现实主义者'吗?"

"嗯,现在的虚拟现实是更加逼真的现实。"多尔说,"你们飞船上所使用的虚拟现实技术已经是古董了,现在采用的技术更加……现在更令人信服。"

萨姆咧开嘴笑得很开心,"是的。你可以分辨出什么时候你没有接入虚拟现实,因为没接入时一切都很无聊。"

"猜猜在这儿的人中谁是现实主义者。"多尔拍了拍她的膝盖。

"不是真的。我接入虚拟现实的时间甚至没到一半。"

"我对政治很好奇。"保罗说,"默文·戈尔德是什么总统?这个联合美洲指的是什么?"

"让我看看。"萨姆把她的手移到笔记本电脑上,"你们旧的美利坚合众国,除佛罗里达州和古巴以外的大部分地区,再加上南得克萨斯(现在已经自成一国)和夏威夷。佛罗里达州和古巴现在是加勒比地区的一部分,而夏威夷现在则是太平洋的首府。联合美洲从阿拉斯加一直延伸到英属加拿大、旧美国、墨西哥的大部分地区,以及说西班牙语的中美洲和南美洲的大部分地区,一直延伸到阿根廷的顶端。不包括哥斯达黎加共和国[①],也不包括下加利福尼亚半岛[②]。"

"感谢上帝!"多尔说,"加利福尼亚半岛完全是另一个世界。"

"联合美洲真的没那么团结。"萨姆继续说道,"这是一个经济联盟,就像欧洲共同体和社会主义共同体一样。"

"世界上最小的国家是太空电梯,我们是这个国家的公民。"

"最小的国家,却是最长的国家。"多尔说。

"太空电梯公司在联合国还存在的时候就宣布了主权。"

"现在呢?"纳米尔说,"代替了联合国?"

"所有的国家都团结一致。"萨姆附和着舰队指挥官的话,一副守口如瓶的模样,很温和。

---

① 哥斯达黎加共和国:简称哥斯达黎加,是位于拉丁美洲的一个总统共和制国家,北邻尼加拉瓜,南与巴拿马接壤。
② 下加利福尼亚半岛:位于墨西哥西北部,加利福尼亚湾与太平洋之间,北邻美国,又称加利福尼亚半岛、巴哈半岛。地势北高南低。

我意识到，所有的国家通过太空舰队团结一致对付他者，他们不能在公共场合提及这一点。其他人可能也在想着同样的事情。

"我想知道谁来支付我在联合国的退休金。"纳米尔嘟囔着。

萨姆无意中听到了他的话，"你们都得到了妥善照料。这个世界很富裕，而且对你们感激不尽。"

原因为何，我不想提。我们经历了漫漫征程去和敌人谈判，他们一句话也没说就把我们送回来了。但至少地球没有被毁灭，这是件值得感激的事情。

所以我们每个人都有 5000 万美元可以花，而在这个世界上，纳米尔在纽约的顶层公寓只要 1000 万美元就能买到。

但我真正唯一想要的就是一个汉堡包。

我的父母都已经过世了，这并不奇怪。不过我母亲活到了 101 岁，一直等我归来。她留下了一张勇敢而又惆怅的字条，让我泪流满面。

我的孩子们也还待在火星上，但他们彼此不说话，女孩是一个完全的人本主义者，而男孩是个十足的书呆子现实主义者。我花了一个多小时与他们两人进行了艰难的交谈，艰难是因为有 12 分钟的时间延迟，而且还有情感因素。我答应一到火星就去看望他们俩，然后就停止了交谈。不过，无论我身处哪个星球，我都必须通过电子方式与身为现实主义者的儿子交流，因为他已经卖掉了自己的器官。

这让我有一瞬间感到不理智的愤怒，但很快这愤怒就平息了。他实际上只有我的半个细胞。

我的弟弟卡德也是一个现实主义者，但他还没有失去身体。他现在住在地球上，在洛杉矶，并承诺他会使用他正式的化身（他有三个化身），当我们着陆时来看我。我等他打了几个电话，然后给他回了电话，他说他已经拿到了所有的旅行代金券和许可。

我想知道时至今日，这片自由的土地能有多自由。但我猜我总能回到火星。

## 16. 月亮男孩说话了

我把那两把俄式三弦琴放进盒子里，盒子带有软垫，是我特意为放俄式三弦琴而做的，然后把维米尔的书、莎士比亚的书、阿玛猜的书和卡明斯的诗集放进了钛制的手提箱里。我在半夜洗了衣服，睡不着觉，然后把干净叠好的衣服垫在书的周围，那些衣服我再也不想穿了。

我们成为死去的英雄而不是麻烦的目击者，这种实际概率有多大？正如数学家所说的，小而有限。我们对当前的政治真的一无所知。当戈尔德总统还是戈尔德教授的时候，保罗说他教中世纪历史——马基雅弗利[1]和美第奇家族[2]，还有波吉亚家族[3]。保罗说，戈尔德教授可以

---

[1] 马基雅弗利：1469—1527，又译为马基亚维利或马基雅维利，意大利政治思想家和历史学家，近代政治思想的主要奠基人之一。1469年诞生于意大利佛罗伦萨。其思想常被概括为马基维利主义。作品有《君主论》《论李维罗马史》《论战争艺术》和《佛罗伦萨史》。代表作《君主论》主要论述为君之道、君主应具备哪些条件和本领、应该如何夺取和巩固政权等。
[2] 美第奇家族：或译为梅蒂奇家族，是佛罗伦萨13世纪至17世纪时期在欧洲拥有强大势力的名门望族。创立于1434年，1737年因为绝嗣而解体。美第奇家族在欧洲文艺复兴中起到了非常关键的作用，其中科西莫·美第奇和洛伦佐·德·美第奇是代表人物。
[3] 波吉亚家族：15世纪和16世纪影响整个欧洲的西班牙裔意大利贵族家庭，也是文艺复兴时期仅次于美第奇家族的最著名的家族。

让中世纪历史听起来像时事。也许当时和现在，那些美好的昔日与时事并没有太大差别。

我们还没有接受公开采访，这令人不安。但他们已经让我们和亲戚交谈过，所以他们不能声称我们没能成功归来。

（假设人们的确在现实中和他们的亲戚交谈过，而不是在虚拟现实中进行交谈。切萨雷·波吉亚④可能会喜欢这个小工具。）

唔，他们不能真的声称阿德·阿斯特拉号没有返回。我们剩下的冰山比希尔顿轨道酒店还大，你可以在整个太平洋的上空看到它，比北极星还要亮。

当然，当我们离开着陆舱的时候，我们会直接进入生物隔离。不知道我们从他者那里带回了什么样的虫子。虽然在液氮中茁壮成长的虫子可能会发现人体的温度有点过高。他者的母星上没有任何生物能感染我们，如果密探说的是实话。

我们可能会不慎或被故意感染了什么东西。密探是一种人造有机体，被设计用来与人类进行交流。但是火星人也是如此，而他们携带了导致青少年肺囊肿的病原体，给火星上的人类殖民者带来了很多麻烦。

我应该问问以色列的情况——看看我毕生为之奋斗的国家是否还存在。我的笔记本电脑上没有获取任何新的信息，这倒不一定可

---

④ 切萨雷·波吉亚：教皇亚历山大六世（罗德里戈·波吉亚）的私生子，瓦伦蒂诺公爵，罗马尼阿的主人，伊莫拉、弗利、佩鲁贾、皮奥姆比诺、比萨、卢卡、锡耶纳等无数属地的征服者。马基亚维利以他为原型写下传世名作《君主论》。

疑。毕竟它的硬件和软件已经有 50 年的高龄了。但是，如果能找到一些关于这个世界的信息，不是由管理者传递给我们的信息，那就太好了。

我应该感谢我又多了几个小时的幸福无知和默默无闻。当名人的想法与我的职业选择不一致，因此也不符合我的个性。时至今日，无论以色列是否还存在，倒并不是说我以后还会做间谍。

也许我会认真对待音乐，每天练习几个小时。那会让达斯汀拒绝踏入家门。

我的笔记本电脑以我的个人语音提醒有来电。有趣的是，有那个号码的人离我很近，完全可以来敲门。

不过,我还是用拇指按了一下——屏幕上出现了月亮男孩的形象！

"我相信你们已经注意到了。"

"月亮男孩？"

"是我，也不是我。"有个短暂的传输延迟，"这个信号来自月球，但月亮男孩不在那里。这是一个附有意识的卡通形象。信号是经过加密和过滤的密集光束，只有你，纳米尔，才能接收和解码。"

"好吧。出了什么事？"

"这个卡通形象检测到你不在地球上。"

"没错。我们在轨道上，靠近——"

"你们必须尽快在地球上着陆。请于格林威治时间 4 月 23 日的午夜前离开太空。不要告诉任何人我跟你交谈过。"

"甚至不告诉别的——"

"午夜，4 月 23 日。"

屏幕一片空白。我向笔记本电脑询问消息来源，它说月亮男孩在

### 星际边境

克拉维斯环形山[①]附近。

23 日的午夜,按纽约的时间,就是 4 月 22 日晚上 7 点;按莫哈韦沙漠的时间,就是下午 4 点。如果一切按计划进行,我们将在那天早上着陆。

最好确保事情按计划进行。

除用不祥之兆来解读这一信息之外,别无他法。

我想喝一杯,也许喝点比葡萄酒更烈的酒。我打开门,爬上格子架,飘过藤架,朝仓库飘去。

保罗和卡门已经在那里了。他们转过身来,一言不发地看着我。

"让我猜猜看。"我说,"你们刚刚收到了一条不该分享的信息。"

"来自一个 25 年前去世的人。"保罗扔给我一个装着棕色液体的挤压瓶,"我想我们最好照他说的做。"

苏格兰威士忌的味道,相当刺鼻。"是的。"我咳嗽了几声,"差不多还有一天时间了。"

"如果着陆舱工作正常,地球不会把事情搞砸的。"

我真希望能有办法在零重力状态下把饮料倒在冰块上。"如果到时候他们说还没准备好怎么办?"

"嗯。我已经试过在没有地面支援的情况下,把着陆舱成功降落在火星的砾石层和月球表面的风化层上。如果着陆舱工作正常的话,

---

[①] 克拉维斯环形山:月球正面南部山区一座巨大的古老撞击坑,位于第谷陨石坑的南面。它也是月球上最古老的地貌结构之一,约形成于 39.2 亿年—38.5 亿年前的酒海纪代,其名称取自 16 世纪德国数学家及天文学家、耶稣会修士克里斯托佛·克拉乌·克拉维斯(1537—1612),1935 年该名称被国际天文联合会批准接受。

我可以找个平坦的地方。不过，我们必须解释一下我们为什么提前离开。"

卡门说："生命保障紧急情况，或者医疗紧急事故。很难伪造。"

雪鸟飘了过来，"火星人医疗紧急事故。在地球上，可能没人能说我没病。"她头朝下，撞在了沙发上，恢复了直立状态，"事实上，有了重力和氧气，再加上加利福尼亚州的高温，我可能会生病。"

在掉头转向的时候，我们曾提议把她留在小火星上，这是我们见过她最濒临失控发脾气的一次。她打算成为第一个在海洋中游泳的火星人，或者在尝试中死去！

达斯汀和艾尔莎加入了我们，然后梅丽尔也来了。

梅丽尔说："也许我们应该告诉人们，他们显然正计划在太空中开展极具破坏性的行动。"

卡门大力反对，"上次我们违背了保密的承诺，他者为了报复差点毁灭了地球。我们已经看到了他们对自己母星的所作所为，就因为受到了威胁。"

我说："根据所见所闻综合判断……我想他们已经了解了太空舰队的情况，并且准备摧毁它。在月亮男孩所给出的时间范围内。"

"我们可以救出他们中的一些人。"梅丽尔说。

保罗指出，我们不知道他们有多少人。"如果他们确实真的按计划建设了 1000 艘战舰，而且他们在地球和月球之间排成了一个防御阵形……"

我说："如果他们都突然撤退，他者就会知道我们背叛了他们，并立即发动突袭。"即使太空舰队里的士兵都是勇士，但我可没说过，勇士必须做好死亡的准备。

保罗慢慢地摇了摇头,"后勤方面的问题。即使有一个星期的时间,想要让 1000 艘飞船着陆也是不可能的,更何况只有 20 个小时?"

"我想知道有多少人待在轨道上,而不是待在舰队的战舰里?"卡门说,"小火星、小地球、希尔顿轨道酒店,所有那些新建筑,至少得有几百人吧。"

"也许他们不会有危险。"梅丽尔说,"不是舰队的一部分。"

"他对此什么也没说。"保罗说。

"'离开太空'和'回到地球'——这没留下多少解释空间。即使你警告了待在这里的人,待在小火星上的人,以及待在其他地方的人,他们能做什么呢?你也许能把 100 个人塞进所有的太空电梯里,但 20 个小时后,他们还是无法靠近地球。他们仍然待在太空中。"

我想知道密探会在哪里划分太空和非太空的界限。在我所有不愉快的太空经历中,我从未如此热切地想要脚踏实地。

# 17. 看时间

我们穿上壁虎吸盘拖鞋,在气闸舱前排好队。我转过身来,最后看了一眼那个冰窟窿,那是我们住了将近 4 年的家。

如果没有他者奉送的时间压缩作为礼物,我们得在那个冰窟窿里住上 12 年。很难想象在这里再被监禁 8 年。如果真是那样的话,我们都会像月亮男孩一样疯掉。

相比我以前住过的任何地方,我对它的每一平方厘米都更为熟悉,但是离开这里我并没有感到悲伤。我希望永远不要再看到它了。

一组机器人正登上飞船，准备把它作为历史文物来维护。它最终会变成一个博物馆。但首先，在燃料耗尽之前，它可以为其他的星际飞行进行服务，飞到比沃尔夫星系 25 号更近的地方。

不管明天会发生什么，如果它能挺过去的话。

"给你，姑娘。"艾尔莎在我手背上抚平了一块镇静贴。我立刻感到平静多了。她把它们给了除保罗和纳米尔以外的所有人。雪鸟有她自己的镇静方法。

我们把行李绑在后面，我猜是船尾，然后上前系好安全带。我就在保罗的后面，如果我没有紧紧地闭上眼睛，我就可能有幸看到我们着陆。

纳米尔坐在副驾驶的位子上，虽然他只驾驶过轻型飞机，但是比我们其他人的经验都丰富多了。不过我不了解有那种经历又能好到哪里去。保罗兴高采烈地告诉我，那就像让一块略呈流线型的砖着陆。

他一直在通过无线电轻声说话，我以为是对地球上的控制者说的。他打开对讲机说道："做好准备，我们要跟这块石头吻别了。"

转向的喷射口发出低沉的隆隆声和尖锐的嘶嘶声。在前视屏幕上，布满岩石的冰山消失了，然后缓缓地加速把我压回到柔软的座位上。

当我们接近大气层时，我迷迷糊糊地瞌睡了一个小时左右。然后着陆舱开始振动和摇晃。然后是令人担忧的猛然震荡，伴随着听起来很严重的嘎吱声和砰砰声。

自从我上次经历大气制动，在火星上着陆，已经有 6 年多的时间了。

相比之下，这次在地球着陆更剧烈，但用时更短。当红色的光芒消失的时候，我向下看，看到了蓝色的海洋！

我们东倒西歪，开始朝着沙漠坠落，那里一点也不像我们的家园，到处都是植被和高山。严格来说，可能是丘陵。但对我来说，就算是大山了。

我知道接近角会很陡，但这感觉太像垂直下降了。我紧紧地闭上眼睛，太使劲了以至于眼冒金星。直到传来砰的一声巨响，然后是抖动的刮擦声，我才睁开眼睛。在一定程度上，保罗控制着着陆舱滑向地平线上的一些建筑物。

我们停了下来。尘土飞扬，但很快就被风吹走了。一辆几乎大到可以称之为建筑物的汽车沿着轨道向我们这边蹒跚而来。

保罗转了半圈，"有套净化装置正在往我们这儿来。他们说，只需要一个小时左右。用他们的话来说，'最小的不适'。至少对人类来说是这样。雪鸟，他们得带你去另一个地方。"

"我在地球上，保罗。这完全就是另一个地方。"

我们都松开了安全带，做了些伸展运动。我感到有点虚弱，两个膝盖都有刺痛感，但重力不算太难以忍受。脚踏实地的感觉真好。

我手腕上的时间文„又再次运行了，而且它已经自我调节到了正确的时区，现在是上午 10 点 32 分。所以在令人印象深刻的事情发生之前，我们还有大约 5 个半小时的时间。

"我们该说点什么吗？"梅丽尔说，"关于——"

保罗说："不，我们说什么？什么会是安全的？"

纳米尔点了点头，"不管危险是什么，一些飞行员和机组人员可能会采取措施保护他们自己免受伤害。但我们的他者会勃然大怒，炸了地球。或者像密探建议的那样，把地球烤焦。或者用硫酸覆盖整个地球。太冒险了。"

净化小组用一根有褶皱的金属管把他们的车钩在着陆舱上，那根金属管就像我们在太空中使用的那种。他们出现在显示屏上，先让我和其他女人净化。

我穿过两个气闸舱,进入一个白色的房间,里面有三名女性技术人员在等着我,她们穿着厚重的防护服。梅丽尔和艾尔莎进入了别的房间。

她们让我脱光衣服,把我所有的衣服都装进单独密封的塑料袋里,然后对我进行了吸尘。这种体验充满了色情的可能,取决于是谁对你做了这件事。

然后是内部净化:她们给了我一杯她们所谓的"超纳米泻药",并警告我在坐到马桶上之前不要喝。它有一种令人愉快的酸橙味,但对肠胃的爆炸威力可不那么令人愉快。有效率的灌肠井然有序地结束后,所有这些内部排泄物都被正式分类并封存起来。

当时我正准备洗个澡,结果洗了我一生中最干净的一次澡,三个身强力壮的女人彻底擦洗了我的全身上下,连我的私处都没有放过。

当我终于可以穿衣服的时候,她们已经准备好了一些花哨的和充满未来主义感的衣服。适体合身,但也能改变形状,智能面料可以到处施加轻微的压力,很讨人喜欢。成百上千根色泽鲜艳的细线悬挂在布料上,让身体曲线若隐若现。那些在过去从没看我第二眼的男人……嗯,他们现在太老了,只能看一看,其他什么都做不了。

她们给了我一碗香草冰淇淋,然后让我待在一个有沙发的昏暗房间里,建议我休息一小时左右。我打开灯,但找不到任何可以阅读的东西。没有明显的平板或立体视频播放器,没有遥控器。但我大声说"太空新闻",于是一个立体视频播放器出现了,没有投影框架,有一张我们着陆的照片,最显著的位置是只大爬虫。

然后屏幕上出现了总统,满脸笑容,向我们表示祝贺,说他要去加利福尼亚州参加着陆仪式和任务汇报。

星际边境

立体视频台提醒,直播将于东部时间 7 点开始。他们的新闻可能会比他们预想的更为轰动。

我确实打了一会儿盹。3 分钟后,一个金发碧眼的大个子技术人员(我现在不知道她的名字,但她比保罗更了解我身体的某些部分)把我叫醒,告诉我说我被宣告净化成功,有人在休息室等我。

我刚走到门口,她就拦住了我,"哦,你可能不知道,总统来自肯塔基州,他会给你他最喜欢的波旁威士忌酒。百分之百证据确凿,你不应该拒绝,但你可能不想喝太多。"更确切地说,我在这个星球上只能吃一碗冰淇淋。但是见鬼……我可以喝上几杯,然后问戈尔德教授是否想玩玩得州扑克。

很多名人在你见到他们的时候都显得很了不起。50 年前,戈尔德拜访保罗时,我就知道他是个身材魁梧的人,但现在他上了年纪,头发蓬松散乱,活像头老熊,行动缓慢,充满自信,散发着魅力,显然他对自己帮助创造的世界很满意。这样的世界还有 25 分钟就结束了。

他的手温暖而又干燥,握手的力度部分说明他力气挺大。"保罗告诉我,你不喜欢烈酒。"他说,"所以,与其喝一小杯波兰顿波旁威士忌酒,不如来杯香槟?来一大杯怎么样?"

一个助手端着一个大香槟酒杯走了过来,这是我见过的最大的细长型香槟酒杯。我在一张圆桌旁坐下。只有一个空位置——没有火星人待的地方吗?纳米尔走了进来,喝了一杯波旁威士忌酒,然后坐了下来。他从他的水杯里舀出一块冰,放进威士忌酒里。

"我应该称呼你为将军吗?"总统阁下问道。

"我何德何能与您相提并论,阁下。叫我纳米尔就好。"

他点了点头,靠在一张椅子上,他那张椅子比我们的椅子稍微大一点,也稍微高一点。"在这家小酒馆里,我行使了我身为大审判官的权力,问科学家们我是否可以先跟你们谈谈。他们表现得就像一群确实有等级感的人,纳米尔,更不用说任期了。所以他们同意了。"

我认为我们的反应是适当的,因为 6 个人试图表现得像合格的观众,而实际上我们想尖叫上 20 分钟。

"我想做的是,在我们出现在镜头前,进行所有的立体视频操作之前,如果可能的话,请你们每个人用一两句话来总结一下自己的感受。"他苦笑了一下,"我可以在即兴演讲中错误地引用某些话。纳米尔,你年龄最大,你先来。"

"我们可以不用担心被人引用我们的话吗?更不用说错误引用。没人会喜欢我不得不说的话,我宁愿不要把它'记录在案'。"

"这个房间里没有录音设备。我向你们保证。"

纳米尔啜了一口酒,眉头紧锁,"这并不复杂。永远不要相信他们,一丁点儿也不要信;不是在最琐碎的事情上。但永远不要忘记,我们必须与他们相处。"他放下杯子,露出了微笑,"这是孤独的以色列人说的话。这番话我是在逾越节吃我妈妈做的无酵饼[①]时听到的。"

---

[①] 无酵饼,是不加入酵母的面包食品,这对犹太教和基督教来说具有特殊的宗教意义。根据《圣经·出埃及记》的记载,当耶和华施展十灾的最后一场时逾越了以色列人的家门,最后拯救了他们离开埃及。无酵饼便是纪念以色列人脱离埃及奴役的一项食品,办会用作献祭。"酵",在《圣经》中提及三十余次,均表示"不好的东西",用作罪恶的代表。以色列人过逾越节时,也严格地除酵,凡吃有酵之物的,必被剪除。所以逾越节亦称为除酵节。

梅丽尔接着说:"我认为我们应该找到一种方法来切断与他们的联系。即使这意味着放弃免费能源,即使这意味着要放弃太空。他们太强大,太不可预知了。"

戈尔德轻笑出声,"当心,梅丽尔。这种态度可以让你在30个州当选。艾尔莎,你认为呢?"

"我认为,我们的处境就像个孩子,孩子的父母心肠狠毒,还虐待他……但孩子的父母也非常富有。所以我们的问题是双重的:没有财富我们能生活吗?我们能不受父母的严厉报复而以某种方法离开吗?"

"你们两个的说法我都不同意。"达斯汀说。

"听听你怎么说。"

"总统先生,我们没办法用我们的方式摆脱这一切。他们太强大了,而且他们已经直截了当地说他们在考验我们。我们必须通过考验,把我们所有的能量都输送到那里,也许他们会给我们一个A,然后就不管我们了。"

"如果我们没有通过考验呢?"

空中闪烁着微光,那两个人之间出现了雪鸟的全息图像。"我一直在听,抱歉没有到场。"

"如果你们没有通过考验,那你们就不复存在了。如果你们是火星人,那就没什么大不了的。"

戈尔德说:"所以如果我们是火星人,这个问题就不复存在。和我们一起不复存在。"

雪鸟的全息图像按住自己的头,"您是个幽默感很强的人,戈尔德先生。"

"那不是答案。"达斯汀说。

"等等。"总统说着,摸了摸他的耳朵,"噢,我的上帝。"

我看了看我的手腕,显示的是 16:22。

"把它传送进来。"他生气地摇了摇头,"耶稣基督!他们看那个该死的月亮不需要许可!"

一个礼堂大小的立体视频突然占据了房间的三分之一。那是伦敦,午夜的泰晤士河,古老的摩天轮照亮了黑暗,满月的倒影映在河上荡漾的梯子上。

月亮倏地变了。它变得更亮了,上面的斑点渐渐褪去,散发出均匀的光晕。它的体积扩大了一倍,三倍……然后,它消失在模糊的圆形云层中。随着它体积的增长,它发出的光越来越暗。

"那是他者吗?"总统多此一举地说,"他们真的炸掉了月亮?"

我想情况可能会糟得多,仍有可能会更糟。

"他们发出了一个信息,就在事情发生之前。"诡异的夜景消失了,取而代之的是一张巨大的脸,太熟悉了:密探。

他说:"你们欺骗了我们,你们派了使者、飞船和人,说你们是和平主义者。你们说,作为对我们的侵略的回报,你们发出呼吁,希望和平与理解。50 年来,你们一直在瞒着我们,悄悄打造一支庞大的战舰舰队。"

"不是为了入侵!"总统叫喊着,就好像那个图像可以听到他说的话似的,"只是为了保护地球!"

"那 1000 艘军舰即将被摧毁。"他说道,"我们将分解你们的卫星月球,从砾石大小的卵石到巨石,然后用来作为弹药。"

星际边境

"高速炮弹将瞄准每一艘军舰,以及它们所有的支援。其他的岩石会摧毁每一个最小的卫星结构。你们的太空电梯将在黎明前坠落。

"地球和月球之间的空间都将充满碎石。你们试图发射的任何星际飞船在离开地月轨道空间之前都将被碎石击穿成筛子。

"我们这样做是本着慈善和慷慨的精神。你们必须意识到,我们可以很轻易地把大山丢到地球上去,而人类会步上恐龙的后尘。但我们的确想再给你们一次机会,看看你们会把握机会做些什么。这是你们面临的最后一次考验。

"我是在克拉维斯环形山对你们讲话。过一会儿,它就不复存在了。"

密探的脸消失了。除了应急气垫船闪烁的灯光,泰晤士河上一片漆黑。一颗灿烂的流星划过天际,接着又是两颗,然后又是另外两颗。

我们目瞪口呆地坐着,缄口不语。

我将再也见不到火星了?

## 18. 反应

总统的航班延误了一天,所有的民用航班也被取消了,直到对持续的流星雨进行了全面评估,确认不会造成危险之后才会恢复。

晚上,流星雨就像灿烂的雪花一样飘落,偶尔还会有明亮的火球缓缓移动。但那些大多是沙粒或灰尘。每隔一段时间,就会有一个大火球撞向地面,但大多数大火球都是成千上万颗人造卫星的残骸。(毫无疑问，阿德·阿斯特拉号遭到了撞击，但冰山的质量很大，所以还停留在轨道上。）

在地球上，第一天没有人员伤亡，尽管有 7000 人在太空中死亡，大部分是在突袭最初的几分钟内死去。全世界都遭受浩劫是预料之中的事情，特别是太空电梯所带来的破坏，就像 5 万英里长的巨型鞭子抽打地球的表面——但在设计之初就考虑到了它们带来灾难的可能性，所以电缆在坠落时分解成无害的灰尘。两艘客轮在陆地和海洋中熊熊燃烧，上面的人灰飞烟灭。

所以大气层飞行器没有危险，但是星际飞船的危险是真实存在的。在地球和月球之间的空间里，每一立方厘米都有一粒砾石。

最终，在几十年、几百年或几千个世纪之后，所有这些岩石和砾石云会形成土星那样的光环，非常漂亮，很容易被星际飞船避开。

这比保罗想要等待的时间要长得多。和我们一起待在空军一号①上的一个人——美国空军上将吉尔·巴拉德，总统的国防部长——认为不必如此。

纳米尔冷冷地告辞离开，回到这架巨大的飞机上记者待的位置。后来他告诉我，他之前读过巴拉德对我们任务的评论，于是在看似是正式会议的场合大闹一场之前就离开了。

我倒是希望他留下没走。它可能不会改变什么，但它会是一场精彩的演出。

空军一号中央的会议室大得惊人，完全是男权意识的体现——厚

---

① 空军一号：美国总统的专机，也常被人们称为"空中白宫"。

重的木料、芳香的皮革、厚厚的地毯。巴拉德将军是个身材魁梧、性情刚烈的人，有60来岁，双眼炯炯有神，圆头剃得光光的，跟这个房间的气场很契合。他坐在总统旁边，隔着桌子面对着我们。

"这跟你们用阿德·阿斯特拉号做的差不多，只是规模不同罢了。"将军争辩说。我们用阿德·阿斯特拉号在太空中航行时，会用强大的激光把沙粒大小的东西汽化掉，并且避开更大的障碍物。"原理相同，只是速度变慢了，并且要应对更多的干扰。"

我百感交集。我希望保罗快乐，他总是说如果没有太空他就永远无法快乐。但太空飞行似乎再也不可能了，也不明智。

在为火星哀悼之后，我开始感到一种长期压抑后的解脱。我已经在地球外度过了半辈子，并准备再次尝试在这里生活。想象一下，你不必通过自身不断地循环利用氧气、水和食物，让地球为你进行循环利用吧。

我们甚至可以试着抚养真正的孩子，甚至用传统的方式。我已经准备好开始排卵了，那样每个月都得经历一次"大姨妈"造访的难受劲儿。

保罗的反应把我从幻想中拉了回来。"不可能是一模一样的，将军。我们对经验仰仗得更多。"他们都笑了，飞行员想象着正常人在恐惧中发抖的情景。

"你会需要大量物理屏蔽。"巴拉德说，"这对操纵特性没有助益。"

"这将是事倍功半。"保罗说。

将军十指交叉，放在桌子上，直视着保罗的眼睛。"你需要世界上最好的飞行员。"

总统一句话也没说，他期待地看着保罗。

保罗面无表情，但我能很好地理解他的意思。他在再三斟酌该怎么说。

"如果世界上最好的飞行员……也是一个疯子，他可能会同意。但是他不是疯子。"

"我们可以在虚拟现实中演习无数次。"将军说，"在你确定该怎么做之前，你不必亲自升空。"

"我们不想失去你。"总统说。

"但我们还会失去什么呢？"保罗摇了摇头，"这与危险无关，不是有形的危险。这关乎他者可能做出的反应。"

"他者说这是一次考验。"将军说，"这是最直接的回应。"什么？

"我斗胆表示不赞同之意，长官。他们不是在考验我们解决战术问题的能力。"

"那是个警告！"我冲口而出，"我想这已经非常清楚了。"

将军看着我。他试图不让自己的语气流露出纡尊降贵的味道，但没成功。"他确实用了'考验'这个词，杜拉博士。"这是我父亲的名字。"这可能同时是一个警告，但针对的是侵略，而不是简单的太空旅行。"

达斯汀为我辩护，说道："将军，这就像有人在他的财产周围筑起一道高高的栅栏不在乎是否有人闯入。"

艾尔莎补充说："我们在沃尔夫星系25号中所见识的一切都表明他们并不敏锐，也没什么耐心。这是一种惩罚和警告。"

总统站了起来，"谢谢大家，你们的话都很有价值。我们以后再谈……我得去做好准备，飞机一落地会有媒体照相摄影。将军？"

将军也站了起来，向我们道谢，然后跟着总统进了内室。

"我确实觉得自己很有价值。"艾尔莎说,"你们感觉怎么样?"
"劫数难逃。"达斯汀说。保罗点了点头,表示同意。

## 19. 陨落

之前为我们这些精神饱满的英雄们准备了各种各样的庆祝活动,但由于悲观、沮丧和流星的经常陨落,这些庆祝活动多少有些沉闷。国会招待会在马里兰州附近一个叫罗克维尔的小镇上举办,一块钢琴大小的巨石把一个购物中心砸了个稀巴烂,大量昂贵的酒洒得满地都是。

当声音传到我们这里时,已经减弱了许多,只相当于地雷在隔壁房间里的爆炸声那么大。我躲到桌子底下,发现有两个年轻人先我一步躲在那里;战斗反射竟然达到这种程度,厉害了!不过,当枝状大吊灯上的玻璃被震碎,像雨点一样洒落下来的时候,桌子底下确实是个好地方,而且垫在我身下的那个姑娘软绵绵的,令人愉悦。

当然,所有的贺词都必须重写,加上适当的悲哀、沮丧。我开始害怕那种把它们笨拙地结合在一起的认知失调,就好像好事和坏事不会同时发生。我想,如果一个人要像军人一样保持头脑清醒,那种认知失调的状态就不得不一直存在于你的脑海中:无论你看到的和做的事情有多么可怕,在另一个国家,有幸福、友谊、美丽和爱情的存在空间。

在对越南的战争中,美国士兵有句令人沮丧的流行语,用来形容最糟糕的情况:"毫无意义。"过了几十年之后,我十几岁当了兵,然后听说了这件事，并确切地知道这意味着什么。虚无主义是士兵的终极盔甲。

当兵的经历和对欣嫩子谷惨案的记忆可能会让我更容易接受他者报复带来的巨大灾难，更容易摒弃愤怒。因为毫无意义。

空气中弥漫着巨大的愤怒和沮丧，这是可以理解的——这是一个强大无比的敌人，无论是现在还是任何可预见的未来，我们都绝对无法匹敌。

如果月球的毁灭只是让我们无法进行太空飞行，大多数人不会认为这是个悲剧。对许多人来说，太空只是科学家和军方一个昂贵的游乐场，他们宁愿把钱和智力花在地球上。

但是现代文明需要卫星。除却原始国家，大多数的通信和娱乐都是通过光纤进行的，而卫星作为备用。但是全球定位系统设备是每辆汽车和每架飞机的核心。依赖于电脑控制的大城市交通完全冻结了，不必要的航班停飞了，电脑死机了。

当然，我们会因此得到某种不良后果。即使是每天跟我们见面的那些伙伴——经验丰富的政府和新闻工作者——也有人暗中指责我们。如果的确必须归咎于某人，我们受到责备倒也不冤枉。身为拜访过他者居住之地的人，我们是唯一可以做点什么的人，但我们所做的就是传递信息，即导致了这场灾难的谎言。

我们本可以成为侵略者这一明显的事实——选择成为神风敢死队——是众所周知的事实，也被广泛进行了讨论。从一个非常容易理解的角度来看，我们本不应该考虑任何其他的行动方案。

有趣的是，在我们的机组成员中，只有火星人认为神风敢死队是个合理的想法，但对他们来说，死亡是一件平常的事情。这并不是说我

## 星际边境

们人类不能进行数学运算和应用逻辑。如果我们都是日本的神道教①或伊斯兰教及基督教极端分子将会怎么样？可能我们每个人都会放弃谈判的想法，全速冲向敌人的星球。

这对我们的文化来说可能是陌生的，但对人类本性来说却不是陌生的。在20世纪和21世纪，自杀式袭击经常被用作应对技术不平衡的一种实用手段。结果并不均衡——在美国"9·11"恐怖事件中，少数自杀式飞行员的杀伤率高得惊人，但5000名日本神风敢死队队员只击沉了36艘船。然而，在这两种情况下，这都是可以理解的军事牺牲，因为敌人的技术基础雄厚，他们用传统方法无法打败敌人。

但是与人类和他者之间的技术不平衡相比，他们的处境简直算不了什么。

我们应该为没有做出终极牺牲而感到内疚吗？我们应该被谴责为懦夫吗？身为当时在现场的一员，我会说不。那些事后诸葛亮，只有后见之明的人可能会有不同的感觉。

我们的生命受到了威胁。我发现，当我们出现在公众场合的时候，有两名保镖——身穿制服的武装士兵——围着我们，但在观众中来回走动的便衣人数是4名。

因此，当庆祝活动在两天后突然取消时，我松了一口气。我们没有乘坐空军一号返回——再也见不到总统了，而是乘坐一架简朴的私人飞机回到了加利福尼亚州，在那里我们离开了雪鸟。

---

① 神道教：日本传统宗教，以祭祀日本本土天神地祇为主，以日本皇祖皇宗的遗训为内容，属于泛灵多神信仰（精灵崇拜），视自然界各种动植物为神祇。

她暂时或多或少算是藏起来了。她就像我们6个人一样遭到了愤怒的民众的冷遇，但我们只能想象他们对火星人的反应：他者所利用的外星工具。

她最终被转移到西伯利亚的一个避难所，那里的环境与火星环境更为类似。当隔离检疫解除的时候，那里已经建立了一个基金会。

现在，这个基金会将帮助和研究现在被困在地球上的五六名火星人。她会发现那里生长着可食用的火星食物，还生活着她自己的同类。但是她想先跟我们说再见，然后去海里游个泳。

她会在海里游泳，但仅此而已。

## 20. 千里之行，始于足下

火星上最后一个和我交谈的人是我的良师益友奥兹，他说他现在还不到64岁——尽管那是以火星时间计算，以地球时间计算的话，大约是120岁。不过，他看上去没满100岁。他身躯干瘪，满脸皱纹，但仍然一脸睿智，略带揶揄，眼睛闪闪发光。

我们当时在阿姆斯特朗太空部队基地的太空通信室，我们从轨道上降落后就去了那里。那是一个干净明亮的房间，但感觉上了年头，粉刷过太多回了。保罗跟奥兹寒暄了几句，过了12分钟才离开。

"事情有多糟，奥兹？没有来自地球的支持，火星殖民地能生存下去吗？"

和我们50年前的做法一样，当奥兹点击发送按钮时，他的图像在屏幕上静止不动。当信号缓慢地来回传输时，我把《华盛顿邮报》

星际边境

拿来读了一下。

"唯一与我们有关的新闻报道在第 14 页,而且绝非溢美之词。"

奥兹微笑着重新出现在屏幕上,"我们完全自给自足,卡门,已经有 20 多年了。人口超过 3000,其中三分之一是在火星上土生土长的。我们的生活空间和耕作空间可能是你离开时的 20 倍。"

"这里最大的争论是我们是否应该远离太空,他者的警告对象是否也包括我们。在那个太空舰队里没有火星飞船。"

"大多数人说待在家里。我们有一部太空电梯,他者没有把它炸毁,但它唯一真正的功能是作为往返地球的航天飞机的终点站。"

"我个人认为,地球会以自己的方式走向地狱。我最大的遗憾是现在你和保罗不能回家了。你们现在本可以用传统方式自然孕育一两个孩子;他们解决了肺部的问题,并且回收了代孕机予以废弃。"

"你还很年轻,年轻到难以置信。"

"瞧,我得去参加老人家的晚宴了。你明天能再给我打个电话吗?"他看向屏幕外的方向,"大约在地球时间 16:00。"

"我肯定在 16:00 给你打电话。"我说,"如果你有新的画,带一些来给我看看。"

这是不可能发生的。

我听见保罗在隔壁房间里响亮地骂了句脏话。进了门,我发现他正盯着一台平板显示器。

他说:"他妈的,你能看看这个吗?"这是一张人类记者的图片,英俊的男性,站在一个熟悉的背景前。就是这里,阿姆斯特朗太空部队基地。

"我们上新闻啦?"

"算不上。"他拿起追踪器，往回调了一两分钟。有一张很明显是模拟的图片，一台像我们这样的着陆舱尾部先行起飞，就像他们在有太空电梯之前进行太空飞行一样。

这位记者说："回归传统方式，我们的太空部队正在向现在环绕我们星球的岩石云中发射火箭，以便近距离地观察——也许火箭还能顺利通过岩石云。用火箭头部锥体里的强激光炸开小型障碍物，然后机动飞行绕过较大的障碍物。"

"太空部队证实，他们不相信第一次尝试会穿透数百万英里的碎片，但这将是一个良好的开端。人类飞行员不会有生命危险，所有的飞行都将通过虚拟现实的界面进行控制。有传言称，虚拟现实飞行员不是别人，正是绰号为"坠毁"的保罗·柯林斯。他已经回归地球，在广义相对论的魔力下依然年轻！"

保罗说："谣言满天飞，没人跟我说过些什么。"

"你能做到吗？你会这么做吗？"

"不，绝不可能。我从来没有接受过这种训练，操控火箭发射离开地球；只在火星上试过，但在那里这么做要简单得多。但更重要的是……这是在藐视他者。他们疯了吗？"

我想，也许他们都疯了，整个文明都疯了。"也许他们有个更复杂的计划。看起来像是宣传，不是吗？"

他平静了一点，"可能是。发射一枚空火箭，他们知道不会穿透岩石云的，只是为了表明他们在努力。但我不会和他们搅和在一起的。"

"最好我们都置身事外，远离那群华盛顿的政要。"我倚在书架上，望着窗外干燥的棕色山丘，"我们走吧，保罗，暂时从公众视线中消失。现在我们有的是钱。"

他点了点头,"政府会很高兴看到我们离开。今晚,我们和大家讨论一下。必须安排雪鸟安全到达西伯利亚的那个地方。"

"先去游泳吧,这对她很重要。"

我们和太空部队的媒体人讨论了一下这个问题,提出了一个可行的计划。基地北面有一个海滩,不对公众开放,视野良好,可以很好地观看发射。雪鸟可以游泳,他们还可以拍下我们观看发射的宣传照。

(保罗"遗憾地"拒绝了虚拟现实飞行员的座位,太累了,也疏于练习。)然后我们就淡出了大家的视线,让所有有关的人都松了一口气。

纳米尔、艾尔莎和达斯汀想回纽约。对我而言,这听起来不太明智。艾尔莎认为,只要染了头发,再化点妆,他们就能重获昔日的默默无闻,湮没在人群中。我觉得纳米尔长得太帅了,而达斯汀看上去过于怪异,他的头发都是尖钉状的,但我没说出来。

我们在太空部队的食堂里最后一次聚餐,看到有真正的牛排可以烤,纳米尔欣喜若狂。还有真正的土豆和新鲜的芦笋。佐餐的是几瓶上好的加利福尼亚州的葡萄酒。

我没睡好,保罗也没睡好。疯狂的日子。

黎明时,我们都挤进了太空部队的面包车,沿着一条崎岖不平的碎石路来到海滩。积满灰尘、顽强生存的植物有一种硬朗的美。

海洋是个波涛翻滚的永恒奇迹。雪鸟惊呆了,说不出话来。

保罗和我卷起裤腿,和她手拉手,蹚过冰冷的海浪。"如此温暖!"她说道。

"摸一摸沙子吧。"

我们给了她一根绳子让她牵着,就是放在货车后面的一条晾衣绳,她随着波浪漂荡了几分钟,太空部队的潜水员们焦急地望着她。他们不想因为第一个溺水而死的火星人承担责任。她可能会喜欢这种讽刺。

发射的时间临近了。摄制组在沙滩上写下了我们的姓名(达斯汀评论了这个比喻),那里本来应该是我们站立的地方。我们各就各位,看着镜头之外显示屏上的倒计时。

我想象着20世纪老式飞船的发射,火焰熊熊燃烧,烟雾四处弥漫。但是它们没有免费能源。而这枚火箭发射时,核动力蒸汽机发出嘶嘶声和刺耳的尖叫声。一颗蓝白色的星星在飞船的尾部咝咝作响。

它慢慢地上升。一开始它看起来像阿德·阿斯特拉号,但当然这是他们用来练习的复制品之一。头部锥体上涂有某种厚厚的白色物质,保罗称之为"烧蚀层"。我不由得想起我们在加拉帕戈斯群岛相遇的那天,也就是我离开地球的前一天,他涂了厚厚的白色防晒霜。

当火箭尾部的光熄灭时,它已经飞得很高了。当火箭的声音突然停止时,显示屏也黑屏了,然后,它又闪烁着亮了起来。

密探又一次出现在显示屏上,他摇着头。

"你们不听话,是吗?"

火箭开始打着尾旋失控坠落,然后翻滚着尖头向下。

"我想我们得少点难以捉摸。"

火箭一头扎进了大约一英里外的海洋,扬起高高的白色泡沫。

"你们获得所有这些你们称之为'免费'的能源都是以牺牲附近宇宙中的一个供体世界为代价的。你们现在是供体了。"显示屏黑屏了。

一架追踪飞机撞向大海，然后沉了下去，另一架坠落在南边的海滩上。

摄制组成员对着他们的电话大喊大叫。

一架喷气式飞机尖声呼啸着坠毁在海中。

我伸手去拿我的手提包，电话没有信号。纳米尔滑进货车的驾驶座，一遍又一遍地按下启动按钮。

雪鸟停止用毛巾擦身，朝某个方向望去。"所以世界末日到了。"她说道，仿佛你已经问过她时间似的。

"白痴。"保罗说。

"突然袭击。"达斯汀说。

甚至艾尔莎也几乎说不出话来，"那我们现在该怎么办？"

出于某种原因，他们看着我。我站在大门口，试了试，门就打开了，门上的电子锁坏了。

"我想我们最好开始步行。"

版权专有 侵权必究

### 图书在版编目（CIP）数据

星际边境 /（美）乔·霍尔德曼著；吴天骄译. --
北京：北京理工大学出版社，2022.11
（火星三部曲）
书名原文：Starbound
ISBN 978-7-5763-1662-9

Ⅰ. ①星… Ⅱ. ①乔… ②吴… Ⅲ. ①幻想小说 – 美
国 – 现代 Ⅳ. ①I712.45

中国版本图书馆CIP数据核字(2022)第160968号

北京市版权局著作权合同登记号　图字：01-2022-4366

Copyright © (exactly as it appears in the US edition of the Works)
This edition arranged with The Lotts Agency Ltd.
through Andrew Nurnberg Associates International Limited

| | |
|---|---|
| 出版发行 / | 北京理工大学出版社有限责任公司 |
| 社　　址 / | 北京市海淀区中关村南大街5号 |
| 邮　　编 / | 100081 |
| 电　　话 / | (010)68914775（总编室） |
| | (010)82562903（教材售后服务热线） |
| | (010)68944723（其他图书服务热线） |
| 网　　址 / | http://www.bitpress.com.cn |
| 经　　销 / | 全国各地新华书店 |
| 印　　刷 / | 三河市华骏印务包装有限公司 |
| 开　　本 / | 880毫米×1230毫米　1/32 |
| 印　　张 / | 9 |
| 字　　数 / | 192千字 |
| 版　　次 / | 2022年11月第1版　2022年11月第1次印刷 |
| 定　　价 / | 49.80元 |

| | |
|---|---|
| 责任编辑 / | 徐艳君 |
| 文案编辑 / | 徐艳君 |
| 责任校对 / | 刘亚男 |
| 责任印制 / | 施胜娟 |
| 排版设计 / | 飞鸟工作室 |

图书出现印装质量问题，请拨打售后服务热线，本社负责调换